insel taschenbuch 4751

Sigrid Damm

Im Kreis treibt die Zeit

Sigrid Damms Buch ist eine nachgetragene Liebe an ihren Vater. Ihr ganzes Leben lag sie mit ihm in Widerstreit, lehnte ihn ab. Erst kurz vor seinem Tod kam es zu einer zaghaften Annäherung. Über zwanzig Jahre später beginnt sie, dem Lebensweg ihres Vaters nachzuspüren.

Papiere und alte Fotos, die viele Jahre im Keller lagerten, werden befragt; parallel dazu die historischen Einschnitte, die sein Leben bestimmten, geschildert. 1903 in Gotha geboren, 1993 dort gestorben, wurde er Zeuge von Kaiserreich, Weimarer Republik, Naziherrschaft, DDR-Regime und Bundesrepublik. Sigrid Damms vorsichtige, beharrliche Spurensuche gibt Antworten auf Fragen, die sie dem Vater nie gestellt hat.

Sigrid Damm, in Gotha/Thüringen geboren, lebt als freie Schriftstellerin in Berlin und Mecklenburg. Die Autorin ist Mitglied des P.E.N. und der Mainzer Akademie der Wissenschaften und der Literatur. Sie erhielt für ihr Werk zahlreiche Auszeichnungen, unter anderem den Feuchtwanger-, den Mörike- und den Fontane-Preis.

Im insel taschenbuch liegen außerdem u.a. vor: *Goethes Freunde in Gotha und Weimar* (it 4444); *Sommerregen der Liebe* (it 4580).

Sigrid Damm

Im Kreis treibt die Zeit

Insel Verlag

Erste Auflage 2020
insel taschenbuch 4751

Vertrieb durch den Suhrkamp Taschenbuch Verlag
Umschlaggestaltung: Joachim Hamster Damm / hißmann, heilmann, hamburg
Umschlagabbildung: privat
Satz: Greiner & Reichel, Köln
Druck: CPI – Ebner & Spiegel, Ulm
Printed in Germany
ISBN 978-3-458-36451-1

Im Kreis treibt die Zeit

Für H-J. W.

I

Mein gespanntes, um nicht zu sagen ablehnendes Verhältnis zu meinem Vater. Fast lebenslang.

War dafür ein Erlebnis in der frühen Kindheit ausschlaggebend? Ich muß fünf oder sechs Jahre gewesen sein. Mit meiner Mutter war ich zu Besuch in Erfurt bei den Großeltern mütterlicherseits. Die Erwachsenen hatten etwas zu besprechen, schickten mich aus dem Zimmer. Meine Neugier, ich hielt das Ohr an die Tür, lauschte. Es ging um meinen Vater. Der Großvater beschwor meine Mutter, sich von ihm zu trennen, sie solle berufstätig werden, sich zur Neulehrerin ausbilden lassen. Das Wort *Scheidung* fiel, wurde wiederholt. Ein Wortschwall, was meinem Vater alles fehle. Ein hartes Urteil dann über ihn, mehrfach wiederholt, *er taugt nichts, taugt nichts* ... Die Autorität meines über alles geliebten Großvaters. Nun wußte ich es ...

Das Wort *Scheidung* war für mich als Kind ein Zauberwort. Oft, wenn ich mit meiner drei Jahre älteren Schwester und den Eltern am Eßtisch saß, schloß ich die Augen und ließ meinen Vater verschwinden. Wenn die Mutter sich scheiden lassen würde und wir nur mit ihr zusammenleben könnten, schien mir alles gelöst.

Aber mein Zauberwort, das ich mit geschlossenen

Lippen nach innen murmelte, hatte keine Kraft. Entweder stieß mich meine Schwester unsanft an, oder die Stimme des Vaters sagte: Träum nicht. Und wenn ich die Augen öffnete, war er noch da.

Ob jemals eine Scheidung zwischen meinen Eltern im Gespräch war, ich weiß es nicht. Meine Mutter aber trennte sich nicht von meinem Vater, hatte auch nicht den Mut, sich zur Lehrerin ausbilden zu lassen.

Meine Eltern führten eine schwierige Ehe. Jeder war auf seine Weise unglücklich. Ihre ständigen Auseinandersetzungen, deren Sinn wir als Kinder weder nachvollziehen noch verstehen konnten. Am Ende stand immer, man konnte darauf warten, der Satz meines Vaters: *Wären wir nur nach dem Westen gegangen.*

Die belastenden, ermüdenden Streitigkeiten der Eltern. Mit dem Verschwinden des Vaters, glaubte ich, hätten sie ein Ende.

Warum aber waren wir auf seiten meiner Mutter? Von klein auf machte sie uns zu ihren Vertrauten, schüttete uns ihr Herz aus. Es gab kaum eine Handlung des Vaters, die sie nicht uns gegenüber mit Kritik bedachte. So gelang es ihr, meine Schwester und mich auf ihre Seite zu ziehen. Wir glaubten, daß sie im Recht, der Vater dagegen im Unrecht sei. Auch der geliebte Großvater verhehlte seine Abneigung gegen seinen Schwiegersohn nicht. Ebenso die Großmutter. Wie lange kann ein Kind dem widerstehen?

So wurde ich als kleines Mädchen, dann als Heranwachsende und selbst noch als Erwachsene zur

Komplizin meiner Mutter. So war es bis zum Ende ihres Lebens. Bis dahin teilte ich ihre Sicht auf ihren Ehemann, meinen Vater.

Im September 1991 starb meine Mutter. Achtzig Jahre war sie geworden. Mein Vater ging auf sein neunzigstes Jahr zu. Über zwei Lebensjahre werden ihm noch vergönnt sein.

Erst in diesen zwei Jahren vor seinem Tod – er starb im November 1993 – veränderte sich, überraschend, verstörend, beglückend, mein Verhältnis zu ihm. Doch davon wird später zu erzählen sein.

2

In den Wintertagen 1994 löste ich mit Schwester und Schwager die Wohnung auf, in der der Vater bis zu seinem Tod gelebt hatte.

Die besonderen Wünsche der sechs Enkel, der eine wollte den Schreibtisch des Großvaters, der nächste den schweren eichenen Bücherschrank, der dritte aus der einstigen guten Stube, dem Eßzimmer, den Ausziehtisch mit den sechs gepolsterten Stühlen. Barometer, Atlanten, Bücher und Schallplatten waren begehrt. Besteck und altes Porzellan teilte ich mit meiner Schwester.

Ich nahm die im Schreibtisch befindlichen Unterlagen meines Vaters, Mappen mit amtlichen Papieren, handschriftliche Büchlein und die an anderer Stelle gefundenen Kuverts und kleine Kästen mit vergilbten Fotos an mich, verstaute sie in einem großen Karton.

Manches wollte niemand, selbst die Neugierigen nicht, die auf unsere Annonce hin kamen. Wir überließen alles einem Mann, der sein Geld mit Haushaltsauflösungen verdiente, er transportierte auch die Möbel an die jeweiligen Wohnorte der Enkel.

Schließlich stand ich an einem Mittag allein in den völlig leeren Räumen der väterlichen Wohnung. Ich übergab sie *besenrein*, wie die Anordnung der Städtischen Wohnungsverwaltung lautete. Das schien mir definitiv meine letzte Handlung in Gotha, meiner Stadt, in der ich geboren wurde und aufgewachsen war, in der meine Eltern ihr ganzes Leben verbracht hatten und ich sie, zunächst allein, später mit meinen beiden Söhnen, so oft besucht hatte. Nun würde ich, so schien es mir, sie nicht mehr betreten. Was sollte ich noch hier? Von nun an würde ich eine Fremde in Gotha sein.

Noch am selben Tag verließ ich meine Heimatstadt. Ich erinnere mich, als sei es heute, an die Fahrt mit der Straßenbahn von der Schönen Aussicht zum Bahnhof. Ein letzter Blick. Ein Abschied.

Die Bahn fuhr die Waltershäuser Straße hinab, Myconiusplatz, Bürgeraue, an der Myconius-Schule vorbei, die ich acht Jahre besucht hatte. Die Einschulungsfeier im Ernestinum in der Bergallee. Der Zug der Erstkläßler die Bergallee hinab. Ich stolz, Mutter und Großeltern aus Erfurt an meiner Seite, eine riesige Zuckertüte im Arm. Das Schulgebäude der Myconius-Schule, unser Klassenzimmer, zerschrammte kleine Holzbänke mit Pulten; an der Tür postiert die Mutter, die Zuckertüte haltend. Die Lehrerin, Frau Jahn, mit heller sanfter Stimme, rundlich, heiter, ein Haarknötchen, das sich mitunter entrollt, mein Herz fliegt ihr sofort zu (das Jahnchen werden wir sie nennen). Der erste Tag und dann acht Jahre. Ich entsinne mich an den strengen Geruch im Schulhaus, an die Treppen, das Hinauf- und Hinunterrennen, den aufwirbelnden Staub, die merkwürdigen gußeisernen Säulen mit den korinthischen Kapitellen, das Zimmer des Pionierleiters im Parterre, die tägliche Zuteilung eines trockenen Brötchens, das wir Quikser nannten; aber alles ist entfernt und undeutlich.

Scharf zeichnet sich in meiner Erinnerung allein das hohe Fensterviereck des Klassenzimmers im dritten Stockwerk ab. Ich habe einen Platz am Fenster (die ganze Schulzeit hindurch, niemals sitze ich in der mittleren Bankreihe oder an der Wand), ich sehe hinaus, vor mir ziehende Wolken, ein aufregendes, ständig sich veränderndes Geschehen. Wolken, Regen und Sonne im Fensterviereck, erinnernd ist es mir, als sei das meine Lieblingsbeschäftigung in der Schule gewesen, dieses vorüberziehende Wolkengetier zu beobachten, den Schattierungen des Blaus am Himmel, seinem Farbenspiel, dem düsteren Schwarz an den Wintermorgen, dem allmählichen Hellwerden, seinen Regen- und Windschraffuren zu folgen. Neben dem wunderbaren Jahnchen, das später zu Tode kam – von einer Gothaer Straßenbahn wurde es überfahren –, ist das meine stärkste Erinnerung. Mir fällt noch die Direktorin ein, eine große herbe Frau (hieß sie Hötke oder Höpcke?), sie war mit meinen Eltern befreundet und erzählte ihnen, daß ich eine *artige* Schülerin sei (ein aus der Mode gekommenes Wort). Kein Kunststück, wenn ich sie nahen sah, ließ ich mein Rennen und machte einen Knicks. Mein Vater kommentierte dieses *artig* stets; zu Hause sei es das Gegenteil, und dann kam die Rede von mir als einem *renitenten* Kind. Das Wort, das so oft aus seinem Mund kam, kränkte mich nie, es gefiel mir sogar, mit seinen Hebungen und Senkungen hatte es etwas Tänzerisches.

Auf der Weiterfahrt der Blick in die Jüdenstraße. Die vom Markt abgehenden Gassen: Fritzelsgasse, Gretengasse, Hützelsgasse, Salzengasse, Jüdenstraße. Der Merkspruch des Vaters für die richtige Folge: Fritz und Gretchen setzen ein Hütchen auf und holen Salz in der Jüdenstraße. Die Papierwarenhandlung Erich A. Fleck dort. Von meinem Vater wurde der Besitzer wegen seiner rauhen Stimme nur Erich A. Knarr genannt. Ein winziger Laden voller Begehrlichkeiten: Kreide, Buntstifte, Papiere, auch Buntpapiere, Bleistiftspitzer, Hefte, Zeichenblöcke. Für mich war der Laden des Erich A. Knarr der aufregendste der Stadt. Nur die am unteren Hauptmarkt befindliche Glaesersche Buchhandlung, in der ein Herr Schöler senior, später ein Herr Schöler junior residierte, konnte der Papierwarenhandlung den Rang ablaufen.

Das Rattern der Straßenbahn. Zur linken Seite die Gadollastraße und das riesige Gebäude, einst Kaserne. Heute ist es Kaufland, ein Konsumtempel, die weite Fläche, auf der früher exerziert wurde, ist ein Parkplatz. Mein täglicher Schulweg, vorbei an dieser Kaserne, in der die »Kasernierte Volkspolizei«, später die »Nationale Volksarmee« untergebracht war. Wenn sie zu Übungen ausmarschierten, immer das gleiche Ritual: In der Höhe unseres Gartens sangen sie: *… dem Karl Liebknecht, dem haben wir's geschworen, der Rosa Luxemburg reichen wir die Hand …*

Die Haltestelle Bertha-von-Suttner-Platz, von unserem Haus in der Bohnstedtstraße kommend, sind wir dort stets ein- oder ausgestiegen. Hier sind wir abgefahren, wenn wir mit der Thüringer Waldbahn zu Ausflügen nach Tabarz oder Friedrichroda aufbrachen. Hier bin ich in die andere Richtung – wie viele Male in meinem Leben – zum Bahnhof gefahren oder, als ich in der Oberschulzeit ein Praktikum im Gummiwerk im Ostviertel machte, des Morgens gegen fünf Uhr, gemeinsam mit den im Schichtdienst arbeitenden Müttern, die ihre bleichen, aus dem Schlaf gerissenen Kinder bei sich hatten, um sie im Betriebskindergarten oder in der Krippe abzugeben.

Die Straßenbahn bog in die Gartenstraße ein, und ich dachte daran, wie sie sich, als ich Kind war, durch den engen Brühl gequält hatte, die Haltestelle am Schellenbrunnen, Marktstraße, Neumarkt, Erfurter Straße.

Schließlich der Arnoldiplatz. Hier hält die Straßenbahn auch an diesem Abschiedstag. Als sie weiterfährt, zur Rechten die freie Fläche.

Ich schließe die Augen, das Innere des Gothaer Landestheaters taucht vor mir auf. Meine erste Theatervorstellung. Die Erinnerung daran ist wohl die erste, nicht durch Fotos oder Erzählungen, sondern durch eigenes Erleben ausgelöste. Ich war dreieinhalb Jahre. Ich spüre noch den Luftzug, als der Vorhang aufrauscht, fühle meine kleinen Hände auf dem Stoff des Sitzpolsters, erinnere mich, welch großes Entzücken mich erfüllte. Unglaubliches geschah auf der Bühne. Ein Müller mit dickem Bauch, bekleidet mit einer Bundhose, einem weißen Hemd, eine rote Mütze mit Quaste auf dem Kopf, kommt, ein heiteres Lied singend, von einem Berg herab, am Strick führt er einen Esel, einen richtigen Esel (oder war es eine Attrappe?).

Der Müller schreitet mit seinem Esel auf eine Mühle zu, deren große Flügel sich, wie mir schien, im Takt des Gesangs und der klappernden Hufe drehten. Unvergeßlich.

Wenig später wurde der Spielbetrieb eingestellt. In den letzten Kriegstagen fing das Theater durch eine Brandbombe Feuer und brannte vollständig aus, die schwarzverkohlten Mauern aber standen noch nach Kriegsende. Ungeachtet der Proteste wurde der historisch bedeutsame Bau abgerissen. An seine Stelle trat ein häßliches Hochhaus. Auch das ist jetzt verschwunden.

Mein Blick geht zur linken Seite. Das dunkelrote Gebäude der Post. Ich höre die Maschinengewehrsalven, die in den Tagen des Kapp-Putsches hier auf die auf Nachrichten aus Berlin wartende Menge abgefeuert wurden. Daneben das einstige Haus der Freimaurer, 1889 eingeweiht, im maurischen Stil mit seltsamen Türmchen errichtet, mein Großvater mütterlicherseits, der Freimaurer war, zeigte mir ein Foto. Von den Nationalsozialisten wurde das Gebäude abgerissen. An der Abrißstelle später das Kino, in dem ich als junges Mädchen oft war; ich sehe den beleuchteten Vorhang, höre den Gong, drei Schläge, wenn es dunkel wurde. Filme: »Wenn der weiße Flieder wieder blüht«, »Die Kraniche ziehen«, der russische Streifen.

Die Straßenbahn hält an der Orangerie. Kahl und wintertraurig liegt sie da, die Blumenrabatten sind mit Reisig zugedeckt, die Kübel mit den Palmen überwintern im Gewächshaus. Dann die Bahnhofstraße, hier stieg ich als Kind mit meiner Mutter aus, wenn wir zu

Tante Lisa, der Leiterin der Sekte der »Christlichen Wissenschaft«, in die Jägerstraße gingen. Hier war ich erst vor kurzem, besuchte in der Dr.-Wilhelm-Külz-Straße den Schriftsteller Hanns Cibulka.

Der Bahnhof. Die Treppen hinab, Bahnsteig 3, Richtung Halle. Der Zug fährt ein. Ich setze mich auf die Seite, von wo ich nach Schloß Friedenstein zurücksehen kann. Immer setze ich mich so, blicke auf die beiden Türme, bis sie allmählich entschwinden.

An diesem Tag aber, dem endgültig letzten Tag, dem des Abschieds von Gotha, sehe ich nicht zurück. Lehne den Kopf an das Polster, schließe die Augen, und als ich sie hinter Seebergen öffne, ist die Dämmerung schon in Dunkelheit übergegangen. Gotha ist ein abgeschlossenes Kapitel, ist Vergangenheit.

3

In den nächsten Jahren bin ich kein einziges Mal in Gotha. Die Stadt entfernt sich von mir, die Erinnerung verblaßt. So bleibt es über ein Jahrfünft.

Dann die Zäsur. Mich erreicht eine Einladung zu einer Lesung. Ich werde ablehnen, das steht für mich fest. Wie kann man in seiner Heimatstadt lesen, in der man keine Bleibe hat und auf eine Unterkunft im Hotel angewiesen ist. Undenkbar.

Aber da ist noch etwas. Ich denke an die allererste öffentliche Lesung meines Lebens, ich muß fünfzehn oder sechzehn gewesen sein. Hanns Cibulka trägt in den oberen Räumen der in der ehemaligen Orangerie untergebrachten Heinrich-Heine-Bibliothek im abgedämpften Schein einer Leselampe Lyrik von Paul Éluard vor. Der mit Menschen gefüllte Raum, die atemlose Stille, der wunderbare, bis ins Körperinnere zu spürende Rhythmus der Gedichte, die Stimme des Vortragenden. Zum Schluß seine Polemik gegen das, was man im sozialistischen Realismus Lyrik nenne und das diesen Namen nicht verdiene. Unvergeßlich. Niemals kann ich da heranreichen.

Die Einladenden in Gotha sind die Heinrich-Heine-Bibliothek und Ingrid Seyfarth von der Buchhandlung Euchler in der Waltershäuser Straße. Und dann ist plötzlich (woher hat sie meine Nummer) die Gothaer Buchhändlerin am Telefon, eine helle sympathische Stimme. Ich lege die Gründe für mein Nein dar, sie lacht, in ihrem Haus sei unter dem Dach ein kleines Gästezimmer mit Blick auf den Krahnberg. Für mich völlig überraschend, gelingt es ihr, den Bann zu brechen, ich nehme an.

Die Lesung in der Heinrich-Heine-Bibliothek. Beim nächsten Buch wieder eine Einladung in meine Heimatstadt. Und eine dritte, ich lese im Spiegelsaal des Schlosses. Zuvor bittet mich Gothas Oberbürgermeister Knut Kreuch zu einem kleinen Empfang ins Rathaus. Ich stehe vor dem schönen Portal, sehe zur Gewandung hoch, der lächelnde Jünglingskopf im Rachen eines Drachen. Oder ist es ein Lindwurm? Die schwere Tür, die Klinke, ich habe sie noch nie niedergedrückt, betrete zum allerersten Mal das Gothaer Rathaus. Der Oberbürgermeister ist ein junger Mann im Alter zwischen meinen beiden Söhnen; wir sind schnell in einem heiteren Gespräch.

Bei weiteren Lesungen in Gotha ist Knut Kreuch stets unter den Zuhörern, leitet sie sachkundig und originell ein. Und als die Stadt sich ein neues Signet zulegt – »Gotha adelt« –, lese ich im Rathaussaal zum Auftakt der gleichnamigen Veranstaltungsreihe. Das Motto bezieht sich auf den genealogischen Adelskalender, der von 1763 bis zum Ende des Zweiten Weltkrieges in Gotha erschienen ist und die Stadt in Europa, ja in der ganzen Welt bekannt gemacht hat, da der Kalender bis heute einfach »der Gotha« genannt wird.

Und zum 250. Geburtstag von Friedrich Schiller eine Feier im Ekhof-Theater.

Inzwischen übernachte ich im Hotel am Schloßpark in der Lindenauallee, immer dasselbe Zimmer mit den schrägen Wänden unter dem Dach und wie bei meinen Buchhändlerfreunden der Blick auf den Krahnberg und von unten herauf, vom Schulhof des Ernestinums, das Lachen, Kreischen und Rufen der Schulkinder in den Hofpausen.

In meiner freien Zeit vor und nach diesen Lesungen schlendere ich durch die Stadt. Stehe vor dem Rathaus, erinnere mich: Der Vater machte stets hier halt, sah zu einer rechts des Portals angebrachten Tafel und deklamierte: *Immer strebe zum Ganzen, und kannst du selber kein Ganzes / Werden, als dienendes Glied schließ an ein Ganzes dich an.* Johann Wolfgang von Goethe, sagte er. Ich hatte den Spruch zu wiederholen, ich mochte ihn nicht. Beim Blick auf Straßenschilder erinnere ich mich seiner Kommentare; bedeutende Bürger der Stadt, Liebetraustraße: ein Bürgermeister, Frankenbergstraße: ein Gothaer Staatsminister und Freund Goethes, Ifflandstraße: der berühmte Schauspieler, der seine Karriere in Gotha begann. Dorotheenstraße: eine Herzogin. Aber auf dem Schild steht Ernst-Thälmann-Straße, wandte ich ein. Mein Vater ließ das nicht gelten, das ist seit 1880 die Dorotheenstraße, und eines Tages wird sie wieder diesen Namen tragen, sagte er. Er sollte recht behalten, 1991 wurde sie wieder umbenannt.

Als Kind interessierten mich die Lektionen des

Vaters zur Geschichte Gothas anhand der Straßennamen überhaupt nicht. Es waren die kleinen Geschichten der eigenen Biographie, die sich mit den Namen von Straßen und Plätzen verbanden, wo man sich mit einer Freundin verzankt oder einen Freund gewonnen hatte, wo man mit dem Fahrrad gestürzt oder wo auf dem Weg in die Klavierstunde immer dieser große Hund gebellt hatte.

Nun aber beginne ich, meine Heimatstadt mit anderen Augen zu sehen. Neugier auf ihren lebendigen pulsierenden Leib. Und auf ihre Vergangenheit. Was ist in ihr über Jahrhunderte geschehen? Die erste Ansiedlung. Die Gründung der Stadt. Wassermangel, der Bau des Leinakanals. In der Folge die Belebung von Handel und Gewerbe.

Höhepunkte. Die Reformation, Martin Luthers Predigten in der Gothaer Augustinerkirche. Und Tiefpunkte. Die Belagerung der Stadt durch kaiserliche Truppen, weil der regierende Fürst den mit der Reichsacht belegten Ritter Wilhelm von Grumbach in den Mauern Gothas beherbergt. Nach der Kapitulation die Schleifung der Feste Grimmenstein, das Spektakel der öffentlichen Hinrichtung Grumbachs und weiterer Schuldiger, unter anderem des Kanzlers von Brück, des Schwiegersohns von Lucas Cranach d. Ä. Eine in das Pflaster des Marktes südlich des Rathauses eingelassene Gedenktafel erinnert daran: 18. April 1567.

Mitten im Dreißigjährigen Krieg der Beginn der Errichtung von Schloß Friedenstein hoch über der Stadt durch Herzog Ernst den Frommen, der Stadt und Fürstentum zu Ansehen in ganz Europa verhilft. Im ausgehenden 17. und beginnenden 18. Jahrhundert der aufgeklärte Gothaer Herzog Ernst II., seine Leidenschaft für die Astronomie. Sein Kunstinteresse, das auch Goethe aus Weimar immer wieder in das benachbarte Gotha zieht.

Und das 20. Jahrhundert? Jener Josef Ritter von Gadolla, der zum Ende des Zweiten Weltkrieges im April 1945 die Stadt den Alliierten kampflos übergibt und damit vielen Menschen, gewiß auch mir, das Leben rettet.

Immer wieder gibt es Anlässe, die Stadt zu besuchen. Und bei meinen Gängen durch Gotha fallen mir ständig Details ein, auf die mein Vater mich hinwies, Geschichten, die er mir erzählte. Im heraufholenden Erinnern spüre ich, wie sehr er mit Gotha verbunden war, wie sehr er sich in der Historie der Stadt auskannte. Er hat noch zu Beginn des Jahrhunderts die Monarchie erlebt. Für kurze Zeit im November 1918 sogar die vom »Arbeiter- und Soldatenrat« und der USPD, der Unabhängigen Sozialdemokratischen Partei Deutschlands, ausgerufene »Republik Gotha«. Dann die Weimarer Republik, die Herrschaft der Nationalsozialisten, schließlich das DDR-Regime und zuletzt die Bundesrepublik Deutschland; sechs Herrschaftsformen. Am 22. Januar 1903 ist er in Gotha geboren und am 11. November 1993 in Gotha gestorben. Fast ein Jahrhundert, neunzig Jahre hat er in dieser Stadt gelebt, ist Augenzeuge ihrer wechselvollen Geschichte.

Die Beunruhigung, die mich erfaßt bei jedem Gang durch Gotha. Habe ich dem Vater nicht Unrecht getan mit meiner Ablehnung, meinem ständigen Widerspruch, mit der Übernahme des großväterlichen Urteils: *er taugt nichts* …? Bohrende Fragen. Mein Versagen. Das Gefühl, Versäumtes nachholen zu müssen.

Was weiß ich über die Kindheit meines Vaters, was über ihn als jungen Mann? Mit dem Vater durch die Geschichte Gothas wandern, dabei etwas über sein Leben erfahren, Antworten auf nie gestellte Fragen finden. Die Nachlaßpapiere, die Mappen mit amtlichen Dokumenten, die kleinen Kästen mit vergilbten Fotos, die ich nach seinem Tod beim Ausräumen der Wohnung in den Januartagen 1994 an mich genommen und in einem großen Karton verstaut habe. Lange Zeit blieben sie unangerührt.

2009, entsinne ich mich, einmal hineingesehen zu haben, da entstanden erste Notizen zum Vater. Dann drängten andere Dinge vor.

4

Das erste Dokument, das ich dem Karton entnehme, ist der Taufschein meines Vaters. *Im Namen Gottes des Vaters, des Sohnes und des heil. Geistes wurde in hiesiger evangelischer Kirche zu St. Margarethen getauft und in den Christenbund aufgenommen.* Es folgt der Name: Willi Karl Och, geboren am 22. Januar 1903. Der Tag der Taufe ist der 12. August 1903.

Die Margarethenkirche. Niemals habe ich sie mit meinem Vater in Verbindung gebracht. Ich entsinne mich an rauchende Trümmer, schwarze Ruinen; es sind die ersten Kriegsschäden, die ich als Kind erlebe. Bomben hatten bei einem Fliegerangriff 1944 die nebenstehenden Häuser zerstört und auch Turm und Kirchenschiff in Mitleidenschaft gezogen.

Ich selbst habe diese Kirche nach dem Kirchenaustritt meiner Mutter nie betreten. Auch als junge Frau nicht. War ich jemals mit meinen Söhnen bei unseren Stadtwanderungen hier? Ich entsinne mich nicht.

Aber lebhaft steht mir ein Orgelkonzert vor Augen. Es muß 2009 gewesen sein, an einem freien Abend nach einer Lesung. Es ist der längste Tag des Jahres, die Kirche ist nicht gut besucht, der junge Pfarrer lädt nach dem Konzert die Anwesenden zum Johannisfeuer zu sich ein. Ich kenne nicht einen einzigen Menschen, schließe mich aber, für mich selbst überraschend, den in Richtung Pastorengarten Strebenden an. Dort lodert das Johannisfeuer bereits.

Mit einem hellen Schrei stürzt eine Frau auf mich zu, es ist meine Banknachbarin aus der Oberschulzeit. Theologie hat sie studiert, war als Pastorin in Dörfern in der Umgebung Gothas tätig, jetzt ist sie Rentnerin, wohnt in Gotha neben dem Cranach-Haus am oberen Hauptmarkt. 1959, genau vor einem halben Jahrhundert, haben wir uns das letzte Mal gesehen. Wir sitzen am Feuer, essen, trinken Wein, reden. Ich erinnere sie, wie sie mich einmal – wir waren siebzehn – mit in die Augustinerkirche zur h-Moll-Messe von Bach nahm und fast trunken von dem Tenor schwärmte, es war mehr als die Schönheit seiner Stimme, die es ihr angetan hatte. Sie lacht, sie habe ihn nicht aus den Augen verloren, auch er studierte Theologie, er wurde ihr Ehemann. Er sei früh an einer heimtückischen Krankheit gestorben, sie habe ihre drei Kinder allein aufziehen müssen. Die Gelassenheit, Heiterkeit und Dankbarkeit, mit der sie über ihr Leben, selbst über Krankheiten redet, beeindrucken mich.

Das Feuer brennt nieder. Wir sind fast die letzten, ich bedanke mich für die Gastfreundlichkeit bei Pfarrer Hundertmark und seiner jungen Frau, wir verabschieden uns.

Ein andermal, entsinne ich mich, komme ich in die Margarethenkirche, Kinder proben ein Krippenspiel, ich will mich zurückziehen, aber Pfarrer Hundertmark sieht mich, winkt mir, zu bleiben.

Maria ist eine kleine Schönheit mit brennend schwarzen Augen. Josef sitzt gelangweilt an ihrer Seite. Die Choreographie des Einzugs der Schafe wird gerade geprobt; die Schafe: mit hellen Stoffen drapierte Kinder. Neben mir auf der Kirchenbank sitzt ein stämmiger schwarzhäutiger Junge. Er würde einen wunderbaren Weisen aus dem Morgenland abgeben, denke ich und flüstere es ihm zu. Er lächelt, er hätte gern mitgespielt, sein Blick geht zu den schwarzen Augen, aber nur den Josef, erwidert er flüsternd. In den Weihnachtstagen aber verreise er mit seinen Eltern. Dann fügt er halblaut ein Wort hinzu, das aus dem Kindermund und an diesem Ort kurios klingt: Es sei eine *Terminüberschneidung*, sagt er, da könne man nichts machen.

Nun die Überraschung, mein Vater ist in dieser Kirche getauft worden. Und beim weiteren Durchstöbern der Unterlagen erfahre ich, nicht nur er, sondern ebenfalls sein Vater wie auch sein Großvater und die Eltern seiner Mutter. Ich kann es den beglaubigten Auszügen aus den Kirchenregistern entnehmen, die in der Zeit des Nationalsozialismus zum Nachweis der arischen Abstammung von jeder Familie zu erbringen waren. Bis 1763 gehen die Einträge zurück; immer steht da *Sankt Margarethen*. (Einige Vorfahren aber gehören zur Gemeinde der Augustinerkirche; *Sankt Augustin* lese ich und die Jahreszahl 1748.) In der Margarethenkirche treten meine Eltern am 16. Mai 1936 vor den Traualtar.

Und ich? Ich frage meine drei Jahre ältere Schwester, sie erinnert sich, daß auch ich in dieser Kirche getauft worden sei.

Fortan sehe ich die Margarethenkirche mit anderen Augen. Bei meinem nächsten Gotha-Aufenthalt gehe ich die Marktstraße entlang auf den Neumarkt zu. Bleibe bei dem neugeschaffenen Wasserspiel stehen. Stufenförmig über weite Flächen rinnt das Naß. Eine Anspielung auf das, was sich einst hier befand, frage ich mich. Ein Zitat? Als der Leinakanal und die von ihm abgehenden kleinen Rinnen noch unverdeckt durch Gotha flossen, befand sich unmittelbar vor der Margarethenkirche wie auch am unteren Hauptmarkt eine Wasserstelle, eine sogenannte *Schwemme*. Bei Feuerausbruch war hier Löschwasser zu schöpfen, und die Fuhrleute ließen darin die hölzernen Räder ihrer Wagen aufquellen. Vielleicht war es auch ein begehrter Spielplatz für Kinder. Auch jetzt balancieren einige Halbwüchsige darüber.

Ich wende mich zu dem barocken Kirchenportal aus der Mitte des 16. Jahrhunderts. Auf den Podesten in der Gewandung – später hinzugefügt – stehen überlebensgroß Martin Luther und Philipp Melanchthon. Warum nicht Friedrich Myconius, der als Reformator in Gotha gewirkt und so viel für die Stadt getan hat? Die im Jahr 1064 erstmals urkundlich erwähnte Sankt Margarethen war einst eine spätromanische Basilika mit zwei Türmen. Ende des 15. bis Mitte des 16. Jahrhunderts wird sie zu einer gotischen Hallenkirche umgebaut. *Der Meister war ein unerfahrner Mann,* berichtet Myconius, er *grub das Fundament so tief und weit, daß er alle alten Leichenstein und noch Stein von zweien großen alten Thürmen ins Fundament leget, daß er sonderlich mitten innen gar nicht bedurft hätte.*

Chor und Turm wachsen. Neben dem *Thurmthore* die Inschrift *Anno Domini 1507 Dominica Jubilate.* Wie hoch der Turm wuchs, ist nicht bekannt. Immer wieder ruht der Bau. Als 1552 Kurfürst Johann Friedrich I. den Grimmenstein zur Festung ausbaut und die Marienkirche niederreißt, beantragt der Rat der Stadt, die Steine für den Turm der Margarethenkirche verwenden zu dürfen. So geschieht es. *Es hat dieser Bau am Thurm sonderlich viel Unglücks gehabt von trunkenen, ungeschickten und unfleißigen Werkmeistern, die groß Unkost machten und wenig ausrichteten ...* 1575 erhält der Turm die erste Glocke, sie zerspringt. 1632 und 1646 dann zwei verheerende Brände; beim ersten beträgt das geschmolzene Glockenerz 119 Zentner, auch beim zweiten werden die Glocken vernichtet, aus den Resten wird die nunmehr größte Glocke gegossen. Bei jenem Orgelkonzert, das ich besuchte, läuteten die Glocken, aber ich erinnere mich nicht an ihren Klang.

Aber jene vom Philosophen Lichtenberg überlieferte Geschichte fällt mir ein. 1784 erhalten Turm und Kirchendach einen Blitzableiter. Eine ungewöhnliche Neuerung für diese Zeit. Entworfen und konstruiert hat ihn der fast fünf Jahrzehnte in Gotha im Staatsdienst wirkende Physiker Ludwig Christian Lichtenberg, ein Bruder des berühmten Philosophen. 1774 erscheint bei Ettinger in Gotha sein Buch über Gewitter und Blitzableiter. Die Skepsis der Gothaer scheint groß gewesen zu sein. Darüber berichtet Georg Christoph Lichtenberg am 5. Juni 1780 aus Göttingen einem Freund: *In Gotha hat gestern vor acht Tagen das Donnerwetter in ein Gebäude eingeschlagen, von dem, in einer Entfernung von 50 Schritten, mein Bruder einen Ableiter anbringen soll, zum Glück ist es noch nicht geschehen gewesen, sonst hätten, wie er glaubt, alle alten Weiber nebst der Geistlichkeit gedacht, er hätte den Blitz angelockt.*

Ich trete noch einmal zurück, bis ich den Turm vollständig im Auge habe. 1774 erhält der Turmknopf sein Gold. 1856 wird ihm eine Wetterfahne aufgesetzt, er wird aufs neue vergoldet. Ich stelle mir die Wohnung des Türmers vor, der, wie der Vater mir erzählte, bis Ende des 19. Jahrhunderts dort oben lebte, mit Horn und Feuerfahne der Stadt die Brände anzeigte.

Das gotische Portal ist geschlossen. Ich wende mich zum Seiteneingang, drücke die Klinke. Die Tür öffnet sich. Die hohen Säulen in schlichtem Weiß; die Farbe, die dem Raum seine Weite gibt. Ich setze mich an genau den Platz, wo bei der Probe zum Krippenspiel vor Jahren der stämmige schwarzhäutige Junge gesessen hat. Ich bin die einzige Besucherin. Stille umgibt mich. Mein Blick geht zur Kanzel und in den Altarraum.

Dort steht der Taufstein mit der kupfernen Wasserschale. Drei Engel, die sich auf die Knie niedergelassen haben, stützen mit jeweils einer erhobenen Hand das auf ihren Flügeln ruhende Taufbecken. In der anderen Hand hält der eine Engel ein Buch, ein zweiter einen Kelch, dem dritten, sehe ich, ist das, was er einstmals trug, abgebrochen. Sind die Engel aus Stein?

Aus Holz geschnitzt und vergoldet sind sie, lese ich. Und daß Salomon Glassius 1652 am Sonntag Quasimodogeniti in seiner Einweihungspredigt den *gegenwärtigen neuen Taufstein* erstmalig erwähnt und den damals am Rande desselben stehenden Spruch 1 Joh. 5,7–8: *Denn drey sind die da zeugen auff Erden / Der Geist vnd das Wasser vnd das Blut / vnd die drey sind beysamen.*

Wie viele Generationen haben hier gesessen, in Gottesdiensten oder zu besonderen Anlässen, zu Taufen, Konfirmationen, Hochzeiten, Trauerfeiern, in Angst und Freude. Mir will es nicht gelingen, meinen Vater und noch weniger mich selbst damit in Verbindung zu bringen.

Die Gruft kommt mir in den Sinn, die sich unter meinen Füßen befinden muß, errichtet für Herzog Ernst den Frommen und seine Familie. Er lebte nach der Maxime *bete und arbeite* und forderte gleiches von seinen Untertanen. Sein Tod am 26. März 1675. Er, der zeitlebens für eine spartanische Lebensweise war, wird mit barockem Prunk zu Grabe getragen. Man bahrt seinen Leichnam in der Schloßkirche auf. Am 28. Mai dann wird der Tote in einen *kunstvoll verzierte(n) Zinksarg* gebettet. Tage später, am 4. Juni, bewegt sich der Leichenkondukt nach festen Vorgaben barocker Kultur, als Ausdruck landesherrlicher Selbstdarstellung, vom Schloß hinab auf Sankt Margarethen zu. Eine alte Abbildung zeigt es: Der Wagen mit dem Sarg, gezogen von acht mit schwarzen Tüchern behangenen Pferden. Ihm folgen zu Fuß in langer Reihe die

Trauernden, in schwarze Umhänge gehüllt, die Köpfe mit breitkrempigen schwarzen Hüten bedeckt.

Ich in meiner Kirchenbank. Auf einmal höre ich Stimmen, das Portal öffnet sich, ich wende mich um, die Trauernden in ihren schwarzen Gewändern ziehen ein, hoch über ihnen schwebt der Sarg mit dem Toten. Gesang, Gebete zunächst im Kirchenschiff, dann dumpf, entfernt im Inneren der Gruft. Nach einer Zeit schließlich nach und nach verhallende Schritte im Kirchenraum, dann wird das Portal geschlossen. Ich bin wieder allein.

Wie mag es heute in der Krypta aussehen, frage ich mich. Ich weiß, auch die Gemahlin Ernsts des Frommen und neun seiner Kinder haben dort unten ihren Platz gefunden.

Und fast hundert Jahre später, am 25. Oktober 1767, abends 9 Uhr, wird der Leichnam der Herzogin Luise Dorothea *ohne alles Gepränge in möglichster Kürze und Stille in der Margarethenkirche zu den Füßen des Herzogs Ernst und seiner Gemahlin zur Erde bestattet*, wie sie es gewünscht hatte.

Diese mit siebenundfünfzig Jahren verstorbene Luise Dorothea ist die mit Abstand bedeutendste Fürstin des Hauses Sachsen-Gotha-Altenburg. Gebildet und feinsinnig vertritt sie die Ideen der Aufklärung, steht mit deren deutschen und europäischen Vertretern in Briefwechsel, u. a. mit Voltaire, Rousseau und Diderot. Voltaire schwärmt von ihr, sieht sie als *deutsche Minerva*, er besucht sie in Gotha, weilt einige Zeit am Hof.

Luise Dorotheas Einfluß auf die Politik ihres regierenden Gatten Friedrich III. ist groß. Auch ihre Kinder (von neun überleben sie drei) erzieht sie im Sinne der Aufklärung, was dem Land in Gestalt des späteren Regenten Ernst II. und seines Bruders Prinz August zugute kommt.

Noch immer umgibt mich Stille in der Kirche. Ich stehe auf, verlasse meine Bank, gehe langsam zur Nordwand im Altarraum, betrachte das Epitaph aus farbigem Marmor. Eine Huldigung für Ernst den Frommen; der Enkel hat es 1729 für seinen Großvater errichtet.

Erst bei einem späteren Besuch in der Margarethenkirche gelingt es mir, umriß- und schemenhaft den Vater zu sehen, als Täufling, als Konfirmand, als Hochzeiter.

Und mich sehe ich. In den nachgelassenen Familienpapieren habe ich auch meinen Taufschein gefunden. Am 27. März 1941 bin ich getauft, mit knapp vier Monaten.

Mein Taufkleidchen kommt mir vor Augen. Eingeschlagen in ein Seidentuch wurde es von mir all die Jahre im kleinen Salonschrank meiner Großmutter aufbewahrt. Ein Gebilde aus feinem, weißem Batist mit Flügelärmeln, bestickt mit rosa Blütenranken. Im Sommer 2016 schenke ich es Schwiegertochter und Sohn für ihr am 19. März geborenes Töchterchen Lieselotte. Am 1. Oktober 2016 wird sie in Oberösterreich, in der Heimat meiner Schwiegertochter, in die Christengemeinschaft aufgenommen. Sie trägt mein Taufkleidchen. Der katholische Pfarrer läßt uns wissen, wir, die nicht in der Kirche sind, könnten einen

Spruch für den Täufling aussuchen, er brauche nicht aus der Bibel zu sein. Und so wählen mein Gefährte und ich einen Spruch von Johann Wolfgang Goethe, der das kleine Menschlein auf seinem Lebensweg begleiten soll.

Mein eigener Taufspruch ist vom Propheten Jesaja und lautet: *Ich habe dich bei deinem Namen gerufen, du bist mein. – Es sollen wohl Berge weichen und Hügel hinfallen; aber meine Gnade soll nicht von dir weichen* ... Ein eigenartiges Gefühl, wenn man seinen Taufspruch mit über siebzig erstmals liest. Ich erzählte es am Telefon meiner Freundin Christine. Siehst du, du bist doch ein getauftes Christenkind, sagt sie, und solltest dich nicht immer Atheist nennen. Aber das bin ich wohl, wenngleich für mich schon als Kind und auch später die Natur ein religiöser Raum war: Steine, Bäume, das Meer, der Himmel. Und schon zu Zeiten, als mich die sozialistische Ideologie noch fest im Griff hatte, war ich fasziniert von Goethes Pantheismus und Schellings Naturphilosophie.

Kirchenräume waren und sind für mich nicht Orte des Gebets, sondern Orte der Ruhe, des Einhaltens, der Kunstwerke, der zu bewundernden Architektur, Orte der Musik. Die allererste Erfahrung mit dem Großvater mütterlicherseits in Erfurt – war es die Barfüßerkirche? –, der hohe Raum, die Orgel, der Gesang, unvergeßlich. Mit dem Großvater im Erfurter Dom. Später dann, als ich in einem Dorf in der Nähe von Güstrow lebte, in dieser Unglücks- und Einsamkeitszeit, waren Dom und Barlach-Engel mit den Gesichtszügen von Käthe Kollwitz mein Zufluchtsort.

Und 1987 der rosafarbene Dom und das Baptisterium in Parma, wo mir die Idee zu meinen Roman »Ich bin nicht Ottilie« kam, die wunderbare Sixtinische Kapelle in Rom, tränenüberströmt stand ich vor dieser Herrlichkeit; gegen Ende des Jahres dann das Erlebnis des Straßburger Münsters.

Noch später, nach dem Anschluß 1990, Kirchen in Portugal, Norwegen und Schweden, in Südamerika, in Cartagena, Kolumbien, und in Afrika, in Dakar im Senegal, in Japan die buddhistischen Tempel und Shintō-Schreine.

Schließlich eine kleine Kirche in Eis und Schnee an der Westküste Grönlands, im Ort Narsagg. Eines der wenigen Male, daß ich an einem Gottesdienst teilnahm, zusammen mit meinem Enkelkind Noah und meinem Sohn Joachim; das *Vaterunser* ... auf deutsch und auf grönländisch, jener eskimo-aleutischen Sprache, die mit der der Inuit verwandt ist und im Westgrönländischen, der größten Sprachgruppe, Kalaallisut genannt wird.

Dann Orgelkonzerte in Mecklenburg, in Basedow die wunderbare petrinische Orgel, in der Dorfkirche von Ahrenshoop das neue, von der Dresdner Orgelbaufirma Kristian Wegscheider gebaute Instrument.

5

Zurück zu meinem Vater. In dem großen Karton suche ich nach einem Kinderfoto von ihm. Meine Enttäuschung. Keiner der Umschläge und der kleinen Schachteln enthält das übliche, im Atelier gefertigte Foto: das nackte Kleinkind bäuchlings auf einem Eisbärenfell.

Die erste Fotografie, die ich finde, zeigt meinen Vater im Alter von etwa fünf oder sechs Jahren, zusammen mit seiner älteren Schwester Elisabeth. Beide sind für die Aufnahme im »Atelier Fr. Habermann«, Löwenstraße 3, wie auf der Rückseite zu lesen ist, fein gemacht. Die Schwester mit Haarschleife, Kette und hellem Seidenkleid, er mit einem leicht gestreiften, mit Biesen besetzten Hemd, unterhalb des blütenweißen Kragens eine große gepunktete Schleife. An den Ärmeln sehe ich, das Hemd ist viel zu groß, die Manschetten sind nach innen geschlagen. Die Schwester sitzt, der kleine Bruder steht neben ihr, seine Hand ist auf die ihre gelegt, als sei er ihr Beschützer. Während sie lächelt, blickt er ernst in die Kamera.

Als die Aufnahme entsteht, sind die beiden bereits Halbwaisen. Hängen der ernste Blick und die Beschützergeste damit zusammen? Trägt er vielleicht das Festtagshemd seines verstorbenen Vaters?

Ich finde die Sterbeurkunde meines Großvaters

väterlicherseits. Mein Vater ist noch nicht einmal drei Jahre alt, als er ihn verliert. Ich lese: Friedrich August Eduard Och, geboren am 28. Januar 1856, Sohn eines Maschinenarbeiters, von Beruf Schriftsetzer. Sein Tod am 18. Dezember 1905, im Alter von nur neunundvierzig Jahren. Woran stirbt er so jung? Der Umgang mit den Lettern aus Blei führte bei vielen Schriftsetzern zur »Bleikrankheit«, die oft tödlich endete. War es beim Großvater so? Ich weiß es nicht. Nie hat mein Vater über seinen Vater gesprochen, nie habe ich gefragt. Die Papiere, die ich durchsuche, schweigen.

Aber ein aus dem Rahmen geschnittenes Foto finde ich; Hartpappe, 17 × 25 cm, aufgenommen im »Photographischen Atelier für Porträts, Gruppen und Kunstsachen Julius Schüttwolf« Gotha. Mir bekannte Gesichtszüge. Das muß meine Großmutter als junge Frau sein. Daneben, steif, ein Mann. Das ist also dieser Friedrich August Eduard. Eine Aufnahme von 1890, dem Jahr der Heirat der beiden. Sie ist sechsundzwanzig. Er vierunddreißig: gescheiteltes, glattgekämmtes Haar, Schnauzbart, ausdruckslose Augen; starr blickt er in die Kamera. Neben ihm, die Hand auf seiner Schulter, ein traurig blickendes Persönchen, hochgeschlossenes schwarzes Taftkleid mit Brosche, eine schmale Taille, an der rechten Hand – wie ich mit der Lupe sehe – ein Ring, den ich noch kenne: Die Großmutter trug ihn.

Ich habe sie als Kind nur krank im Bett liegend erlebt, mich stets vor ihr gefürchtet. Ihr Atem ging laut und stoßweise, das Zimmer lag im Halbdunkel und war von einem säuerlichen Geruch erfüllt. Wenn ich mich auf Anweisung meiner Mutter auf die Kante ihres Bettes setzte, nahm sie meine kleine Hand in die ihre, die weiß, weich und schlaff war, und nur ihr lautes Atmen war zu hören, aber es wurde schwächer und schwächer. Meist schlief die Großmutter bei unseren Besuchen ein. Und ich war erlöst.

Sie starb mit zweiundachtzig Jahren am 2. Juni 1945, ich war viereinhalb. Ich sehe es noch genau vor mir, ich stand oben auf dem Treppenabsatz, beobachtete, wie man den Sarg – er schien mir riesig – mit der schwerleibigen toten Großmutter aus ihrer Wohnung durch den Hausflur nach draußen trug. Es war die schlimme Hungerzeit. Von den Erwachsenen hatte ich gehört, daß man Katzen und Hunden nachstellte, sie fing, tötete und aß. Auch die kleine Katze des Nachbarn, mit der ich immer im Garten spielte, war verschwunden. Mein Mitleid mit den Kreaturen. Die Großmutter aber war bereits tot, sie mußte nicht mehr leiden. Warum man sie nicht esse, fragte ich. Darauf keinerlei Erwiderung. Nur Empörung, Abscheu. Meine Schwester nannte mich eine Kannibalin, sagte, vor dir müßte man ausspucken. Das Wort Kannibalin verfolgte mich noch lange.

In den Nachlaßpapieren des Vaters finde ich eine Bescheinigung des Gothaer Oberbürgermeisters, Abteilung Ernährungswesen, über die Rückgabe der Lebensmittelkarte der Großmutter, ausgestellt auf den 6. Juni 1945, vier Tage nach ihrem Tod.

Meine Großmutter väterlicherseits trug die Namen Ernestine Friederike Marie und war eine geborene

Bätzholdt. Ihr Vater wie ihr Großvater sind im Kirchenbuch der Gothaer Gemeinde von Sankt Margarethen als *Bürger und Schuhmachermeister* verzeichnet. Werkstatt und Wohnung werden mit *Mönchelstraße Nummer 5* angegeben. Auch mein Vater, erinnere ich mich, sprach davon, bis zu seinem dritten Lebensjahr in dieser Straße gewohnt zu haben. Wie oft war ich mit ihm in der Mönchelstraße, in der Werkstatt vom Buchbinder Wönne. Dicke Papiere, Lederstücke, der Geruch. Stundenlang hätte ich auf dem Hocker ausharren können, den mir der Buchbinder zuwies, wenn mein Vater mit Wünschen für Einbände zu ihm kam. Aber viel zu schnell waren sich die beiden einig. War dieses Haus die Nummer 5? Oder war ein anderes das Geburtshaus des Vaters in der Mönchelstraße? Nie hat er es mir gezeigt, ich habe nie danach gefragt.

Der frühe Tod seines Vaters. Mit einundvierzig Jahren ist seine Mutter, diese Marie, Witwe. Ihre Mutter ist 1891 gestorben, ihr Vater aber, Johann Carl Gottlieb Bätzholdt, lebt noch. Erst 1919, im hohen Alter von sechsundachtzig Jahren, wird er sterben. Ob er seiner Tochter zur Seite steht, sich um seine Enkel kümmert? Der zweite Name meines Vaters ist Karl. Eine Verneigung vor dem Großvater? Auch von ihm hat mein Vater nie erzählt. Und ich habe nicht gefragt, wie es mein Kindeskind Noah heute tut, das brennend alles bis zu den Ur- und Ururgroßeltern wissen will.

Ich sehe diesen Johann Carl Gottlieb Bätzholdt, stelle mir vor, wie er, einen Siebenjährigen – meinen Vater – an der Hand, in Gotha zur Töpfleber Flur wandert.

Dort wird am 9. Juli 1910 ein Luftschiffhafen eingeweiht. Eine riesige Halle, 175 Meter lang, 26 Meter breit, die lichte Höhe ebenfalls 26 Meter. Ein gutes halbes Jahr später findet die erste »Thüringer Flugwoche in Gotha« statt. Berühmte Flieger sind zu bewundern: Emil Jeannin mit dem Farmanschen Doppeldecker, Gabriel Poulain mit seinem Blériot-Eindecker.

Im Herbst 1911 landet der Zeppelin »Schwaben« in Gotha. Mit 60 km pro Stunde ist er, auch *fliegende Zigarre* genannt, das schnellste Luftschiff der Welt. Vierundzwanzig Passagiere kann es befördern, und in Böhms Weinschenke, Ecke Garten- und Lutherstraße, ist eine »Zentralstelle für das Passagierwesen im Luftverkehr« eingerichtet. *Annahme von Passagieren durch die Hamburg-Amerika Linie Abteilung Luftschiffahrt*, können die Gothaer auf einem Plakat lesen. 200 Mark kostet ein zweistündiger Flug.

Die Begehrlichkeit wohl eines jeden Kindes, sich abenteuerlich mit dem Zeppelin in die Lüfte zu erheben. Der Großvater tröstet seinen Enkel, verspricht vielleicht ein anderes Geschenk. Auf einem Foto, das den etwa Achtjährigen zeigt, ist es zu sehen. Stolz hält mein Vater – bekleidet mit einem Anzug aus grobem Stoff, die Hosen halblang, hohe schwarze Schnürstiefel an den Füßen, auf dem Kopf eine uniformähnliche Mütze – es in der Hand: ein Gewehr; kein hölzernes Kinderspielzeug, sondern ein Luftgewehr mit metallenem Lauf und Abzugshahn.

Die erste Aufnahme des Jungen im Freien. Ich kann den Ort sofort lokalisieren, er steht vor einem Kellerfenster auf der Gartenseite des Hauses, in dem auch ich geboren wurde und aufgewachsen bin: Bohnstedtstraße 21. Damals hieß die Straße noch Werderstraße, nach dem preußischen General August Graf von Werder. Vom Bertha-von-Suttner-Platz kommend (damals Löwenplatz) ist es das letzte Haus auf der linken Seite, ehe die Straße ihren Namen verliert und rechts als Fahnenstraße und links etwas ansteigend als Ifflandstraße weiterläuft.

Die Nummer 21, das Haus mit den drei Stockwerken, den Jugendstilgemälden an den Wänden des Treppenhauses, den dumpfen Kellern (als Kind habe ich sie als Luftschutzräume erlebt), den vollgestopften Bodenkammern und Verschlägen, den Dachluken im oberen Boden, von denen aus, zog man sich hoch und öffnete die Luke, man die Türme des Schlosses Friedenstein sehen konnte. Das Haus mit der Schieferwand an der Wetterseite, das Klappern der Schieferplatten – Schlafgeräusch meiner Kindheit. Das Haus mit dem asphaltierten Hof, in dem die Wäsche aufgehängt und die Teppiche geklopft wurden und ich mit meiner Schwester Himmel und Hölle spielte, die Dorlen mit der kleinen Peitsche antrieb und die bunten Kreisel tanzen ließ.

An den Hof anschließend der Garten mit der Rasenfläche, den Rabatten voller Schwertlilien und Tulpen, den Johannisbeer- und Stachelbeersträuchern, den üppigen Pfingstrosenbüschen, den bemoosten Steinplatten, den auf dem Weg zum Gartentor aus den Trittsteinen wuchernden Grasbüscheln, dem hölzernen Zaun zum Nachbargrundstück. Der Garten mit den

Bäumen: dem alten, weitausholenden Birnbaum, dem knorrigen Apfelbaum, dem kleinen Kirschbäumchen und mit der weinumrankten Laube.

Mein Vater war drei Jahre, als er in dieses Haus zog. Seine Mutter kaufte es 1906, kann ich den Papieren entnehmen. Da war sie schon Witwe. Aber von wem kaufte sie es? Und wer hat es erbaut?

Maik Märtin, der Pressesprecher der Stadt, verschafft mir aus dem Gothaer Stadtarchiv Fotos von dem dreistöckigen Gebäude. Und Kopien mehrerer farbiger Zeichnungen von 1884: Vorder- und Seitenansicht des Hauses, Grundrisse der drei Stockwerke sowie von Keller- und Dachgeschoß. Offenbar vom Architekten für den Bauherrn gefertigt und mit handschriftlichen Vermerken versehen: *Zu dem Bau habe ich keine Einwände.* Die Unterschrift, wenn ich sie richtig entziffere: *Aug. Laux Gotha, d. 29.4.84.* Darunter, in größeren Schriftzügen: *Genehmigt Gotha den 7. Mai 1884. Der Stadtrat.* Und die Unterschrift: *Liebetrau.* Es ist der spätere, langjährige Oberbürgermeister der Stadt, der die Baugenehmigung erteilt.

Weiterhin ein großformatiger *Situationsplan zum Bauvorhaben des Herrn F. Panzer. 1:500.* Daraus geht hervor, daß an der gegenüberliegenden Straßenseite bereits Häuser stehen, der Besitzer der Nummern 18 und 20 ist ein Herr *Laux.* Er stellt für den Neubau des Hauses Nummer 21 Grund und Boden, das heißt sein Gartengrundstück, zur Verfügung, daher seine Unterschrift vom 29. April 1884. Der Bauherr des Lauxschen Hauses Nr. 20 ist ebenfalls *Herr F. Panzer.* War er Architekt und Bauherr in einem? Oder nur der Bauherr? Für wen baute er? Wann wurde das Haus erstmals bezogen und von wem? Und warum wurde es verkauft? War es, da Panzer mehrere Häuser baute, ein Objekt der Spekulation? Alles Fragen, auf die ich keine Antwort finde. Der Besitzer sei nach Amerika ausgewandert, entsinne ich mich als Kind gehört zu haben.

6

Ich suche alte Stadtpläne, um sie zu Rate zu ziehen. Einer aus dem Jahr 1859 fällt mir in die Hände. Unweit unseres damals noch nicht errichteten Hauses, keine dreihundert Meter entfernt, findet sich zwischen heutiger Bohnstedtstraße und Eisenacher Straße ein riesiges Begräbnisfeld, auf der Karte bezeichnet mit Friedhof I. Jenseits der Eisenacher Straße sind weitere drei Friedhöfe, ausgewiesen als Nr. II, III und IV.

Friedhof I umfaßt das Gelände, auf dem sich heute in der Bohnstedtstraße das Jugendstil-Stadtbad und zur Eisenacher Straße hin das imposante Gebäude der Arnoldi-Schule befinden.

Meine Überraschung. Nie war mir als Kind, wenn ich im Stadtbad schwamm, vom Dreimeterbrett ins Wasser sprang, nie in den vier Jahren meiner Schulzeit in der Arnoldi-Oberschule bewußt, niemand hat es mir erzählt, daß hier die Gothaer über Jahrhunderte ihre Toten begraben haben und sich tief unter mir in der Erde vielleicht noch unzählige Gebeine von Toten und Trümmer einstiger Grabmäler befinden.

Und mein Vater? Wurde er als Kind Zeuge der Zerstörung des Friedhofs? Wann wurde er aufgelassen? Ende des 19., zu Beginn des 20. Jahrhunderts? Der Bauboom, der auch Gotha erfaßte. Die Notwendigkeit eines modernen städtischen Bades. Die Dringlichkeit eines neuen Gebäudes für die 1876 gegründete Arnoldi-Schule, für das deren Direktor Rohrbach stritt. Die Wahl der städtischen Behörden fiel auf das Gelände des Friedhofs I.

Das Geklirr der Spaten, die Baufahrzeuge, die Kolonnen der Arbeiter am frühen Morgen, am späten Abend, die Umwälzung von Erdmassen, das Zutagefördern menschlicher Gebeine, Totenschädel, Gerippe, von all dem muß mein Vater als heranwachsender Knabe Zeuge geworden sein. Eine einzige riesige Baustelle in unmittelbarer Nähe seines Hauses. Ein geheimnisvolles Gelände, das die Kinder anzog, ein verbotener Spielplatz? 1904 wurde mit den Vorbereitungen zur Errichtung des Stadtbades begonnen, der Friedhof wird eingeebnet, die Grabmale zerstört, einige wenige werden geborgen und an andere Orte gebracht. In den Jahren 1905 bis 1909 entsteht dann das Stadtbad. 1909, mein Vater ist sechs Jahre, werden weitere Gräberfelder vernichtet, es ist das Jahr des Baubeginns für das neue Gebäude der Arnoldi-Schule.

Die Geschichte der vier Friedhöfe beschäftigt mich.

Friedhof I, genannt auch *Alter Gottesacker*, ist der älteste Begräbnisplatz außerhalb der Mauern der Stadt und wurde von dem Reformator Friedrich Myconius veranlaßt. Da die Totenäcker innerhalb der Stadt um die Kirchhöfe Sankt Margarethen und Sankt Augustin völlig überfüllt waren, mußte man sie aufgeben. Myconius, der für die Säkularisation der Klöster verantwortlich war, sah, als in den Jahren 1540–42 das

Kreuzkloster der frommen Weißfrauen vom Zisterzienserorden vor dem Brühler Tor abgerissen wurde, die Chance, ab 1542 auf dem ehemaligen Ordensgelände einen neuen Friedhof zu errichten. Auch eine Begräbniskapelle wurde gebaut.

In den Lageplänen des Friedhofs I, in den Totenverzeichnissen finde ich Friedrich Myconius, Johann Georg August Galletti, Adolf Stieler, Sylvius von Frankenberg, Friedrich Wilhelm Gotter, Justus Perthes, Cyriakus Lindemann und viele andere bekannte Namen. Weit über zwei Jahrhunderte war dieser Friedhof die Begräbnisstätte angesehener Bürger; es existierten viele Erbbegräbnisse, es gab Grabmale von kunsthistorischem Wert: Rokoko-Skulpturen, Denkmäler aus der Zeit von Barock und Spätbarock.

Die Schließung des Friedhofs im Jahr 1874. Zu Beginn des neuen Jahrhunderts dann die Auflassung. Die Zeit der Industrialisierung; die Toten müssen der Euphorie der Neubauten weichen. Umbettungen finden offenbar nicht statt. Nur einzelne Grabsteine werden gesichert. So kommt der von Friedrich Myconius in die Augustinerkirche neben den Altar, der von Johann Georg August Galletti und einige andere in den Kreuzgang des Augustinerklosters.

Andere Grabsteine werden profanen Zwecken zugeführt. Im Jahr 2012 finden Arbeiter bei Erdarbeiten in der Augustinerstraße in Höhe des oberen Hauptmarktes einen solchen Stein. Benutzt wurde er mit der Schmuckseite nach unten als Abdeckplatte über dem Ablauf des Leinakanals. Diese Abdeckung erfolgte zu der Zeit, als der Friedhof I aufgelassen wurde.

Ein wunderbares barockes Grabmal. Es erzählt die Geschichte der Anna Dorothea Kötzschau, die am 19. Juli 1626 als Tochter des Wilhelm Mattenburg geboren wurde und mit sechzehn Jahren den sächsischen Küchenschreiber Valentin Kötzschau(er) heiratete. Sie gebar ihm acht Kinder, vier Söhne und vier Töchter. Vermutlich bei der Geburt ihrer vierten Tochter starb sie am 11. Juli 1656 im Alter von neunundzwanzig Jahren. Die Familienmitglieder sind auf dem Leichenstein abgebildet. Ihre Köpfe aber sind abgeschlagen. Im Eingang zum Cranach-Haus am oberen Markt kann man heute dieses trotz der Zerstörung noch immer anrührende barocke Grabmal bewundern.

In den Jahren 2007 bis 2009 werde ich in Berlin Zeugin, wie keine 50 Meter von meiner Wohnung entfernt Grabungen auf dem etwa 1200 angelegten und im Jahr 1717 geschlossenen Friedhof rund um die erste Kirche Berlins, die Stadtpfarrkirche von Cölln (später Petrikirche), vorgenommen werden. 3716 mehr oder weniger vollständige Skelette aus 3126 Gräbern und 12 Kubikmeter Streuknochen ohne anatomischen Verband werden sorgsam geborgen. Inzwischen sind die Skelett-Individuen in der Gruft der Pachorialkirche eingelagert, um sie später in einem für den Petriplatz geplanten Ossuarium (Knochenhaus) beizusetzen. Auch für die Streuknochen wird, um den einst vollzogenen Ritus der Körperbestattung zu respektieren, ein Ort der Beisetzung gesucht. Ich erlebe, wie die Gemeinden Sankt Petri und Sankt Marien in Verbindung mit dem jährlichen Petri-Fest Andachten für die Toten abhalten; Blumen liegen neben den Skeletten, Lichter flackern, auch bei jenen zwei Toten, die seitlich, einander die Hände entgegenstreckend, in der Erdgrube liegen; alle nennen sie das *Liebespaar*. Dieser Respekt vor den Toten hat mich sehr berührt. Dem ausgehenden 19. Jahrhundert und beginnenden 20. Jahrhundert war er offenbar fremd.

Die weiteren auf dem Gothaer Plan von 1859 eingezeichneten Friedhöfe. Nummer II muß der sein, auf dem ich als Kind und junges Mädchen oft war; eine grüne Oase, alte Bäume, zwischen den Grabmälern versteckte Bänke, ein beliebter heimlicher Treffpunkt, die ersten Küsse dort. Über das Windgäßchen ist dieser Friedhof zu erreichen. An einem Sommertag mache ich mich auf den Weg.

Der Zugang über das Windgäßchen ist gesperrt, ich muß den Umweg über den Bertha-von-Suttner-Platz und die Eisenacher Straße nehmen. Schon von weitem sehe ich, die Friedhofsmauer gibt es noch, sie ist zum Teil eingefallen, aber die alten Steine werden offenkundig gesichert. Beim Eintritt der Schock: Riesige Rohre einer Fernwärmeleitung führen über das Gelände.

In meiner Kindheit war im einstigen Leichenhaus eine Gardinenspannerei. Hierher brachte meine Mutter im Frühjahr die frisch gewaschenen Vorhänge und Gardinen, in helle Holzrahmen gespannt glänzten sie in der Sonne. Das Gebäude ist verfallen und über und über mit Graffiti besprüht.

Aber die alten Bäume sind noch da, sie spenden Schatten. Ruhe umgibt mich. Im Jahr 1757, während des Siebenjährigen Krieges, wurde dieser Friedhof angelegt. Hier fand der große Schauspieler Conrad Ekhof seine Ruhe, der nach vierjährigem Wirken in Gotha 1778 im Alter von nur achtundfünfzig Jahren starb. Waren nicht auch das Löfflersche Grabmal und das von Rudolf Zacharias Becker und seiner Familie hier? Das von Adam Weishaupt, seiner Frau und seinen Töchtern? Ich glaube mich an einzelne Steine zu erinnern, sehe sie vor mir. Gehe umher, suche. Oder täusche ich mich? Nur eine einzige steinerne Stele finde ich, die Inschrift erneuert, gut lesbar: Ernst Wilhelm Arnoldi.

Friedhof III jenseits der Karl-Schwarz-Straße, die auf dem Riß von 1859 noch Friedhofstraße heißt. Heute befindet sich hier eine Schwimmhalle. Ein einziges Grab, seitlich gelegen, erinnert an ihn. 1842 wurde dieser Friedhof eröffnet, man nannte ihn *Gräfenhans Gottesacker*, weil das Grundstück ehemals einem Gärtner namens Gräfenhan gehörte. Bis 1890 fanden hier Begräbnisse statt. Schon 1855 war ein weiterer am Hang des Galberges angelegt worden: Friedhof IV. Bis in die dreißiger Jahre des 20. Jahrhunderts konnten die Gothaer dort ihre Toten bestatten. Der Lageplan der Gräber ist überliefert. Der Astronom Hansen, der Geograph Petermann, die Vorsteherin des Herzogin-Marie-Instituts Alix Humbert wurden hier beerdigt. Ein großer Friedhof, seine Wegbegrenzungen sind eingetragen: *Galberg, Galbergsweg, Sonneborner Straße* (ich entsinne mich, in meiner Kindheit lief man hier an einer Friedhofsmauer entlang), *Eisenacherstraße* und *Hinter den Häusern der Eisenacher Straße*.

In der Liste der Gräber finde ich unter anderem ein Familiengrab Bätzholdt. Ist es die Familie meiner Großmutter väterlicherseits? Manche Grabinschriften erzählen Geschichten. In Feld M auf dem Stein der Leiterin des privaten Mädcheninstitutes, der Jungfrau Wilhelmine Osann (1776–1864), stand, so kann ich in den alten Unterlagen lesen: *Aus Dankbarkeit von ihrer Dienerin gewidmet.* Und ein Andreas Schmidt erhält die Inschrift *In dankbarer und ehrender Anerkennung seiner umsichtigen und treuen Hilfeleistungen in vielen Haushaltungen. Errichtet 1872 von den Hausfrauen Gothas.*

7

Vielleicht hatte meine Großmutter Marie einen ähnlichen Helfer? Oder war es ihr Vater, der ihr alle schweren Arbeiten in Haus, Hof und Garten abnahm? Ihr ebenso in Fragen der Erziehung von Tochter und Sohn zur Seite stand?

Die Einschulung meines Vaters. Im Karton unter den Nachlaßpapieren finde ich, wohlerhalten, in fliederfarbenem Einband, sein Zeugnisbuch. Ab 1909, er ist sechs, geht er in die Bürgerschule. Er besucht sie zwei Jahre. Zwischen Weihnachten 1910 und Ostern 1911 sind in der Rubrik *Schulversäumnisse, entschuldigte 49 Tage* eingetragen. Ist er ein schwächliches Kind, ist öfters krank? Hat sein Magenleiden, das ihn lebenslang zu schaffen macht, hier seinen Ursprung?

Am 15. April 1912 wechselt er von der Bürgerschule in die Städtische Realschule. Sie befindet sich, wie auch die Handelsschule, im Neubau der Arnoldi-Schule. Ein Jahr zuvor, 1911, ist das Gebäude fertiggestellt und eingeweiht worden.

Mein Vater hatte also den gleichen Schulweg wie ich später. Wenn das Klingelzeichen ertönte, rannte ich los, an den aufgetürmten Kohlebergen für das Stadtbad vorbei die Treppen zum Schulhof hinauf, dann die mit dem steinernen geschwungenen Geländer eingefaßten Stufen weiter hoch, wo schon als Zerberus Hausmeister Jäger in seinem blauen Kittel stand. Zur Zeit meines Vaters mag er einen anderen Namen haben, aber sein Mißfallen über zu spät Kommende wird das gleiche gewesen sein. Die grün gekachelten weiten Flure, die schweren dunklen Holztüren zu den Klassenräumen, all das habe ich mit meinem Vater gemeinsam. Nie ist mir das zu seinen Lebzeiten bewußt gewesen.

Als mein Vater zehn ist, steigt – es ist der 24. April 1913 – das erste in der Gothaer Waggonfabrik gebaute Flugzeug, ein Eindecker, genannt die »Gotha-Taube«, auf dem Krahnberg zum Probeflug auf. Die Neugier der Kinder. Auch die Erwachsenen strömen herzu.

Wissen sie, daß diese Taube militärischen Zwecken dient? Die Entwicklung Deutschlands zur stärksten Industrienation Europas am Beginn des 20. Jahrhunderts wird begleitet von einer starken Militarisierung der Wirtschaft.

Auch die Stadt Gotha hat einen Anteil daran. Bereits seit 1912 wird der Luftschiffhafen ausschließlich für militärische Zwecke genutzt. Auf dem Truppenübungsplatz in Ohrdruf finden Wurfübungen mit Bomben aus Luftschiffen in 1500 Meter Höhe statt. Im August 1912 wird auf dem Boxberg ein Aeroplanturnier veranstaltet, dessen Ziel ist, herauszufinden, ob im Luftkampf dem Luftschiff oder dem Flugzeug der Vorrang gelte. Letzteres, das Flugzeug, setzt sich durch.

Beim zentralen »Prinz-Heinrich-Wettbewerb« erringt die Gotha-Taube den 2. Platz und löst 1913 den ersten Heeresauftrag für die Gothaer Waggonfabrik für serienmäßige Herstellung von Militärflugzeugen aus.

1912 entsteht auf dem Gelände der Töpfleber Flur die »Herzog-Carl-Eduard-Fliegerschule«. Am 1. Oktober 1913 beginnt die Stationierung der 3. Kompanie des Luftschiffbataillons Nr. 41 in Gotha. Westlich der Waggonfabrik entstehen ein Flughafen und eine Kaserne für Militärflieger. Am 1. August 1914 ist die Maschinengewehrkaserne bezugsfertig. Die Kaserne in der Bürgeraue, jene in unmittelbarer Nähe zu unserem Haus, fungiert als Ausbildungslager.

8

Der Beginn des Ersten Weltkrieges. Im August 1914 befinden sich 12 000 Mann Militär und 450 Pferde in der Stadt. Das I. Bataillon des Infanterie-Regiments Nr. 95 wird zusammengestellt und an die Westfront geschickt. Unter Jubel, die Gewehrläufe mit Blumen geschmückt, von Angehörigen oder Quartiergebern beschenkt, wird es verabschiedet. Von *ungeheuerlichen patriotischen Demonstrationen* lese ich, aber auch von einer Antikriegsversammlung im Volkshausgarten, an der 4000 Gothaer teilnehmen und der Sozialdemokrat Wilhelm Bock *an die Vernunft appelliert und Kriegstaumel und Völkermord verurteilt.*

Die Herstellung von Militärflugzeugen in Gotha. 1915 wird die Gotha-Taube, die zur operativen Aufklärung diente, aus dem Fronteinsatz gezogen, da sie den französischen und englischen Modellen unterlegen ist. Gleichzeitig steigt die Waggonfabrik in die Entwicklung und Herstellung von Großflugzeugen ein. Land- und Seeflugzeuge werden als Doppeldecker konstruiert, die mit Maschinengewehren, Munition und Bomben bestückt werden können.

Der greise Graf Ferdinand von Zeppelin, dessen Zeppeline sich im Fronteinsatz als untauglich erweisen, besucht Gotha zweimal, um sich über die Entwicklung der Kampfflugzeuge zu informieren. 1916 ist der Doppeldecker vervollständigt: Er hat sechs Motoren mit insgesamt 1080 PS Leistung, sein Steigvermögen beträgt 6000 Meter.

Produktion für den Krieg. Der Reingewinn der Aktionäre der Gothaer Waggonfabrik erhöht sich von 1912/13 bis 1917/18 um das Siebenfache. Pro Kopf hat das Herzogtum Sachsen-Coburg-Gotha in den Jahren 1917/1918 die höchste Kriegsproduktion in ganz Deutschland. Bis 1918 wickelt die Reichsbank in Gotha 282,4 Millionen Mark Kriegsanleihen ab.

Bereits 1915 zieht die Fliegerersatzabteilung 3 in die neue Militärkaserne ein. Ihr gehörten eine Mannschaft von 1200 bis 2000 Fliegern und Bodenpersonal sowie 30 Offiziere an. Ab 1916 werden die »Gothas« zur Bombardierung des gegnerischen Hinterlandes eingesetzt. Sie werfen ihre Last über London und über südenglischen Städten ab. Ebenso auf französisches Gebiet. »Les Gothas« sind gefürchtet, der Name der Stadt verbindet sich mit Zerstörung.

Mein Vater ist elf Jahre, als der Krieg beginnt. Ob er mit anderen Kindern neugierig vor dem hölzernen Modell der Gotha-Taube auf dem Hauptmarkt steht, in das für jede gespendete Goldmark ein eiserner Nagel eingeschlagen werden darf?

Als der Krieg endet, ist er fünfzehn. Während der gesamten Zeit besucht er die Schule; es sei denn, die Räume werden anderweitig verwendet: während der Mobilmachung für die Unterbringung der Rekruten, später, als die ersten Verwundeten und Verstümmelten von den Schlachtfeldern eintreffen, als Notlazarett. (So wird es auch nach dem Zweiten Weltkrieg sein, Lazarett für einige Zeit, dann zieht die amerikanische, danach die russische Kommandantur in das Gebäude der Arnoldi-Schule ein.)

Zur Zeit des Schulbesuchs meines Vaters ist Dr. Rohrbach der Direktor. Die Klassenlehrer wechseln. Zu Ostern, Michaelis und Weihnachten gibt es Zeugnisse. Ich sehe sie mir an. Die Tinte ist wie frisch. Geographie, Geschichte und Naturkunde scheinen die Lieblingsfächer meines Vaters zu sein, fast ausnahmslos die Zensur 1 über alle Jahre. Auch in Betragen, Fleiß und Ordnung diese Note. Ein einziges Mal, Weihnachten 1913 eine 2, der Grund steht daneben: *1 Tadel wegen unaufmerksamen Betragens während der Stunde.* Sport und Singen mochte er nicht, von letzterem wurde er ab der 3. Klasse befreit.

Im Sommer 1913 muß er wieder krank gewesen sein, das Zeugnis zu Michaelis vermerkt: *20 Stunden versäumt.*

Ein Foto des Dreizehnjährigen, eine Aufnahme im Atelier. Die Arme vor der Brust verschränkt, in einem Matrosenanzug, sitzt er auf einer Bank. Der Matrosenkragen und die dunkle, zu große Schirmmütze rahmen ein sehr schmales, fast mageres Gesicht ein, wiederum ist der Blick ernst. Auf der Rückseite des Fotos steht in schöner Sütterlinschrift: *Gotha, 2. IX. 1916. Meiner lieben Schwester Lisbeth zum 19. Geburtstage Ihr Bruder Willi.* Ob die Schwester da bereits die Nachricht vom Tod ihres Verlobten, »für die

Ehre des Vaterlandes an der Front gefallen«, erhalten hat?

Tante Elisabeth war nach dem Großvater mütterlicherseits in meiner Kindheit der zweitgeliebte Mensch. Sie wohnte in unserem Haus in der unteren Etage. Ich konnte jederzeit zu ihr kommen, ihr alles anvertrauen. Aber niemals hat sie von diesem Verlobten erzählt. Ich gehe in Gedanken durch ihre Wohnung, die Bilder an den Wänden, die Fotos auf dem Vertiko; nichts erinnerte an ihn. Der Männermangel nach dem Ersten Weltkrieg. Sie gehörte zu den vielen Tausenden von Frauen, die nicht nur ihre Liebsten verloren hatten, sondern auch ohne Chance waren, einen neuen zu finden. Aber nie hat sie darüber geklagt. Ich war gern bei ihr, sie hatte viele Freunde, Hausmusik wurde gemacht, es wurde oft gelacht. Ich habe von ihr viel gelernt, davon wird noch zu erzählen sein.

Am 25. März 1917 wird mein Vater in der Margarethenkirche konfirmiert. Die Glocken läuten, die Orgel braust. Bereits drei Monate später sind Orgel und Glokken verstummt. Am 17. Juni 1917 ordnet die Stadtverwaltung an, Orgelpfeifen und Glocken zur Einschmelzung zu Kriegszwecken abzuliefern. Erst 1922 wird die Gemeinde das Geld haben, um in der Apoldaer Glockengießerei drei neue Glocken zu erwerben. Diese Glocken sind aus Eisenguß, und für lange Zeit versehen sie ihren Dienst; sie sind es, die ich vor und nach dem Orgelkonzert 2009 gehört haben muß, ohne daß ich mich an ihren Klang erinnere. Das Geläut, lese ich, sei defekt, schließlich sei nur noch ein Scheppern zu hören gewesen, 2014 sei sie ganz verstummt.

Ein Spendenaufruf 2016. Auch ich trage ein Scherflein bei, spende den Erlös meiner Lenz-Lesung in Gotha im März 2017. Bereits am 5. Mai desselben Jahres wird die erste bronzene Glocke im Beisein der Bürgerschaft auf dem Hauptmarkt gegossen: ein ungewöhnliches Schauspiel. Am 12. August dann werden die alten Glocken vom Turm geholt. Am 30. September erfolgt der festliche Aufzug der neuen. Zum 500. Reformationstag, am 31. Oktober 2017, werden sie erstmals geläutet. Die Glockenzier enthält eine Friedensbotschaft in vier Teilen: »Frieden für Gotha«, »Frieden für Thüringen«, »Frieden für Deutschland«, »Frieden für die Welt« – ganz im Sinne Friedrich Schillers, dessen berühmtes Gedicht mit den Zeilen endet: *Ziehet, ziehet, hebt! / Sie bewegt sich, schwebt! / Freude dieser Stadt bedeute, / Friede sei ihr erst Geläute!*

Mein Vater hat das prächtige Geläut der alten Glokken im März 1917 zu seiner Konfirmation noch vernommen. Sein Einsegnungsspruch: *Der Herr ist der Geist. Wo aber der Geist des Herrn ist, da ist Freiheit.* Pfarrer Hermann Laufer bestätigt ihm, daß *er zum ersten Male mit der Gemeinde an der Feier des heiligen Abendmahls* teilgenommen habe.

Ein Fest zu Hause, eine bescheidene Feier, von Mutter und Schwester für den Vierzehnjährigen ausgerichtet. Der Großvater Bätzholdt zu Besuch.

Der Hungerwinter 1916/17, der sogenannte Kohlrübenwinter, ist gerade überstanden. Bereits 1915 verschlechtert sich die Versorgung der Bevölkerung. Die Brotpreise erhöhen sich, das Brot wird rationiert. Kuchen zu backen ist verboten. Im November 1915 werden fleischlose Tage eingeführt. Die Gothaer Stadtverwaltung kann die seit dem zweiten Kriegsjahr ständig verkürzten Lebensmittelzuteilungen nicht mehr garantieren. Überall Schlangen, stundenlanges Warten vor den Geschäften. An der Tür meist ein Polizist mit Pikkelhaube, wie ich auf einem Foto vor einer Fleischerei im Brühl sehe. »Paul Holzhey Wurstfabrik« steht über dem Laden.

Alles wird der Kriegsproduktion untergeordnet. Kupferne Waschkessel müssen laut Anordnung des Gothaer Stadtrates abgeliefert werden, Nähgarn und Zwirn sind bereits beschlagnahmt, seit dem 1. Juni 1916 besteht die Abgabepflicht für Altgummi, am 15. Februar 1917 wird die Enteignung der Fahrradbereifung verkündet.

Textilwaren gibt es nur auf Zuteilung. Der Stadtrat ruft die Bürger auf, im Sommer barfuß zu gehen, um Schuhe zu schonen. Am 10. Februar 1917 werden auch sie rationiert. Der Straßenbahnverkehr wird eingestellt, das Stadtbad ist geschlossen, im Januar 1917 wird die Straßenbeleuchtung eingeschränkt, im September vollkommen eingestellt.

Der Vater auf dem kurzen Weg zur Schule im Winter 1917/18. Prüfungsvorbereitungen. Am 22. März 1918 wird ihm von der »Städtischen Ober-Realschule i.E. Gotha« *im Endergebnis der vorschriftsgemäß veranstalteten Prüfung ... das Zeugnis der Reife ... mit dem Gesamturteil II = gut zuerkannt*. Die Unterschriften der drei Institutionen, aus denen die Prüfungskommission besteht; an erster Stelle der Herzogliche Prüfungskommissar Dr. E. Bachhof, dann als Vertreter des Stadtrates Oberbürgermeister Liebetrau, schließlich Direktor Rohrbach und für den Lehrkörper elf Namenszüge.

Ein zweites Zeugnis wird ihm, wie ich lese – gemäß der »Wehrordnung« –, ausgehändigt, das zugleich den Nachweis über seine wissenschaftliche Befähigung für den einjährigen freiwilligen Militärdienst liefert. Im Kleingedruckten steht: *für Ausrüstung, Bekleidung, Wohnung und Unterkunft hat der Kriegsfreiwillige selbst zu sorgen*. Auf der Rückseite der Zeugnisse die Erklärung des gesetzlichen Vertreters zum Diensteintritt. Die auszufüllenden Spalten sind leer. Am Ende des Bogens keine Unterschrift.

Im Tagebuch der Käthe Kollwitz lese ich, wie sie in Berlin mit Schauder diese fast noch Kinder, diese Schüler an die Front abmarschieren sieht. Die Vorstellung, mein Vater, fünfzehnjährig, zieht noch in den Krieg.

9

Aber seine Mutter hat sich zeitig um eine Ausbildungsstelle bemüht. Bereits am 1. Januar 1918 unterzeichnet sie einen Lehrvertrag mit dem jüdischen Hofbankhaus »Gebrüder Goldschmidt«. Hat der Großvater Bätzholdt vermittelt? Dieses Bankhaus ist eines der größten und renommiertesten in der Stadt, gegründet 1868, sein Hauptsitz befindet sich am Hauptmarkt 41, es hat darüber hinaus Zweigniederlassungen in den thüringischen Orten Friedrichroda, Oberhof und Facha.

Der Schulabschluß meines Vaters mitten im Krieg. Zehn Jahre hat er die Schule besucht, was heute der mittleren Reife entspricht. Eine Feier nach der Zeugnisausgabe. Unter den Nachlaßpapieren finde ich, leicht eingerissen, auf dem Umschlag ein gezeichnetes Bild des imposanten Jugendstilgebäudes der Arnoldi-Schule, die Festzeitung zum Schulabschuß, hergestellt von den Schülern.

Das Übliche: Karikaturen von Lehrern, Spottverse über Mitschüler, Annoncen. In der Rubrik »Neues vom Büchermarkt« finde ich den Namen meines Vaters. Einzelne Schüler werden durch empfohlene Buchtitel charakterisiert. *Moderne Lyrik (eher für sensible Naturen)* steht bei ihm. Bei einem anderen: *Was ist*

Zündung und wie gebraucht man sie? (Eine flugtechnische Studie). Obgleich ich meinen Vater nie Lyrik lesend erlebt habe, scheint es mir zum ernsten Ausdruck seines Gesichts auf den Porträts zu passen.

Im Januar 1918 kursieren in Gotha Flugblätter mit dem Aufruf zum Massenstreik, unter anderem heißt es darin, *setzt alles daran ... daß vor allem die Produktion von Mordwerkzeugen in der Munitionsindustrie aufhört*. Die Antikriegsbewegung hat durch die Oktoberrevolution in Rußland neue Impulse erhalten. Das Ende des Krieges naht. Zwei Tage nach dem Berliner Januarstreik in der Rüstungsindustrie unter der Losung *Frieden! Freiheit! Brot!* legen in Gotha die Arbeiter zunächst vier, dann acht Rüstungsbetriebe lahm. 4400 Arbeiter beteiligen sich. Polizei und Militär wird gegen sie eingesetzt. Die Militärbehörde droht mit harten Strafen, viele der Arbeiter erhalten den Einberufungsbefehl. Am 4. Februar wird der Streik abgebrochen.

Auch die Kriegsmüdigkeit der Soldaten wächst. Am 6. November 1918 ist in der »Gothaischen Zeitung« zu lesen, daß in Kiel ein Soldatenrat gegen die sinnlose Fortsetzung des Krieges gebildet wurde. Zwei Tage später, am 8. November, entwaffnen die Soldaten der Fliegerersatzabteilung 3 und des Ersatzbataillons des Infanterie-Regiments 95 ihre Offiziere und übernehmen das Kommando über die Gothaer Garnison. Sie bilden einen Soldatenrat, der sich noch am selben Tag mit den Arbeitervertrauensleuten der Betriebe zusammenschließt. Es konstituiert sich ein »Arbeiter- und Soldatenrat«.

Im Morgengrauen des 9. November werfen Piloten der Gothaer Fliegerersatzabteilung Flugblätter mit dem Aufruf, sich der Revolution anzuschließen, über Langensalza, Mühlhausen, Erfurt, Weimar und über dem Militärgelände in Ohrdruf ab. In den Vormittagsstunden des 9. November 1918 versammeln sich auf dem Hauptmarkt in Gotha unter der Losung *Laßt Euch nicht mißbrauchen von den Werkzeugen der großen Geldsäcke!* Arbeiter, Soldaten und Bürger, sie tragen rote Fahnen und Transparente. Musikkapellen spielen. Es regnet in Strömen. Als Vertreter der Arbeiter spricht Wilhelm Bock, jener, der am 30. Juni 1914 vor 4000 Demonstranten im Volkshausgarten Kriegstaumel und Völkermord verurteilt hatte. Bock erklärt den Regenten des Herzogtums Sachsen-Coburg und Gotha, Herzog Carl Eduard, für abgesetzt, verlangt die Unterstellung der Regierungsgeschäfte unter die Kontrolle des »Arbeiter- und Soldatenrates« und die sofortige Einberufung des Landtages sowie die Ausschreibung von Neuwahlen.

Am selben Tag, am 9. November 1918, dankt in Berlin Kaiser Wilhelm II. ab, und der SPD-Politiker Philipp Scheidemann ruft die Republik aus. Das Ende der Monarchie ist besiegelt.

In Gotha zieht die Menge zum Schloß Friedrichstal, dort gibt Herzog Carl Eduard durch seinen Staatsminister von Bassewitz seinen Regierungsverzicht bekannt. Der »Arbeiter- und Soldatenrat« übernimmt die Macht, ruft die »Republik Gotha« aus. Die herzogliche Verwaltung unter Staatsminister Hans Barthold von Bassewitz bleibt im Amt. Die Revolution verläuft friedlich.

Wie mag mein Vater das erlebt haben? Das Bankhaus der Gebrüder Goldschmidt befindet sich am unteren Markt. Seit dem 1. April 1918 ist er dort Lehrling. Freiwillig oder unfreiwillig muß er Ohren- und Augenzeuge des revolutionären Umsturzes in den Vormittagsstunden des 9. November 1918 in Gotha geworden sein.

In der Stadt gibt es eine kraftvolle Arbeiterorganisation. Nahezu geschlossen sind die Mitglieder der SPD in die neugegründete USPD, die Unabhängige Sozialdemokratische Partei Deutschlands, übergetreten. Die nun gebildete USPD-Regierung agiert links von der Sozialdemokratie. Sie steht dem Spartakusbund, steht Karl Liebknecht und Rosa Luxemburg nahe, strebt eine proletarische Räterepublik an, in der Oktoberrevolution in Rußland sieht sie ihr Vorbild.

Von Anfang an ist sie der von Sozialdemokraten geführten Reichsregierung in Berlin ein Dorn im Auge. Aus dem »Arbeiter- und Soldatenrat« gehen am 30. November die »Volksbeauftragten des Staates Gotha« hervor. Die Gemeindevertretung soll aufgelöst und durch diese zwölfköpfige Körperschaft ersetzt werden. Oberbürgermeister Liebetrau erhebt dagegen Einspruch bei der Berliner Regierung.

Als diese im Januar 1919 in Berlin in Zusammenhang mit dem Spartakusaufstand Truppen gegen Arbeiter einsetzt und dabei das Bündnis mit der alten

Reichswehr sucht, drückt die »Republik Gotha« in einem Telegramm ihre Mißbilligung darüber aus. Sie läßt in der Folge der Berliner Ereignisse die Arbeiter in Gotha bewaffnen und als Sicherheitswehr durch die Straßen der Stadt patrouillieren.

Innerhalb der USPD-Regierung bricht daraufhin der von Anfang an schwelende Konflikt zwischen dem gemäßigten und dem radikalen Flügel offen aus.

Die Symbolfigur des gemäßigten Flügels ist der zu diesem Zeitpunkt zweiundsiebzigjährige Wilhelm Bock. Bereits mit einundzwanzig Jahren wurde er Mitglied des »Allgemeinen Deutschen Arbeitervereins«, ist seit 1869 in Gotha ansässig und maßgeblich daran beteiligt, daß der Vereinigungsparteitag der deutschen Arbeiterbewegung – vertreten durch August Bebel und Wilhelm Liebknecht auf der einen, Ferdinand Lassalle auf der anderen Seite – am 26. Juni 1875 im Tivoli in Gotha stattfindet. Wilhelm Bock ist nicht nur nach dem Fall des Sozialistengesetzes einer der ersten Abgeordneten im Landtag, sondern auch lange Jahre Reichstagsabgeordneter und später Alterspräsident des Reichstages.

Wilhelm Bock will die Maßnahmen des radikalen Flügels der USPD nicht mittragen und erklärt am 29. Januar 1919 seinen Austritt aus der Regierung. In seinen 1927 erschienenen Erinnerungen begründet er seinen Schritt; *denn ich konnte die überradikalen Ansichten und Anträge des Arbeiter- und Soldatenrates nicht verwirklichen.* Als Beispiel nennt er: *So wurde mir zugemutet, daß ich für Karl Liebknecht Landestrauer anordnen sollte.*

In Berlin ist der Spartakusaufstand gerade mit Hilfe von Reichswehr und Freikorps niedergeschlagen worden, und im Zuge der *gegenrevolutionären Säuberungen* sind am 15. Januar 1919 Rosa Luxemburg und Karl Liebknecht feige ermordet worden. Hätte sich Wilhelm Bock der Bitte der Linken in seiner Partei angeschlossen, wäre dies vielleicht ein wichtiges Zeichen in Deutschland gewesen, den beiden Toten öffentlich die Ehre zu erweisen.

Der Kommandant der Division der Reichswehr, Waldemar Pabst, wird später davon sprechen, daß er vor den Morden mit der Reichskanzlei telefoniert und die Rückendeckung von Noske bekommen habe. Und noch 1969 wird Pabst in einem Privatbrief in bezug auf den Mord an Rosa Luxemburg und Karl Liebknecht von der Undankbarkeit der Deutschen schreiben: *die deutschen Idioten sollten Noske und mir auf den Knien danken und Denkmäler setzen* ... Ein dunkles Kapitel.

Die Haltung Wilhelm Bocks bezeugt, wie tief die Gräben innerhalb der Arbeiterbewegung bereits 1919 sind. Mit dem Aufkommen des Nationalsozialismus werden sie unüberbrückbar. Bock beschuldigt die Kommunisten, sie hätten *das organisierte Proletariat gesprengt*. Er nennt die Linken *Gehirninvaliden*.

Mit seinem Ausscheiden aus der Gothaer USPD-Regierung am 29. Januar 1919 bekommen die Radikalen die Oberhand. Als Beispiel eine ihrer Maßnahmen: Kirche und Staat sollen getrennt, das morgendliche Schulgebet abgeschafft werden. Der herzogliche Schulrat Bachhof (jener, der das Zeugnis meines Vaters unterschrieb) wird seines Amtes enthoben und durch den radikalen Sozialisten Hugo Jacobi ersetzt. Eine Entscheidung, die Staatsminister von Bassewitz zum Rücktritt veranlaßt. Proteste und Schulstreiks folgen. Auf einem Flugblatt des Bauernbundes zum Religionserlaß ist zu lesen: *Ungeheure Empörung geht durch das Land! Auf allen unseren Dörfern protestieren die Eltern gegen die schwere Gewissensvergewaltigung und das Religionsverbot Jacobis* ... Über den Schulstreik hinaus kündigen die Bauern die Verweigerung der Steuerzahlungen an die Regierung an.

Reichswehrminister Gustav Noske verfügt, um – wie es im »Gothaischen Tageblatt« heißt – *die militärische Potenz der Revolutionsregierung zu brechen*, die Verlegung der in der Stadt stationierten Truppen, Kommandeurswechsel und Auflösung der Fliegerersatzabteilung sowie die Entwaffnung der aus der Arbeiterschaft gebildeten Sicherheitswehr. Bis zum 14. Februar sollen alle Gewehre abgegeben werden.

Dem wird nicht Folge geleistet. Am 4. Februar kommt es zum Generalstreik. Am Morgen des 7. Februar zieht daraufhin – verfügt von Berlin – die Reichswehr unter Generalmajor Maercker mit 550 Soldaten in Gotha ein. Am 18. Februar 1919 läßt dieser in der Stadt alle öffentlichen Gebäude, Fabriken und militärischen Anlagen besetzen. Auf den Aufruf der Waggonbauer zum Generalstreik hin wird von Maercker der Belagerungszustand über die Stadt verhängt.

Unter diesen Bedingungen findet am 23. Februar 1919 die Landeswahlversammlung statt. Die USPD trägt den Sieg davon. Sie erhält die absolute Mehrheit und bleibt an der Regierung. Sie hat zehn Sitze in der Landesversammlung inne, die SPD einen und die bürgerlichen Parteien zusammen acht.

Hat der Sturz der Monarchie auch im Bürgertum eine breite Zustimmung gefunden, so regt sich gegen die Politik der USPD-Regierung heftiger Widerstand. Am 24. Februar kommt es zu einem Bürgerstreik; eine der Forderungen: den radikalen Flügel der USPD aus Gotha zu entfernen.

Die Ende 1918, Anfang 1919 in Gotha gegründeten Ortsgruppen der konservativen »Deutschnationalen Volkspartei« (DNVP), eines Sammelbeckens antirepublikanischer Kräfte, und der rechtsliberalen »Deutschen Volkspartei« (DVP) lehnen Revolution und neue Staatsform grundsätzlich ab, bekämpfen sie kompromißlos. Die linksliberale »Deutsche Demokratische Partei« (DDP) dagegen steuert einen Öffnungskurs an, ist reformbereit, geht auf den gemäßigten Teil der USPD zu, will einen Gesellschaftskompromiß mit den Arbeitern.

10

Diese DDP, lese ich, habe nach 1919 ihre Massenbasis unter Beamten, Angestellten und kleinen Gewerbetreibenden in Gotha. Zu ihren Gründungsmitgliedern gehört der Stadtpfarrer Otto Linz. Und in einer Spezialstudie über »Bürgertum und Nationalsozialismus in Thüringen« finde ich als Mitglied der DDP den Namen Goldschmidt.

Wie mag mein Vater das alles gesehen haben? Am 6. Februar 1919 wird er – noch als Lehrling – in den »Deutschen Beamtenbund« aufgenommen; seine Mitgliedskarte trägt die Nr. 59 089.

Ein weiteres Foto, datiert auf das Frühjahr 1919. Der Sechzehnjährige mit Anzug, Schlips und weißem Hemd; er steht im Garten des Hauses Werderstraße 21 vor dem hölzernen Lattenzaun, auf den ich als Kind mit weißer Kreide meine Geschichten male. Wieder ist sein Gesicht ernst, ich meine sogar Verunsicherung und Ängstlichkeit darin zu sehen. Am 10. Mai 1919 stirbt sein Großvater Johann Carl Gottlieb Bätzholdt.

Nun ist er der einzige männliche Vertreter in der Familie. Eine Last auf seinen Schultern.

Sein im Januar 1918 abgeschlossener Lehrvertrag läuft bis zum März 1921. Aber vorfristig, am 30. November 1920, beendet er die Lehre. Ab 1. Dezember ist er als Handlungsgehilfe im Bankhaus der Gebrüder Goldschmidt tätig.

War der siebzehnjährige Handlungsgehilfe vielleicht einzig auf sein berufliches Fortkommen bedacht? Als Sympathisant der radikalen Linken kann ich ihn mir kaum vorstellen. Auch nicht als Mitglied der vielen in Gotha existierenden Vereine mit stark nationalistischen Tendenzen, die nach dem Versailler Vertrag Aufwind bekommen. Ich sehe meinen Vater eher als einen, der zu den Meinungen der linksliberalen Partei hinneigt. Eine Vermutung. Wissen kann ich es nicht.

Niemals habe ich meinen Vater nach diesen Vorgängen 1919 gefragt, nie hat er von sich aus darüber gesprochen. Der Kapp-Putsch in Gotha war das erste politische Ereignis, von dem er erzählte, sogar mehrfach, entsinne ich mich, und immer erregt. Von den Maschinengewehrsalven, die in die vor der Hauptpost auf telegrafische Nachrichten aus Berlin wartende Menge gefeuert wurden und eine Panik auslösten, sprach er. Von den blutigen bürgerkriegsartigen Kämpfen in den Straßen Gothas am 18. März 1920 mit über 100 Toten, 78 davon Zivilisten. In meiner Erinnerung ist der Kapp-Putsch mit der Maschinengewehr-Kaserne in der Humboldtstraße verbunden. Wenn ich als Kind, aus der Klavierstunde kommend, dort vorbeiging, vernahm ich stets Schüsse und glaubte die Rohre der Maschinengewehre auf mich gerichtet; vielleicht war es das an sich schon martialische Wort, das meine Phantasie anregte. Hatte der Vater die Maschinengewehr-Kaserne erwähnt? Ob er dort oder an anderer Stelle Zeuge von Gewaltsamkeiten geworden war, weiß ich nicht.

Am 13. März 1920 waren die Generäle Kapp und Lüttwitz in Berlin einmarschiert, hatten die Regierung abgesetzt und die Nationalversammlung für aufgelöst erklärt. Während Kapp und Lüttwitz bereits fünf Tage später, am 17. März, durch die einheitlichen Abwehrkämpfe in ganz Deutschland und die Massenstreiks zum Rücktritt gezwungen werden und die sozialdemokratische Regierung nach Berlin zurückkehrt, gehen die Kämpfe in Gotha weiter.

Die Reichsregierung fordert die Verteidiger der Republik zur Ablieferung aller Waffen auf. Als das USPD-geführte Gotha dieser Aufforderung nicht nachkommt, im Gegenteil seine »Volkswehr« verstärkt, läßt Berlin am 24. März die Stadt durch die Reichswehr besetzen. An ihrer Seite zieht eine Studentenkompanie ein, die während des Putsches auf der Seite Kapps stand. Hunderte Arbeiter werden verhaftet, der Belagerungszustand wird über die Stadt verhängt, standrechtlich wird gegen Arbeiter vorgegangen.

Dazu muß man wissen, daß den in der »Volkswehr« organisierten Arbeitern, dieser starken Linken, eine ebenfalls bewaffnete fatale Rechte gegenübersteht. Der Hintergrund für ihre Rekrutierung sind bereits schon vor dem Krieg vorhandene Gothaer Vereine, so der Kolonialverein und der Flottenverein mit seinen zum Teil völkisch-nationalistischen Zügen, ebenso der Altschützenverein und die antisemitisch orientierte Deutschbundgemeinde (in Gotha die größte im Reich). Unter dem Schutz und gefördert durch die vom

Juni bis November 1919 in Gotha anwesenden Reichswehrtruppen unter Generalmajor Maercker gründen die von der radikalen USPD-Regierung verunsicherten Bürger paramilitärische Verbände, die sogenannte »Einwohnerwehr« und die »Sturmkompanie«, letzterer gehören etwa 100 ehemalige Offiziere an. Im Kapp-Putsch stehen sich diese paramilitärischen Verbände und die Arbeiter in Gotha unversöhnlich gegenüber. Bis heute erinnert der Name »18. März-Straße« (früher Kaiserstraße) an die blutigen, opferreichen Auseinandersetzungen.

Am 10. April 1920 schickt Reichspräsident Ebert einen seiner Kommissare nach Gotha mit der Anweisung, die rätediktatorische Machtentfaltung einzudämmen und verfassungsmäßige Zustände herzustellen. Offenbar finden geheime Verhandlungen mit den Abgeordneten der bürgerlichen Parteien und dem einen Sozialdemokraten statt. Die Abgeordneten legen ihre Mandate nieder und machen damit die USPD-Regierung beschlußunfähig.

Empörung auf der einen, Aufatmen auf der anderen Seite oder Gleichgültigkeit beim überwiegenden Teil der Gothaer Bevölkerung? Die »Republik Gotha« verschwindet in aller Stille.

Am 1. Mai 1920 gründet sich aus den sieben ehemaligen thüringischen Fürstentümern das Land Thüringen. Damit hört die enge Verquickung von Landes- und Kommunalpolitik auf, viele städtische Institutionen wandern von Gotha in die neue Hauptstadt Weimar.

In der Folge des am 1. Januar 1920 in Kraft getretenen Versailler Friedensvertrages werden in Gotha Fliegerwerft, Luftschiffhalle und der Flughafen abgerissen. Deutschland als Kriegsschuldiger hat hohe Reparationsleistungen zu erbringen.

Gotha ist voller Witwen, Waisen und Kriegsversehrter. Es herrscht Hunger. Armut. Schlangen vor den Läden. Die Lebenshaltungskosten steigen. Für den verlorenen Krieg muß bezahlt werden. Die Inflation: Die riesige Staatsverschuldung führt zu einer rapiden Geldentwertung. Im Juli 1922 ist der Wert der Mark auf ein Hundertstel, Mitte Januar 1923 auf ein Viertausenddreihundertstel des Vorkriegswertes gefallen.

Im Sommer 1923 kommt es in fast allen der 160 Industriebetriebe von Gotha zu Entlassungen. Zu Tausenden stehen die Arbeiter auf der Straße.

Im Oktober liegt die monatliche Inflationsrate bei 32 000 %, das heißt, von Minute zu Minute entwertet sich die Mark. Eine vollständige und verheerende Zerrüttung des Geldwesens. Das fieberhafte Drucken von Notgeld. Scheine von 1000, 5000 und 10 000 Mark werden in Gotha im Februar 1923 ausgegeben. Im Herbst erreicht die Inflation ihren Höhepunkt. Scheine von 5 Milliarden bis 100 Milliarden Mark sind im Umlauf.

Im Jahr 2008, als in den USA die Lehman Brothers pleite gehen, schenke ich meinem neunjährigen Enkelkind Noah ein kleines Bündel von Millionen- und Milliardenscheinen, die mein Vater aufbewahrt hat. Erzähle ihm, daß die Preise von Tag zu Tag ins Unermeßliche stiegen. Ein einziges Hühnerei zum Beispiel habe im Juli 1921 1,40 Reichsmark gekostet. Im Januar 1923 aber 110 Mark, im März 270, im Juli 3250 Mark. Ein Liter Milch ist für 48 000 Mark, ein Kilo Butter für 136 000 Mark zu haben. Und auf dem Höhepunkt der Inflation, im Herbst 1923, kostete dieses einzige Hühnerei 1900 Millionen Mark.

Ein einziges Ei, fragt das Kind ungläubig. Ja. In Rucksäcken und Tragkörben hätten die Leute das Geld transportiert, erzähle ich ihm und sehe meinen Vater, den Handlungsgehilfen in der Gothaer Bank am Hauptmarkt, in den Papiermassen des Notgeldes verschwinden.

Dann habe es eine Währungsreform gegeben. Am 15. November 1923 sei die Rentenmark eingeführt worden.

Für eine Billion Mark habe man eine einzige Rentenmark bekommen. Das Kind beginnt sofort die Scheine des Urgroßvaters zu zählen. Wieviel ist eine Billion? Es zählt und zählt, die ganze Familie rechnet mit, es kann den Umtauschwert von einer Rentenmark nicht erreichen, kommt mit seinen Millionen- und Milliardenscheinen nur auf eine lächerliche Pfennigsumme.

Während Staat, Industrie und Wirtschaft sich mit der neuen Währung entschulden, sind die Sparer Opfer dieser Hyperinflation. Ihre Guthaben lösen sich in nichts auf. Sie werden um ihr Vermögen gebracht und fühlen sich vom Staat betrogen. Auch diejenigen, die zur Alterssicherung in traditioneller Weise Staatsanleihen erworben haben, müssen zusehen, wie deren Wert auf Null sinkt. Gehaltseinbußen, Arbeitslosigkeit, der Verlust jeglicher ökonomischer Sicherheit, das Schwinden der Existenzbasis sind eine einschneidende neue Erfahrung nicht nur für Arbeiter, sondern für weite Teile des Bürgertums in Gotha.

Nichts habe, schreibt Stefan Zweig in seinem Buch »Die Welt von Gestern – Erinnerungen eines Europäers«, *das deutsche Volk ... so verbittert, so haßwütig, so hitlerreif gemacht wie die Inflation.* Und tatsächlich ist in Gotha zu beobachten, daß radikale nationalistische und antisemitische Ideen, die existieren, aber bisher keine Massenwirksamkeit hatten, nun Gehör finden, vor allem im Bürgertum. An erster Stelle im »Jungdeutschen Orden« mit seinen Sonnenwendfeiern, seinen quasireligiösen Inszenierungen. Seine Zielsetzung: *Kampf gegen den Bolschewismus* und *Wiederaufstieg Deutschlands.* Das weicht nur wenig von dem ab, was später die Nationalsozialisten vertreten. Aber auch der konservative »Landwehrverein«, das Gothaer »Traditionsregiment 95« und selbst der »Turnverein Jahn«, der bereits seit Mitte der zwanziger Jahre nur arische Mitglieder aufnimmt, sind zu nennen.

Ende 1924 scheinen mit der Währungsstabilisierung bessere Zeiten zu beginnen. Es kommt zu einem vorsichtigen Aufschwung. In der Industrie wird rationalisiert und modernisiert. Kredite aus Amerika tragen wesentlich dazu bei. Beginnen die goldenen zwanziger Jahre? Die Kehrseite der Rationalisierung: Arbeitszeitverlängerung, Kurzarbeit, Arbeitslosigkeit. Viele kleine Betriebe können nicht mithalten; in Gotha gibt es in den Jahren 1925 bis 1928 allein 69 Konkursverfahren. Auch viele Beamte verlieren ihren Arbeitsplatz.

Auch der meines Vaters ist gefährdet. Vom 15. November 1924 ein Zwischenzeugnis des Hofbankhauses, das ihm *hervorragenden Fleiß, große Sorgfalt, reges Geschäftinteresse* bescheinigt. Er ist einundzwanzig Jahre und vom Handlungsgehilfen zum Bankbeamten aufgestiegen. *Bei weiterem Fortschreiten der Einschränkungen im Bankbetriebe* könne *mit der Fortdauer seiner Beschäftigungsmöglichkeit bei uns für die Dauer nicht mehr gerechnet werden*, lese ich. Und daß er am 11. August desselben Jahres eine Vereinbarung zu unterzeichnen habe, die die Kündigungsfrist ab 1. Oktober neu regelte. Anstelle der gesetzlichen Frist kann die *Kündigung jeweils am Monatsende zum folgenden Monatsersten* ausgesprochen werden. Eine unsichere Situation.

Aber mein Vater verliert seinen Arbeitsplatz nicht.

Ein Foto des Einundzwanzigjährigen. Im Atelier des »Hofphotographen B. Münchs, Gotha« ist es aufgenommen. Im feinen schwarzen Anzug mit hochgestelltem weißem Kragen (dem sogenannten Vatermörder) blickt er ernst in die Kamera. Aber diesem Ernst wohnt keinerlei Verunsicherung oder Schüchternheit mehr inne, sondern im Gegenteil, er strahlt Selbstsicherheit aus: Augen, Haltung, die Kleidung.

Ich sehe diesen eleganten jungen Mann im Gothaer Landestheater vor mir, erinnere mich an seine Erzählungen, wen er dort alles erlebt habe: die Dirigenten

Hermann Abendroth, Siegfried Wagner und Richard Strauss, die Schauspieler Heinrich George, Albert Bassermann, Paul Wegener, Eduard von Winterstein und, das hob er immer hervor, den wunderbaren Sänger Richard Tauber.

Vielleicht, denke ich, mochte er auch das Kino »Weiße Wand« in der Cosmarstraße, das seit 1919 existierte und Lichtspieltheater genannt wurde, oder das 1927 eröffnete, mit neuer Tontechnik ausgestattete »Capitol« in der Pfortenstraße, in dem 1928 erstmals ein amerikanischer Tonfilm lief. Ich erinnere mich nicht, daß er davon erzählte.

Eine Gothaer Geschichte aber liebte er besonders, die des falschen Prinzen Harry Domela. Ein Felix Krull, ein Hochstapler, der seine Ähnlichkeit mit dem inkognito reisenden ältesten Sohnes des ehemaligen Kronprinzen Wilhelm von Preußen ausnutzt. 1926 kommt er nach Gotha, steigt im Schloßhotel ab, man vermeint Seine Königliche Hoheit zu erkennen; Hoteldirektor, Bürgermeister und Theaterintendant hofieren ihn, ein Fest mit 200 Gästen, mit dem gesamten Adel aus der Umgebung, wird für ihn arrangiert. Die abgedankte Monarchie; viele alte Hofbeamte leben in der Stadt. Harry Domela spielt seine Rolle. 1927 verfaßt er im Gefängnis seine Memoiren; über das Fest im Gothaer Schloßhotel schreibt er: *Es prickelte mir in den Fingerspitzen, denen da drinnen eine Lektion zu erteilen, über die alle Welt lachen sollte. Mochten sie sich blamieren, so gut sie konnten.*

Die Welt lachte in der Tat darüber. Wenn mein Vater die Geschichte des falschen Prinzen erzählte, was oft geschah, hatte er jenen heiter-verschmitzten Gesichtsausdruck, den ich nur von unseren Wanderungen im Thüringer Wald kannte, wenn er, der Karten- und Kompaß-Narr, der jeden Steg kannte, die uns begegnenden Wanderer nach dem Weg fragte und sich über die fast immer falschen Auskünfte amüsierte.

Ein weiteres Foto, vielleicht 1926 oder 1928 aufgenommen. Wieder sehr elegant gekleidet; breitkrempiger Hut, Mantel von feinstem Tuch, modische Gamaschen über den glänzend schwarzen Schuhen. Mit einem Freund steht er auf dem Müller-Tempel in der Klinge. Er lächelt. Es ist die erste Aufnahme, auf der ich meinen Vater lächeln sehe.

Nein, noch ein anderes Foto aus etwa derselben Zeit zeigt ihn lächelnd. In Berlin nimmt er an einer »Eliterundfahrt« zur Besichtigung der Hauptstadt teil. Die Ausflügler sitzen in einem großen offenen Autobus. Die Frauen tragen Hüte, die Männer sind bis auf den Fahrer und einen Militär barhäuptig. Der Fototermin direkt am Brandenburger Tor. Die Pferde der Quadriga stürmen voran. Der Blick der Touristen zum Fotografen. Die in der rechten Reihe des Automobils Sitzenden haben sich erhoben, um auf dem Foto gut sichtbar zu sein. Auch mein Vater steht. Und er lächelt.

Sind für ihn die goldenen zwanziger Jahre vielleicht wirklich golden? Er hat Arbeit, verdient nicht schlecht, ist noch ungebunden.

Er reist viel. Das Reisen muß seine Leidenschaft als junger Mann gewesen sein. In einer der Bodenkammern unseres Hauses gab es eine Kommode mit drei großen Schubladen. Sie waren angefüllt mit auf Leinen gezogenen Landkarten, Reiseführern, Postkarten und handschriftlichen Büchlein mit Reisenotizen meines Vaters. Als Kind konnte ich stundenlang in dieser Bodenkammer sitzen und in den Schubfächern kramen, vor allem die bunten Postkarten hatten es mir angetan; ich träumte mich an die Orte, die auf ihnen zu sehen waren. Auch für meine Söhne war diese Kommode in der Bodenkammer eine Verlockung, wenngleich sie in Konkurrenz zu den in einer Ecke gestapelten Heften der begehrten Zeitschrift »Das Magazin« stand, die meine Eltern abonniert hatten.

Jahre nach der Wende spricht mich bei einer Lesung in Freiburg im Breisgau eine Frau an, erzählt mir, daß unsere Väter gemeinsam gereist seien, schenkt mir jenes Foto auf dem Müller-Tempel, übergibt mir die Aufzeichnungen von drei Reisen, die ihr Vater, Günter Ewald, mit meinem Vater gemacht hat: 1925 ins Oberengadin, zwei Jahre später nach Oberbayern, 1929 dann an den Bodensee und weiter nach Italien an den Lago Maggiore.

Meine Lektüre dieser Berichte. Die beiden Freunde finden St. Moritz wegen der *riesigen Hotelbauten stil- und geschmacklos*, auch Hohenschwangau und Neuschwanstein betrachten sie kritisch. Stark dagegen interessiert sie der Maler Segantini. Von Pontresina aus wandern sie auf den Schafberg, besehen im dortigen Gasthaus die kleine Kammer, in der er starb, besuchen sein Grab und das Segantini-Museum. Sie wandern durch die Partnachklamm, rasten auf der Partnachalm; Elmau, Wettersteinwand, Karwendelgebirge. Auf der Isola Bella im Lago Maggiore bewundern sie die Kunstschätze im Palazzo Borromeo und nie gesehene Bäume: Zedern, Affenbrot, hohe Myrthe, Lorbeer- und Teebaum. Auf der Rückreise München. In der Alten Pinakothek Rubens' »Trunkener Silen«, Tizians »Dornenauszieher«, in der Glyptothek die Marmorleiber von Apoll und Diana, in der Schack-Galerie Böcklin, Schwind, Spitzweg (Bildmappen genau dieser Künstler waren in unserem Bücherschrank). Im Münchner Marionettentheater sehen sie das Trauerspiel »König Violon und Prinzessin Klarinette«, hören in der Hofkirche St. Michael Mozarts c-Moll-Messe und erleben im Schauspielhaus Ibsens »Gespenster« mit Alexander Moissi als Oswald.

Mein Vater ist vor mir, seine Erzählungen, der Klang von Namen, die bunten Postkarten, die Orte als Chiffren des Unerreichbaren: Locarno, Domodossola, Matrei, Chiemsee, Zugspitze, München, Garmisch-Partenkirchen, Innsbruck.

Mir wird bewußt, daß nach 1989 nicht eine einzige Werbung eines im Osten wie Pilze aus dem Boden schießenden Reiseunternehmens, sondern allein der erinnernde Klang der Namen – seit der Kindheit in mir gespeichert – meine Reiseziele bestimmt haben. Zu den Erinnerungen an den Vater kamen die Lieder, die meine Tante Elisabeth, sich am Klavier begleitend, sang: *Innsbruck, ich muß dich lassen ... Im Weißen Rößl am Wolfgangsee ..., Wien, Wien, nur du allein* ... Und die Erzählungen meiner Tante über Norwegen, die der Mutter über Schweden. Immer, wenn etwas in mir aufklang, sagte ich sofort zu: Lesungen in München, Wien, Innsbruck, Salzburg, auf Schloß Elmau. Von dort zur Partnachklamm, von Salzburg aus zum Wolfgangsee. Und der beglückende Weg nach Norden, nach Schweden – jahrelang ein einsames Schreibquartier im kleinen Holzhaus des Sohnes unterhalb des Polarkreises.

In dem 1927 von Günter Ewald verfaßten Reisebericht heißt es am fünfzehnten Tag der Reise: *Nach langer Zeit lasen wir zum ersten Mal wieder Zeitungen*. Welche Ereignisse interessieren die jungen Männer?

Sie genießen ihr Leben. Haben Arbeit. Denken an Heirat und Familiengründung. Kein Anlaß zu Sorgen. Oder?

In ihrer Heimatstadt Gotha spitzt sich die Lage dramatisch zu. Am 1. Januar 1927 – so die Statistik – leben in Gotha 9368 Bürger von staatlicher Unterstützung, das sind 20 % der Bevölkerung. Während des gesamten Jahres 1926 liegt die Zahl der Arbeitslosen im Land Thüringen über dem Reichsdurchschnitt. 1928 ist sie auf 3202, 1929 auf 5529 (Krisen- und Wohlfahrtsunterstützte nicht mitgerechnet) gestiegen.

Die Auswirkungen sind enorm. Die Kaufkraftverluste betreffen Handel und Handwerker unmittelbar. Die Stadt kann die in die Höhe kletternden Ausgaben für Arbeitslose und Wohlfahrtsempfänger nicht mehr tragen, den städtischen Haushalt nicht mehr ausgleichen. In der Bilanz für 1928 verzeichnet die Stadt ein hohes Defizit. Mit immer neuen Steuern – das Wassergeld wird von 30 auf 55 Pfennige je Kubikmeter heraufgesetzt, die Abgaben für Straßenreinigung, Müll- und Fäkalienabfuhr steigen, die Gewerbesteuer wird um 30 % erhöht – der verzweifelte Versuch, die Stadtkasse zu füllen. Vergeblich. Am 12. November 1929 ist Gotha zahlungsunfähig, am 19. November erläßt die Weimarer Regierung einen Zwangshaushalt für die Stadt.

Bereits vor dem 25. Oktober, dem *Schwarzen Freitag*, dem Crash an der New Yorker Börse, sind in Gotha deutliche Zeichen eines schweren ökonomischen Niedergangs zu beobachten. Die Weltwirtschaftskrise verstärkt, durch die Bindung der deutschen Wirtschaft an amerikanisches Kapital, diesen Niedergang nochmals dramatisch. 1929 erliegt die Waggonfabrik der Konkurrenz und wird dem Orenstein & Koppel-Konzern einverleibt.

Innerhalb weniger Monate verliert Gotha vier bedeutende Geldinstitute. Die Grundkreditbank wird nach Berlin verlegt. Die Deutsche Bank wird mit der Berliner Diskontgesellschaft vereinigt. Genau einen Monat nach dem *Schwarzen Freitag* geht am 25. November 1929 das Gothaer Hofbankhaus Max Müller pleite. Erneut verlieren viele Bürger ihre Spareinlagen. Die Lebensversicherungsanstalt kommt in Gefahr, entläßt fast alle Mitarbeiter. Die Unruhe unter der Bevölkerung wächst, die Erinnerung an die Inflation 1923 ist noch lebhaft im Gedächtnis.

Auch das Bankhaus der Gebrüder Goldschmidt meldet Konkurs an. Die Unterlagen meines Vaters.

Vom 18. Februar 1930 sein Entlassungsschreiben. Noch am 2. Oktober 1929 war er aufgestiegen, wurde ihm *Handlungsvollmacht* erteilt. Das Konkursverfahren scheint sich hinzuziehen. Am 12. Mai 1930 nochmals die Kündigung zum 30. Juni und der Dank für die geleistete Arbeit in der »Wechsel-, Effekten- und Depotabteilung«. Dann die Nachricht, das Bankhaus wird übernommen. Am 1. Juli 1930 die Mitteilung der Thüringischen Staatsbank mit Hauptsitz Weimar, daß mein Vater in der Gothaer Zweigstelle weiterhin als Bankkaufmann beschäftigt wird. Wieder hat er Glück. Sein Aufatmen gewiß.

Aber bezogen auf die Gesamtsituation seiner Heimatstadt ist wenig Grund zum Aufatmen. 1930 ist das schwarze Jahr für Gotha. Drei Jahre vor dem Machtantritt Hitlers kommen die Nationalsozialisten an die Macht.

Bereits seit 1922 gibt es eine Ortsgruppe dieser Partei in Gotha, zeitweilig verboten, erringt sie 1925 drei Sitze in der Stadtverordnetenversammlung. Aber bis 1928 spielt die 66 Mitglieder zählende radikale und gewalttätige Splitterpartei NSDAP eine untergeordnete Rolle. Das Kräfteverhältnis im Stadtrat: Bürgerbund (die auf einer gemeinsamen Wahlliste vereinten bürgerlichen Parteien) vierzehn Sitze, Kommunisten elf, Demokraten einen, Arbeiter einen, Mittelstand drei, Nationalsozialisten zwei, Sozialdemokraten drei.

Ab 1928 aber bekommt die NSDAP enormen Zulauf, wird – wie jüngste Wahlforschungen belegen – eine Alternative vor allem für das Bürgertum, das sich umorientiert. Im August 1929 zählt sie 155 Mitglieder, Ende 1929 sind es bereits 237. Untergruppen bilden sich: Hitlerjugend, SA und SS. Der Durchbruch gelingt der Partei in der zweiten Hälfte des Jahres 1929. Sie hat Fuß in den nationalistischen und völkischen Vereinen gefaßt, vor allem der »Jungdeutsche Orden« fungiert als Türöffner für die Nazis.

Der Machtübernahme der NSDAP in Gotha geht ein lächerliches Spektakel, eine Art Tragikomödie voraus, die zum Zusammenbruch der Kommunalpolitik führt.

Die leere Stadtkasse, die bedrückende Verschuldung, der Zwangshaushalt. Immer neue Steuern werden ersonnen, um aus der finanziellen Misere zu kommen. Eine Leistungssteuer für freie Berufe, eine Einwohnersteuer, eine Ledigensteuer wird eingeführt.

Und dann die Idee, die nach Mitternacht in Gaststätten und Kneipen sitzenden Trinker zur Kasse zu bitten. Am 8. Oktober 1929 beschließen die Stadtverordneten diese Nachtsteuer, von den Gothaern *Hokkersteuer* genannt. Die Kämmerei im Rathaus verspricht sich von der Nachtsteuer Einnahmen von 30000 Mark. Die Gastwirte sollten pro Stunde Kneipenaufenthalt nach Mitternacht zwischen 30 Pfennig und 2 Mark eintreiben.

In der Nacht vom 15. zum 16. Dezember 1929 wird die Steuer erstmals erhoben. Alle Kneipen schließen kurz nach Mitternacht, die an die Luft gesetzten Gäste bilden einen Zug, unter Führung der Wirte geht es zum Haus des Bürgermeisters Dr. Scheffler. Aus dem Schlaf gerissen, versucht er die Menge zu beruhigen, kann sich aber kein Gehör verschaffen, die angetrunkene johlende und feiernde Menge stimmt immer wieder *Trink, trink Brüderlein trink* an.

Um 5 Uhr morgens treibt die Polizei die letzten Demonstranten mit Knüppelhieben auseinander. Die Zeitungen in ganz Deutschland kommentieren den Zecherprotest belustigt.

Der Autoritätsverlust des Oberbürgermeisters, er tritt zurück. Die Tragikomödie der Trinkerdemonstration aber hat einen bitteren Ausgang. Am 25. März 1930 steht der Stadtrat erneut vor der Etatentscheidung, man kann sich nicht einigen, zwei Tage später erklärt er sich für aufgelöst und wird von Weimar unter Zwangsverwaltung gestellt. Neuwahlen werden für den 11. Mai 1930 festgelegt.

Und da kommt die Stunde der Nationalsozialisten. Mit einem massiven Aufgebot, finanziell unterstützt von einer einflußreichen Gruppe des Finanzkapitals, möglicherweise auch vom letzten Monarchen Carl Eduard von Sachsen-Coburg und Gotha, der seit 1922 mit Hitler befreundet ist, wird Wahlpropaganda betrieben. Adolf Hitler, der bereits 1927 in Gotha sprach, kommt in die Stadt, hält eine Rede in der mit weit über tausend Menschen völlig überfüllten Stadthalle. Eine zweite Großveranstaltung im Parkpavillon mit Fritz Saukel und Willy Marschler. Eine dritte im Landestheater, wo Dr. Wilhelm Frick spricht. Er ist seit Januar 1930 erstmals in Deutschland als NSDAP-Vertreter Mitglied einer Landesregierung, der von Thüringen.

Die Nationalsozialisten versprechen in einer beispiellosen Demagogie den Abbau der Arbeitslosigkeit, die Entlastung der Bauern von Schulden und Hypotheken, den kleinen Betrieben die Beseitigung der übermächtigen Konkurrenz.

Die Wahl am 11. Mai 1930 bringt in Gotha eine erdrutschartige Verschiebung nach rechts: Die NSDAP bekommt 11 Sitze, stellt den Bürgermeister. Auch die zu den Reichstagswahlen in Gotha abgegebenen Stimmen für die NSDAP signalisieren ihren Erfolg. Liegt der Anteil der Stimmen für die Nazis 1928 noch bei lediglich 6,5 %, so steigt er 1930 auf 28,6 %; 1932 sind es bereits 47,8 %.

Am 30. Januar 1933 reißt Hitler in Berlin die Macht an sich, er löst den Reichstag auf und legt für den 5. März Neuwahlen fest. Im »Gothaer Volksfreund«, dem Organ der Sozialdemokraten, lese ich, daß wenige Tage nach dem Machtantritt Hitlers sich vor dem »Volkshaus zum Mohren« ein Demonstrationszug der Kommunistischen Partei unter der Losung *Gegen die faschistische Regierung* formiert habe und von einem Polizeikommando mit vorgehaltenen Karabinern, noch ehe er sich in Bewegung setzen konnte, auseinandergetrieben worden sei.

In den Wahlen zum Reichstag 1933 geben 49,9 % der Gothaer Wähler ihre Stimmen für die NSDAP ab. Gotha liegt über dem Reichsdurchschnitt, der 43,9 % beträgt. Auf die KPD entfallen landesweit 12,3 %, auf die SPD 18,3 %, auf das Zentrum 11,3 %, auf die übrigen Parteien 14,2 %.

Um eine Zweidrittelmehrheit für die Verfassungsänderung zu erhalten, annulliert Hitler die Mandate der Kommunisten (Gleiches geschieht im Gothaer Stadtrat), mit Zustimmung der bürgerlichen Parteien, einzig gegen die Stimmen der SPD, setzt er das »Ermächtigungsgesetz« durch, das ihm Machtbefugnisse ohne die Mitwirkung des Parlamentes einräumt.

11

Das alles ist aus Geschichtsbüchern bekannt. Aber wie stellt es sich für den dar, der mitten im Geschehen ist? Als Oberschülerin mache ich meinem Vater heftigste Vorwürfe, ich, die den Faschismus von der Vernichtung der Juden, von seinem Ende her sehe, ich, die täglich in der Schule vom Widerstand vor allem und fast ausschließlich der tapferen Kommunisten höre. Mein Insistieren, Streiten. Einmal bei einer meiner heftigen Attacken – mein Vater war äußerst erregt und aufgewühlt – entnahm er einer Kassette in seinem Schreibtisch ein Schreiben, legte es vor mich hin.

Ich erinnere mich, seine Hände zitterten. *Beglaubigte Abschrift*, las ich. *Gotha, den 14. März 1934*. Der Text: *Anläßlich des Ablebens der Frau Regine Goldschmidt glaubten Sie sich veranlaßt zu sehen, dem ehemaligen Direktor der Thür. Staatsbank, Herrn Goldschmidt Ihr aufrichtiges Beileid aussprechen zu müssen. Ich teile Ihnen mit, daß ich eine Notwendigkeit zu diesem Schritt nicht einsehe, erblicke vielmehr in dieser Handlung ein Zeichen dafür, daß Sie die neue Zeit scheinbar noch nicht verstanden haben und demnach Ihre Bindung zu dem Judentum, welches wir nach wie vor bekämpfen, noch nicht gelöst haben. Wir weisen Sie nochmals mit allem Nachdruck darauf hin, daß wir nur solche Kameraden in unserer Volksgemeinschaft dulden werden, die sich vorbehaltlos hinter unseren Führer Adolf Hitler stellen.* Der Gruß: *Heil Hitler!* Und die Unterschrift: *Günther, Kreisbetriebsobmann und Kreisleiter der Deutschen Arbeitsfront.*

Das sei der Alltag gewesen, sagte mein Vater sichtlich außer Fassung, riß mir das Schreiben aus der Hand. Ich schwieg. Für einen Moment schien es eine Brücke zwischen uns zu geben. Aber nur für einen Moment. Er tat mir leid. Aber schon bald kehrte ich unbeirrt zu meinen alten Argumenten zurück.

Heute frage ich mich, ob nach dieser Verwarnung, dieser Androhung, in der Volksgemeinschaft nicht geduldet zu werden, nicht schon Mut dazu gehörte, sich bis zum Jahr 1937 der Mitgliedschaft in der NSDAP zu verweigern. Bis dahin war mein Vater in keiner Partei.

Das Unheil nimmt, wie überall, auch in Gotha seinen Lauf.

Straßen werden umbenannt: die Gothaer Straße in Adolf-Hitler-Straße, die Jüdenstraße in Dietrich-Eckart-Straße, die Gartenstraße in Straße der SA. Am 4. März 1933 wird der »Tag der erwachenden Nation« in Gotha gefeiert. Propagandamärsche des »Deutschen Jungvolks, Stamm Grimmenstein« und Aufmärsche der »Deutschen Arbeitsfront« auf dem Hof des Schlosses Friedenstein finden statt.

Am 1. Januar 1934 erfolgt die Angliederung eines »Erbgesundheitsgerichtes« an das Gothaer Amtsgericht. Am 7. Dezember findet die erste Reichstagung des »Volksbundes der deutschen sippenkundlichen Vereine« in Gotha statt. Reichsführer SS Himmler besichtigt die SS-Standarten, General von Lettow-Vorbeck spricht im Schießhaus, Baldur von Schirach im Ekhof-Theater, Generaloberst Göring bei der Gothaer Luftwaffe.

Bereits 1933 wird die Waggonfabrik für den Bau von Flugzeugen umgerüstet. Die Arbeiter in der Rüstungsindustrie werden zum Schweigen verpflichtet. Aber Militäranlagen und Luftschutzeinrichtungen sind für jeden Gothaer augenfällig. Bereits am 2. Oktober 1934 finden die ersten Luftschutzübungen statt, und am 19. Februar 1935 startet die erste Verdunklungsaktion. Unmißverständlich für jedermann: Dies ist Vorbereitung auf einen Krieg.

Gotha wird wieder Garnisonsstadt. Ein Flughafen ist im Entstehen, ebenso der »Fliegerhorst«, eine weitläufige Anlage mit Wohnstätten für Offiziere und Mannschaften. Ein Flak-Regiment wird 1935 in der Stadt stationiert, später ein Infanterie-Regiment, eine Nachrichtenabteilung sowie das Kampfgeschwader »General Wever«.

Es ist, als habe es den Ersten Weltkrieg nicht gegeben. Ebenso nicht die im Wahlkampf 1933 von jungen Gothaer Arbeitersportlern an Bahnbrücken, am Viadukt und an anderen schwer erreichbaren Orten angebrachten Transparente mit der Aufschrift »Hitler ist Krieg«.

Aber die Lebenslage vieler Menschen verbessert sich, es gibt eine rege Bautätigkeit in der Stadt, die Arbeitslosigkeit nimmt ab. Zugleich herrscht beispiellose

Gleichschaltung; das »Führer-Gefolgschafts-Prinzip« wird eingeführt. Bereits am 2. Mai 1933 besetzen die Nazis das »Volkshaus zum Mohren«, zerschlagen die Gewerkschaften, an ihre Stelle tritt die »Deutsche Arbeitsfront«, jene, die meinen Vater maßregelt. Diese »Deutsche Arbeitsfront« steht an der Spitze einer angeblichen »Nationalen Erhebung«, sie installiert ein Spitzelsystem, das jede Betätigung gegen den Nationalsozialismus zu erfassen hat.

Noch vor den im September 1935 erlassenen »Nürnberger Gesetzen« veröffentlicht der »Gothaer Beobachter« als Beilage einen »Judenspiegel«. 35 Anschriften von jüdischen Familien werden genannt, mit denen Arier nicht mehr verkehren sollen. In der September-Ausgabe des »Judenspiegels« wird nochmals eine Liste von 147 in Gotha ansässigen Juden veröffentlicht.

Der Verfasser des Artikels beschwert sich über *artvergessene Volksgenossen,* die *immer noch bei Juden kaufen*, und kündigt an, daß *diese Personen demnächst an den Pranger gestellt werden*, ihre Namen in den *Stürmerkästen veröffentlicht* werden. Diese Stürmerkästen befinden sich seit Anfang September 1935 in Gotha in der Bergallee, am Myconiusplatz und an anderen Stellen. Es sind Schaukästen zur *Aufklärung der Judenfrage und zur Bekämpfung ihres volksschädigenden Treibens.* SA-Leute kontrollieren die jüdischen Geschäfte, um arische Käufer bei ihren Arbeitgebern zu denunzieren, nicht selten werden sie daraufhin entlassen, an ihre Stelle treten aus dem Heer der Arbeitslosen *gefolgschaftstreue* Mitarbeiter. Eine beispiellose Einschüchterung mit existentiellen Folgen für viele. Die Verwarnung meines Vaters 1934, auch er gehört zu den *artvergessene(n) Volksgenossen.*

Ich entsinne mich, noch als Studentin hörte ich nicht auf, meinen Vater nach dem Schicksal der Gothaer Juden zu fragen. Stets reagierte er auf mein aggressiv-ungeduldiges Drängen mit heftiger Abwehr. Niemals aber gab er auch nur einen einzigen Namen preis.

Wenige Wochen vor seinem Tod aber nannte er plötzlich, ohne daß ich ihn gefragt hätte, eine Reihe Namen von jüdischen Mitbürgern. Es war, als habe er den Text im Kopf gespeichert und lese ihn nun mühelos ab. Davon wird noch später zu erzählen sein.

Der Name Goldschmidt war nicht darunter.

2009, als ich mich erstmals mit den Nachlaßpapieren meines Vaters beschäftige, suche ich im Thüringischen Staatsarchiv Gotha. In einer nach 1989 erstellten Liste jüdischer Bürger finde ich viermal den Namen Goldschmidt. Commerzienrat Jacob Goldschmidt, 1. Juni 1848 bis 7. Mai 1906. Zusammen mit seinem Bruder Moritz begründet er das Hofbankhaus der Gebrüder Goldschmidt. Zugleich ist er für fünfundzwanzig Jahre Vorsitzender der Gothaer Israelitischen Kultusgemeinde. Und wohl auch wesentlich an der Beförderung des Baus einer Synagoge beteiligt, ein Jahr vor seinem Tod, am 11. Mai 1905, wird das prächtige Gotteshaus an der Ecke Moßlerstraße/Lenaustraße eingeweiht.

Als mein Vater am 1. April 1918 seine Lehre im Hofbankhaus antrat, hat er diesen Jacob Goldschmidt nicht mehr erlebt. Seine Frau aber, Regine Goldschmidt, geb. Meyer, die Mitinhaberin des Bankhauses, ist 1856 geboren. Zweiundsechzig Jahre ist sie, als der Fünfzehnjährige Lehrling wird. Vielleicht ihm mütterlich zugetan – über viele Jahre. Die Söhne Alfred und Dr. jur. Otto Goldschmidt sind die Vorgesetzten meines Vaters, bis 1930, bis zur Übernahme durch die Staatsbank, führen sie das Hofbankhaus der Gebrüder Goldschmidt. Otto Goldschmidt stirbt im Februar 1932 in Gotha. Und im hohen Alter von siebenundsiebzig Jahren endet Regine Goldschmidts Leben am 25. Februar 1934. Es muß also der Sohn Alfred gewesen sein, dem mein Vater kondoliert.

Bis zuletzt wohnt Regine Goldschmidt im Bankhaus am Markt 41. Ich sehe meinen Vater den Weg von der Werderstraße zum unteren Hauptmarkt zurücklegen, sehe ihn das Trauerhaus betreten, er nimmt von der Toten Abschied, spricht ihrem Sohn, seinem einstigen Chef, sein Beileid aus.

12

Im August 2012 bin ich mit meinem Gefährten in Gotha. Eine anstrengende Autofahrt liegt hinter uns, mehrfach haben wir im Stau gestanden. Im Pagenhaus wollen wir zu Abend essen. Das schöne Restaurant im klassizistischen Anbau des Schlosses hat eine vorzügliche Küche; man sitzt im Freien, im stillen Garten, umgeben von alten Bäumen. Aber alle Tische sind besetzt und keine Aussicht, daß einer frei werden könnte.

So gehen wir wieder, stehen für einen Moment, das Schloß im Rücken, am Geländer, der Blick auf die Türme der Margarethenkirche, in der Ferne die Höhenzüge mit den rotierenden Windrädern.

Dann die »Wasserkunst«. Die Steinbänke sommerwarm, die Arme auf der Balustrade aus Stein, wir sehen auf Markt und Rathaus hinab. Der Blick geht zum Schloß zurück, durch die große Fontäne, die eine glitzernde durchsichtige Kugel aus sprühenden Wassertropfen bildet.

Vom oberen Rondell springt das Wasser über kleine Felsenklippen und steinerne Einfassungen, gesäumt von üppig blühenden Pflanzen, über mehrere Stufen den Schloßberg hinab. Ich liebe diese »Wasserkunst«, wenn sie im Sommer ihre Pracht entfaltet.

Hugo Mairich, dem in der Gothaer Stadtverwaltung für die Wasserwirtschaft zuständigen Ingenieur, ist dieses Kunstwerk zu verdanken. Im Jahr 1895 wurde es geschaffen, die alte Pumpstation existiert noch, wird, wenn auch störanfällig, noch benutzt, sie befindet sich im Keller des Cranach-Hauses. Die »Wasserkunst« ist, wie eine Tafel besagt, der 500-Jahr-Feier des Leinakanals und damit auch seinem Erbauer gewidmet, der die Wassernot der Stadt beendete.

Wir gehen am Cranach-Haus vorbei, an der Buchhandlung »Hannah Höch«. Ich steuere auf den barokken Brunnen auf dem Hauptmarkt zu. Auf ihm steht, im Bischofsmantel mit Mitra und Krummstab, ein sympathischer kleiner Kerl, pausbäckig, lächelnd, mit wehendem Gewand. Es ist Gothardus, und der Legende nach soll er der Gründer der Stadt sein.

Daß der kleine Kerl auf einem Brunnen steht, hat einen tieferen Sinn: Er ist der Hüter des Wassers. Gothas geographische Lage war für eine Ansiedlung günstig: Die wichtigste Ost-West-Handelsstraße, die *Via Regia*, die Königs- oder Hohe Straße führte in der Ebene entlang. Aber das Wasser fehlte. Von *Rinne, Gerinne, Graben, Bach* ist in alten Urkunden die Rede; von keinem reißenden Fluß oder behäbigen Strom. Wasser aber bedeutet die Lebensader einer Stadt.

Ursprünglich ist Gotha ein Gewässername, vom altsächsischen *gota* gleich Gosse, vom mittelniederdeutschen *gote, göte, gate*, ebenfalls Gosse, vom hochdeutschen *Gosse* gleich Rinne, Gerinne. *Gotha* als *die Siedlung an der Gothaha.*

Als *villa Gothaha* wird im Jahr 775 erstmals eine Ansiedlung vom späteren römischen Kaiser Karl dem

Großen in einer Schenkungsurkunde für das Kloster Hersfeld genannt. Kurz vor 800 eine zweite Erwähnung als *Gothaha* im »Breviarium Lulli«. In Urkunden erscheint 1197 ein *Mechfrido de Gotha*, 1217 ein *Ludowicus de Godaha*.

Im Siegel der Stadt aus der Zeit um 1250 ist *Gothardus* zu sehen, ebenso im Stadtwappen. Er gilt nicht nur als Begründer der Stadt, sondern zugleich als ihr Schutzpatron. Seit dem ausgehenden Mittelalter feiert man in Gotha an seinem Namenstag, dem 5. Mai, das Gothardusfest. Vielleicht war der Namensanklang für die Entstehung der Legende ausschlaggebend. Martin Luther glaubte im Namen der Stadt eine Assoziation an Gott zu vernehmen und sprach scherzhaft von einer *civitas divina*, einer göttlichen Stadt.

Überrascht bin ich, an der Südseite des Rathauses über der Tür, die zum Turm führt, ein Kupferrelief zu sehen, das den Stadtgründer zeigt. Ich weiß, einst war es als Supraporte an der Jakobskapelle, als man diese 1567 abriß, wurde das Relief im Rathaus, im Zweiten Weltkrieg dann im Museum aufbewahrt. Von der Absicht, es aus Spendengeldern der Kulturstiftung zu restaurieren, habe ich gehört. Nun ist es offensichtlich geschehen, es glänzt, wie von Feuer vergoldet, in der Abendsonne.

Wir gehen weiter. An der Nordseite des Rathauses die Tafel mit dem Goethe-Spruch, der Jünglingskopf im Rachen des wütenden Drachen. Zur Linken der Ratskeller, hier kehrten wir ein, als wir meinen Vater zu Grabe getragen hatten, aßen das Totenmahl; ich ermuntere die Enkel, jeder solle von seinem lustigsten

Erlebnis mit dem Großvater erzählen; es wurde eine fröhliche Runde. Längst gibt es keine deutsche Küche im Ratskeller mehr, ein Italiener ist der Wirt, die Gothaer mögen ihn offenbar, jedesmal, wenn ich komme, hat er erweitert, fast bis zur Buchhandlung Ecke Marktstraße stehen Tische und Stühle draußen, und die jungen Kellner eilen geschäftig hin und her.

Wir nehmen Platz. Die Kerze an unserem Tisch wird angezündet, unsere Wünsche werden erfragt. Wir lehnen uns zurück, schweigen eine Weile. Das Geräusch des Schellenbrunnens, ein leises Plätschern. In unserem Rücken das Rathaus, vor uns der Hauptmarkt 41.

Woran denkst du, fragt mein Liebster. Mein Vater sei, sage ich, auf das Gebäude Nr. 41 deutend, in diesem Haus fast dreißig Jahre aus und ein gegangen. Und auch ich sei als Acht- bis Dreizehnjährige hier oft bei meiner Mitschülerin und Freundin Helga zu Gast gewesen. Sie wohnte im zweiten Obergeschoß zusammen mit ihren Großeltern und ihrer Mutter. Zum Spielen hatten wir ein Stockwerk tiefer einen großen, düsteren Raum ganz für uns. Ein riesiger Eichentisch stand dort, an dem wohl zwanzig Leute Platz gehabt hätten. Stühle gab es wenige, auf einem am Fenster stand ein Trichtergrammophon. Wir rannten um den Tisch, spielten Fangen, benutzen ihn als Tischtennisplatte, lagen bäuchlings auf ihm, lesend oder – wenn wir das Grammophon in Gang bekamen – der Musik lauschend. Die kratzende Nadel auf den Schellackplatten, wir hörten verbotene Lieder, Zarah Leander und Lale Andersens »Lili Marleen«: *Vor der Kaserne, vor dem großen Tor …*

Einmal hatten wir die Fenster weit geöffnet und beobachteten einen nicht endenden Zug, der vom oberen zum unteren Markt ging; unter den Klängen von *Unsterbliche Opfer, ihr sanket dahin* … wurde des Todes von Josef Wissarionowitsch Stalin gedacht. Es war der 9. März 1953.

Die mittleren Fenster im ersten Obergeschoß. Dahinter der Raum, wo ich mit meiner Freundin Helga so viel Zeit verbrachte. Dieser geheimnisvolle, uns ganz allein gehörende Ort war – das weiß ich heute – der Sitzungs- und Festsaal des Bankhauses der Gebrüder Goldschmidt.

Über den Fenstern, vom Abendlicht angeleuchtet, sind zwei Putten zu erkennen, eine hat eine Schelle in der Hand, die andere trägt ein Schild, auf dem der Hausname steht: »Zur silbernen Schelle«. Das barokke Gebäude wurde 1720 errichtet und war bis Mitte/ Ende des 18. Jahrhunderts eine Herberge. Aber auch das in Richtung Brühl angrenzende alte Fachwerkhaus war einst ein Gasthof, ist noch heute eine Gaststätte: »Zur goldenen Schelle«. Stieg hier nicht Christiane Vulpius mit ihrem siebenjährigen Sohn August ab, von Frankfurt kommend, wo sie für Goethe Erbschaftsangelegenheiten nach dem Tod seiner Mutter erledigt hatte? Es ist der 10. August 1797, noch *Um ein Uhr in der Nacht* schreibt sie *in der Schelle* einen Brief an Goethe. Hat hier nicht auch Maximilian Klinger genächtigt und sein Drama »Wirrwarr« in »Sturm und Drang« umbenannt – und damit einer ganzen Literaturepoche den Namen gegeben? In welchem der beiden Häuser mag sich das abgespielt haben?

1870 wurde das Haus »Zur silbernen Schelle« von den Brüdern Ruppel gekauft, für kurze Zeit betrieben sie darin ein Eisenwarengeschäft. Bereits im Jahr 1873 aber ziehen die Gebrüder Goldschmidt ein, fünf Jahre nachdem sie ihr Bank- und Wechselgeschäft in Gotha gegründet haben. Sie erwerben das barocke Gebäude. Zunächst bleibt das Haus unverändert. Im Jahr 1921 aber wird die Toreinfahrt beseitigt und damit die Symmetrie des schönen Barockbaus empfindlich gestört. Der Eingang wird auf die rechte Seite verlegt, wo er sich auch heute befindet.

Mein Vater ist als Lehrling noch durch die Toreinfahrt gegangen, hat den Umbau miterlebt. Es entstanden fünf riesige Fenster über die ganze Front im Erdgeschoß. Dahinter befand sich die geräumige Schalterhalle. War sie nicht, wie ich mich zu erinnern glaube, mit edlem Material, mit Marmor, verkleidet? Und wann wurden an den Fenstern die großen geschwungenen Eisengitter angebracht, die ich deutlich vor mir sehe, bis weit in die Nachkriegszeit hinein existierten sie.

Auch heute befindet sich eine Bank im Gebäude Hauptmarkt 41. In Gotha geht das Gerücht um, die Chinesen hätten das Geldinstitut übernommen. Von unserem Tisch beim Italiener beobachten wir, von Zeit zu Zeit steuern Eilige auf das Haus zu, die Tür klappt, nach Minuten kommen sie wieder aus dem Gebäude, entfernen sich mit schnellen Schritten. Ein Geldautomat wird sich im Vorraum der Bank befinden, an dem sie sich bedienen.

Und wie ging es mit den Goldschmidts weiter, will der Liebste wissen. War die Übernahme 1930 durch die Staatsbank vielleicht schon eine verschleierte Enteignung der jüdischen Besitzer? Diese Frage hat mich umgetrieben. Aber das Jahr 1930 deutet in Zusammenhang mit der Weltwirtschaftskrise eher auf einen Konkurs. Von Konkurs ist ja in den Papieren meines Vaters die Rede. Das jüdische Bankhaus entgeht dadurch der unter den Nazis wenige Jahre später mit Sicherheit eintretenden Zwangsenteignung.

Wie oft habe ich mich in den letzten Jahren gefragt, wie das Verhältnis meines Vaters zur Familie Goldschmidt gewesen sein mochte. Vor allem zu Regine Goldschmidt. Wie sah sie aus, wie bewegte sie sich? Ein einziges Foto existiert von den Goldschmidts. (Von Matthias Wenzel, dem Kenner der Gothaer Geschichte, erhalte ich es per Mail.) Ein 1895 im Atelier entstandenes Gruppenbild. Jacob Goldschmidt ist siebenundvierzig, seine Frau neununddreißig, die Söhne Otto und Alfred neunzehn und fünfzehn Jahre alt, die Tochter Erika dreizehn. Regine Goldschmidt wirkt sehr weiblich, ebenmäßige, schöne Gesichtszüge, sie scheint mir sehr couragiert; schmale Lippen, ernster, entschlossener Blick.

Über zwanzig Jahre nachdem das Foto entstand, tritt mein Vater in das Bankhaus ein. Da ist Regine Goldschmidt schon lange Witwe, leitet gemeinsam mit den Söhnen das Geschäft. Hatte sie ihr Augenmerk auf dem neuen Lehrling, der ohne Vater aufwächst? Warum habe ich, die so oft in jenem Haus weilte, in dem Regine Goldschmidt lebte, meinen Vater nie nach ihr gefragt? (Die Beschäftigung der Kinder mit dem Leben ihrer Eltern findet immer erst statt, wenn keine Fragen mehr möglich sind.)

Alfred, der jüngste Sohn, wirkt auf dem Familienporträt fast kindlich, auf der Oberlippe ein kleines Bärtchen. Sechsundzwanzig ist er, als der Vater stirbt und er mit der Mutter und dem vier Jahre älteren Bruder die Leitung des Bankhauses übernimmt.

Ich lasse die Jahre vergehen, sich in seine Züge eingraben, vierundfünfzig ist er, als seine Mutter im Alter von siebenundsiebzig Jahren stirbt.

Der frühe Tod seines Bruders. Otto Goldschmidt, der Jurist, der in Jena und Leipzig studiert hat, der sich im Vorstand der Synagoge engagiert, stirbt bereits mit sechsundfünfzig Jahren am 7. Februar 1932 in seiner Villa in der Lindenauallee 22. 1914 hatte er diese, von dem Architekten Klepzig erbaut, erworben. 1920 kaufte er auch das Haus Nr. 26.

Sein Bruder Alfred ist sein Erbe. 1933 verkauft er die Klepzig-Villa. Käufer ist Dr. Jannott, zuständig in der Versicherungsstadt Gotha für die Kraftfahrzeugversicherung, die er aufgebaut hat. Im Krieg wird die Villa bei einem Bombenangriff beschädigt, an dieser Stelle steht heute das Hotel am Schloßpark. Im Foyer erinnert ein Foto an den Erbauer und den Käufer. Warum nicht an Dr. Otto Goldschmidt, der doch achtzehn Jahre der Besitzer war und in dem Haus gelebt hat?

Alfred zieht nach dem Tod seiner Mutter vom Hauptmarkt 41 in die Lindenauallee 26, wo schon Hans Israelski mit seiner Mutter lebt. (Dieses Haus existiert noch heute, ist saniert.)

Das Leben der jüdischen Mitbürger wird in Gotha – wie allerorts in Deutschland – immer unerträglicher. In Gotha wird bereits im März 1933 zum Boykott jüdischer Geschäfte aufgerufen. Und noch vor der Bücherverbrennung am 10. Mai 1933 auf dem Berliner Opernplatz werden in den Bibliotheken der thüringischen Stadt Bücher »selektiert«, d. h. mißliebige entfernt.

Die Verabschiedung der »Nürnberger Gesetze« 1935 hat für die Juden die Aberkennung sämtlicher staatsbürgerlicher Rechte zur Folge. In der bereits erwähnten Septemberausgabe des »Gothaer Beobachters« sind unter der Überschrift *Mit wem wir nicht verkehren können* in der *Judenliste* auch die Namen Alfred und Therese Goldschmidt genannt. Hetzartikel gegen Juden sind hinzugefügt, und in großen Buchstaben steht da: *Die Juden sind unser Unglück*.

Mit der »Zwangsveräußerung jüdischer Betriebe und Geschäfte«, der sogenannten »Arisierung«, beginnt die schamlose Bereicherung der Nazis an jüdischem Besitz. 1938 wird Hans Israelski, der Mitbesitzer des Kaufhauses Conitzer, enteignet, ebenso Dr. Ernst Ruppel, der Eigentümer der Gothaer Metallwarenfabrik. Haus und Betrieb werden dem Kaufmann Julius Simon genommen, die Familien Liebermann und Oppenheimer werden enteignet. Und und ...

Ab 1938 gilt in ganz Deutschland für Juden das Verbot des Besuchs von Theatern, Kinos, Konzerten. Führerscheine und Kraftfahrzeuge werden eingezogen. Ab 1939 müssen zwangsweise alle jüdischen Frauen als zusätzlichen Vornamen »Sara«, die Männer »Israel« annehmen. Ab September 1941 ist der gelbe Davidstern sichtbar an der Kleidung zu tragen.

Viele Gothaer Juden werden verhaftet und abtransportiert. Am 10. Mai 1942 fährt ein erster Zug mit Todgeweihten in eines der Vernichtungslager. Eine Gedenktafel am Gothaer Bahnhof erinnert heute an die Deportationen von 1942 bis 1945. Mit dem Leben müssen es die bezahlen, die zögern, sich zur Auswanderung aus Deutschland, zur Flucht zu entscheiden, entweder weil sie nicht das nötige Geld haben (die Nazis erpressen hohe Zwangsabgaben), weil sie zu alt sind oder ihre Heimat nicht verlassen wollen oder andere Gründe vorliegen.

Ein Beispiel: Anna Kunreuter, die Witwe des 1925 verstorbenen Juristen, der in Gotha eine der bekanntesten Kanzleien Thüringens hatte, entschließt sich zur Auswanderung. Der Schwiegersohn aber, der die Kanzlei übernommen hat, ist im wehrpflichtigen Alter und bekommt keine Genehmigung zur Ausreise. So zögert die Familie; Anna Kunreuter bleibt bei Tochter und Schwiegersohn. Das ist ihr Verhängnis. Am 19. September 1942, nachdem man ihr das gesamte Vermögen und all ihre persönliche Habe genommen hat, wird sie nach Theresienstadt deportiert und stirbt dort am 18. Februar 1943.

Heute erinnert ein Stolperstein vor dem Haus Friedrichstraße 14 an das Schicksal dieser Anna Kunreuter. Und auch anderer ermordeter Juden wird auf diese Weise gedacht, der Familie Ledermann in der Gartenstraße 34, der Familie Wirth auf dem Hauptmarkt 14, der Familie Prinz in der Mohrenstraße 9. Über fünfzig Stolpersteine gibt es inzwischen in Gotha, auch an in Konzentrationslagern ermordete Kommunisten wird auf diese Art erinnert, so an Otto Geithner, Hugo Meister und Ernst Ellenberg.

Das alles entnehme ich dem 2015 erschienenen Buch »Spuren jüdischen Lebens in Gotha«, an dem maßgeblich auch Gothaer Gymnasiasten mitgewirkt haben. Bereits 1996 initiierte die Stadtverwaltung ein Schülerforschungsprojekt »Jüdische Mitbürger in Gotha«.

Aus dieser Publikation erfahre ich auch, daß 140 jüdische Bürger der Stadt dem Tod in den Vernichtungslagern entkommen konnten. Sie verließen rechtzeitig, einige schon 1933, Deutschland. Ihr Emigrationsziel war vor allem Palästina, aber auch England, die USA und Mittel- und Südamerika.

Alfred Goldschmidt zögert lange. Erst 1939 verläßt er mit seiner Frau Therese Gotha. Südamerika, Chile ist sein Ziel. Das Ende des Krieges erlebt er nicht mehr. 1942 oder 1943 stirbt er in Santiago de Chile.

Eine Kerze nach der anderen verlischt auf den Tischen an jenem Augustabend 2012 beim Italiener. Auch die unsere ist heruntergebrannt. Nur noch wenige Gäste. Das Rauschen des Schellenbrunnens ist immer stärker zu vernehmen. Die Rathausuhr schlägt elf. Vereinzelt überqueren noch Fahrradfahrer den unteren Markt. Auch für uns ist es Zeit.

13

Für den nächsten Tag sind wir zu einem Besuch auf dem jüdischen Friedhof in der Eisenacher Straße verabredet. Schon mehrfach stand ich davor, das Tor war stets verschlossen. Nur in Begleitung eines Mitarbeiters der Gothaer Stadtverwaltung kann man den Friedhof betreten.

Als Kind, entsinne ich mich, war ich ein einziges Mal dort. Ich war zehn oder elf Jahre, meine Tante Elisabeth nahm mich mit. Auch damals ein verschlossenes Tor, sie holte den Schüssel aus einem Haus in der Nähe. An den Friedhof selbst kann ich mich nicht erinnern; nur einzig daran, daß meine Tante Elisabeth sagte: Erzähle niemandem, daß wir hier waren, auch deinem Vater nicht. Und daß sie diesen Satz mit einer für sie ungewöhnlichen Dringlichkeit wiederholte.

An dem Augustmorgen 2012 empfängt uns Rainer König, Friedhofsmeister des Garten-, Park- und Friedhofsamtes Gotha – so sein offizieller Titel – vor dem Eingang zum jüdischen Friedhof. Ein sympathischer Mann, der, man spürt es nach den ersten Sätzen, seine Arbeit liebt, in ihr aufgeht.

Er öffnet das mit einem Davidstern geschmückte Tor. Der seit 1870 existierende Friedhof, der damals unmittelbar an den Städtischen Friedhof Nr. IV grenzte. Die letzte Beerdigung fand hier 1942 statt. Alles ist gepflegt, hat die Anwehung eines Museums im Freien. In der Nähe des Eingangs ein Ginkgo-Baum, im Jahr 2000 gepflanzt, weiter ein Gedenkstein für die jüdischen Opfer der NS-Diktatur. Die vielen alten Gräber. Wir laufen umher, einzelne Symbole auf ihnen: der Toraschrein, das rituelle Schofarhorn, Ölgefäße, Lichtscheren, Dochtschaufeln, auf einem eine Schreibtafel, auf einem anderen ein Opferrind und immer wieder die Menora, der siebenarmige Leuchter.

Manche Gräber sind hebräisch beschriftet, manche hebräisch und deutsch. Das sei Vorschrift gewesen, erklärt uns Rainer König. Und daß bei den Juden die Toten mit den Füßen noch Osten gebettet werden, ihre Blickrichtung geht also nach Jerusalem, der Grabstein befindet sich am Kopfende. Für Menschen mit jüdischem Glauben ist eine Nachbelegung der Gräber unmöglich, kein Grab darf jemals geräumt werden, die Totenruhe ist unantastbar. Auch darf kein Umgraben der Erde erfolgen, sie, diese Erde, gehört allein den Toten. Daher findet sich auch kein Blumenschmuck auf den Gräbern, ausgenommen unvergängliche Pflanzen wie Efeu. Der Friedhof als »Haus des Lebens«, »Haus der Ewigkeit«.

Und dann die Überraschung: die Grabstätte von Jacob Goldschmidt, völlig erhalten, sorgfältig gepflegt. Glänzender schwarzer Marmor, die Ummantelung von weißem Marmor. Keine hebräische Beschriftung, aber unter den Lebensdaten ist das jüdische Jahr genannt: *12. Jahr 5666* steht da. Und in dieser Grabstätte ruht jene Frau, zu deren Tod mein Vater dem

Sohn kondoliert hat: Regine Goldschmidt. *Unsere geliebte Mutter*, so hat es der Sohn auf den schwarzen Stein mit weißen Buchstaben schreiben lassen. Es berührt mich sehr, vor diesem Grab zu stehen.

Überhaupt, der gesamte Friedhof ist in einem gut erhaltenen und liebevoll gepflegten Zustand. Schon zu DDR-Zeiten, erzählt Rainer König, im Jahr 1981, habe sich zur Pflege des jüdischen Friedhofs eine »Aktion Sühnezeichen« gegründet; Bürger hätten sich engagiert, allen voran Pfarrer Friedemann Merbach.

Aber auch Negatives gebe es. In der Nacht vom 16. zum 17. November 2008 sei der jüdische Friedhof geschändet worden. Und das im Umfeld der zahlreichen Aktionen zum 70. Jahrestag der Vernichtung der Gothaer Synagoge. Die rechtsextremen Täter seien gefaßt und wegen Störung der Totenruhe und Volksverhetzung angeklagt worden.

Als wir den Friedhof verlassen, der Schlüssel sich im Tor mit dem Davidstern dreht, wir uns bedanken und verabschieden, denke ich wieder an jenen Satz meiner Tante Elisabeth. Hatte ich mir vom Besuch des Friedhofs nach so vielen Jahren nicht eine Aufklärung erhofft? Ihre Worte sind mir noch heute genauso rätselhaft wie damals.

14

Der Nachmittag bringt mich auf andere Gedanken. Was mit diesem im 14. Jahrhundert erbauten Leinakanal sei, will mein Gefährte wissen, und wir sind wieder beim Thema Wasser.

Wasser halben sei es *ein gering, elend Ding um Gotha ... gewesen ...*, berichtet ein Chronist, *biß in der Zeit Landgraffen Balthasars die Leyna vor den Wald herab um die Berge, durch die Aecker und Wiesen ... aufs allerkünstlichst, anno MCCCLXIX In die Stadt Gotha bracht.* In der Regierungszeit von Landgraf Balthasar (1336–1406) entsteht dieser Kanal.

Das Wasser des Flusses Leina wird, beginnend in Georgenthal am Fuße des Thüringer Waldes, über eine weite Strecke durch einen ausgehobenen Graben nach Gotha geführt. Da der Wasserlauf ein gleichmäßiges Gefälle haben muß, aber zwei Berge, der Boxberg und der Memelberg, umgangen werden müssen, beträgt die Länge des auszuhebenden Grabens das Dreifache der Luftlinie, insgesamt dreißig Kilometer. Die genaue Berechnung des notwendigen Gefälles und seine praktische Umsetzung sind eine großartige ingenieurtechnische Leistung.

Innerhalb von zehn Jahren soll der Kanal fertiggestellt worden sein; *welches alle Thüringer sehr ver-*

drossen, darzu viel Arbeit gekostet ... Wohl jeder arbeitsfähige Anwohner der Strecke, der selbst keinerlei Nutzen von der für Gotha bestimmten Wasserzuführung hat, wird zum Kanalbau verpflichtet. Eine schwere Arbeit Tausender Namenloser.

Auch der Name des Baumeisters – schreibt Myconius – sei nicht überliefert. *Aber es haben die von Gotha nicht groß geacht, daß man auch nun nicht weiß, wie der künstlich Meister genant, der das Wasser herein bracht hat. Also grob und undanckbar ist die Welt für alle Wohlthaten* ... Später ist von einem Werkmeister Conradus die Rede, der den Bau plante und beaufsichtigte.

Der Leinakanal floß zunächst über Jahrhunderte offen, später verdeckt durch die Stadt. Noch heute ist er im Park unterhalb des Teeschlößchens und in der Nähe des Teiches zu sehen. In meiner Kindheit war oft vom Leinakanal die Rede, aber sie betraf weniger die Entstehung im 14. Jahrhundert, sondern eine durch den Bau der Eisenbahnstrecke Ende des 19. Jahrhunderts notwendig gewordene Veränderung.

Ein Aquädukt wurde errichtet, das Wasser wurde über die Strecke geleitet; unten fuhr die Eisenbahn, oben floß der Kanal. Das war die Sensation. Mein Vater sprach davon. Mit ihm und auch mit meiner Schulklasse machte ich einen Ausflug zum Aquädukt.

Existiert es noch, fragt mein Gefährte und findet auf dem neuesten Stadtplan von Gotha und Umgebung das Aquädukt als »Technisches Denkmal« ausgewiesen.

Und so machen wir uns am Nachmittag auf den

Weg. Der Inselsberg liegt in großer Klarheit vor uns. Am Ortseingang von Leina fragen wir nach dem Weg, die Auskünfte der Einheimischen sind widersprüchlich. Kein Hinweisschild. So fahren wir noch einige Kilometer in der Richtung, in der wir das Aquädukt vermuten, lassen schließlich das Auto stehen.

Unwegsames Gelände. Wir suchen lange. Dann stehen wir davor. Enttäuscht. Von einer meterhohen roten Backsteinmauer gesäumt, fließt träge das Wasser; weiße Wolken spiegeln sich in ihm. Daneben ein schmaler Steg mit einem gußeisernen Geländer, auf dem Steg kann man den Kanal betreten, bis zu einer Art Wehr, und zur anderen Seite gelangen.

Der Blick in die Tiefe. Keine Bahngleise sind zu sehen, hier fährt kein Zug mehr. Wir lesen auf einer Tafel, jetzt werde das Wasser unter der Strecke durchgepumpt. Und wie auf Bestellung wird ein Zug hörbar, parallel zur einstigen Strecke, aber auf der Höhe, rast er vorbei.

Wir klettern, uns mühsam durch Gestrüpp arbeitend, in den Abgrund hinab. Hier fuhr einst die Eisenbahn. Erst hier, in der Tiefe, im Blick nach oben, wird die alte Schönheit und imponierende Größe des Bauwerks sichtbar: in warmem Backsteinrot drei riesige massive Rundbögen. Von hier wirkt das gußeiserne Geländer gegen den Himmel fast filigran.

Die Rückfahrt nach Gotha. Der Augustabend ist noch sommerlich warm. Bis spät sitzen wir im schönen Garten des Pagenhauses, Kerzenlichter flackern, überall angenehm leise Gespräche, wir essen und lassen den vollen Tag mit dem Besuch des jüdischen Friedhofs und dem nachmittäglichen Ausflug dankbar an uns vorüberziehen.

15

Im Jahr 1936, mitten in den politischen Bedrängnissen und Vorboten eines nahenden Krieges, heiratet mein Vater. Als Jugendliche war mir immer unbegreiflich, wie man in einer solchen Zeit heiraten konnte.

Auch als Liebespaar waren mir meine Eltern schwer vorstellbar. Selbst jetzt, mich erinnernd, kann ich kaum differenzieren, wie meine Mutter mit vierzig Jahren, mit fünfzig oder der Vater mit sechzig Jahren aussah; immer scheinen sie gleich alt, seltsam alterslos zu sein.

Mein Vater ist dreiunddreißig Jahre, die Frau, die er wählt, meine Mutter, fünfundzwanzig. Wann hat mein Vater sie kennengelernt und wo? Bei einem Tanzvergnügen im Schießhaus oder am Schalter der Thüringer Staatsbank?

Ist es von seiten meiner Mutter eine Liebesheirat oder eher eine Flucht oder beides? Und mein Vater, hat er unter den Gothaer Töchtern im heiratsfähigen Alter nicht die richtige gefunden, ist nun froh über die Zugereiste?

Erst seit kurzem, nachweislich seit Winter 1932, lebt meine Mutter in Gotha. Mit ihren Eltern ist sie in die Stadt gekommen. Ihr Vater, Kurt Heinrich Fritz Kramer, in Dosdorf bei Arnstadt als Sohn eines Schneidermeisters, als Enkel eines Anspänners geboren, ist von Beruf Kaufmann, hat sich zum Firmengründer und -teilhaber hochgearbeitet. Mit seiner aus Bad Blankenburg stammenden Ehefrau Margarethe Friederike, geborene Damm, lebt er zunächst in Arnstadt. Dort kommt meine Mutter am 2. Juni 1911 zur Welt. Bereits am 18. Juni wird sie getauft und erhält nicht wie üblich mehrere Namen, sondern kurz und bündig einen einzigen, nämlich: Lotte. (Lotti wird mein Vater sie nennen, so wie heute Schwiegertochter und Sohn ihr Töchterchen Lieselotte Lotti rufen.)

Von Geldverlust des Großvaters während Inflation und Wirtschaftkrise, von Konkursen, war, entsinne ich mich, in Familiengesprächen oft die Rede. Verläßt der Großvater deshalb Arnstadt, kommt er nach Gotha, um eine neue Firma zu gründen, eine Holzabsatzfabrik? Oder ist er nur Teilhaber des Unternehmens »Lobenstein und Kern«? Ich kann es nicht herausfinden. Niemand ist darum zu fragen.

Unter den Nachlaßpapieren meines Vaters entdekke ich auch Zeugnisse meiner Mutter. Zwei interessieren mich besonders. Im Herbst 1932 legt sie an der Königin-Luise-Schule zu Erfurt das Abitur ab. Da ist sie einundzwanzig Jahre. Das Zeugnis zeigt ausnahmslos Einsen und enthält eine phantastische Beurteilung. Mathematik habe sie studieren wollen, erzählte sie oft; ihr Vater aber habe das Studium wegen seiner schwierigen wirtschaftlichen Lage nicht finanzieren können. Das zweite Zeugnis bescheinigt ihr eine zweijährige gute Arbeit als Kontoristin bei »Lobenstein und Kern« in Gotha. Statt Studium also Bürohilfe in dieser Firma? Auf den 3. Januar 1936 ist das Zeugnis datiert. Als Grund des Ausscheidens von *Fräulein Kramer* aus der Firma wird angegeben: *Ihr Austritt erfolgt auf eigenen Wunsch, da sie sich verheiraten will.*

Der 16. Mai 1936, der Tag der Hochzeit der Eltern. Ihre Trauung in der Margarethenkirche.

Das Foto des Paares. Keine strahlende Braut; meine Mutter eher mit einem verhaltenen Gesichtsausdruck. Der Vater etwas kleiner, durch den eleganten Zylinder wird das kaschiert. Blumen streuende Kinder vor ihnen. Dieses Hochzeitsbild ist im Garten der Gothaer Hansenstraße 9 aufgenommen. Dort lebten meine Großeltern mütterlicherseits und bis zum Mai 1936 wohl auch meine Mutter.

Das junge Paar zieht in das Haus meines Vaters. Vermutlich hatte er bis dahin mit Mutter und Schwester in der Parterre-Wohnung gelebt, die mittlere und die obere Etage waren vermietet, brachten Einnahmen. Im Einwohnerbuch der Stadt Gotha 1928/1929 werden im Haus Werderstraße 21 ein Kaufmann namens Ferdinand Bremer und ein Wilhelm Jung, ebenfalls Kaufmann, aufgeführt. Mit ihren Familien bewohnten sie wohl den ersten und den zweiten Stock. Nun wird die Wohnung in der Beletage gekündigt. Sie wird modernisiert, ein Bad wird eingebaut, der Kohleofen in der Küche durch einen modernen Elektroherd ersetzt, ein weißer Kachelofen ziert das Eßzimmer, eine schöne Korridortür mit zwei Flügeln schließt die große Vierzimmerwohnung ab. Die Kosten dafür trägt, wie aus ihrem Testament hervorgeht, die Mutter des Vaters.

Der Einzug des Paares. Meine Eltern erwarten das erste Kind, das im Oktober 1937 geboren wird, meine Schwester Gisela.

1937 ist das Jahr, in dem deutschlandweit das »Deutsche Beamtengesetz« in Kraft tritt. In diesem Jahr 1937 wird mein Vater Mitglied der NSDAP, der Nationalsozialistischen Deutschen Arbeiterpartei.

Über Versammlungen, die er zu besuchen hat, finde ich nichts. Aber seine Teilnehmerkarte Nr. 680 zur *Winterschulung 1937/38* ist erhalten geblieben. Veranstaltet wird die Schulung von der »Deutschen Arbeitsfront, Gauwaltung Thüringen, Gaubetriebsgemeinschaft Banken und Versicherungen«. Sechs Vorträge werden angeboten. Unter anderem: »Der Lebensraum des deutschen Volkes«, »Die geistigen Grundlagen des Nationalsozialismus« und »Die bevölkerungspolitische Lage Deutschlands und das Rassewesen«. Vom *Wintersemester 1938/39* nochmals ein Nachweis über die Teilnahme des Vaters an den Schulungen. Wieder das Pflichtprogramm: »Die Geschichte des Nationalsozialismus«. Wieder »Übungen in der Rassenlehre«. Für das *Sommersemester 1939* ein weiterer Teilnehmernachweis. Nun hat die Schulung die »Thüringer Verwaltungsakademie Jena e. V.« übernommen. Die Themen: »Geschichte des Nationalsozialismus«, »Übungen in der Rassenlehre«. Bei ersterem ist Oberstudienrat Staatsrat Hille aus Gotha der Vortragende. Die »Übungen in der Rassenlehre« leiten der Präsident, Prof. Dr. Astel aus Weimar, und Regierungsrat Stengel von Rutkowski aus Jena.

Die Indoktrinierung: die Minderwertigkeit der jüdischen Rasse. Die ganz andere Lebenserfahrung des Vaters. Über zwölf Jahre arbeitete er im jüdischen Bankhaus, hatte ein gutes Verhältnis zu seinen Vorgesetzten, ein vielleicht sogar freundschaftliches zur Teilhaberin der Firma, zur alten Frau Goldschmidt, wie sein Kondolenzbesuch vermuten läßt.

Daraufhin 1934 seine Verwarnung durch die »Deutsche Arbeitsfront«; die Feststellung, daß er *die neue Zeit scheinbar noch nicht verstanden* habe, und die Drohung, *solche Kameraden in unserer Volksgemeinschaft* nicht zu *dulden*. Mein Vater steht unter besonderer Beobachtung. Ich sehe ihn vor mir: Mit geschlossenen Lippen und unbewegtem Gesichtsausdruck läßt er die Schulungen über sich ergehen.

Und wie mag er das erlebt haben, was in Gotha in der Nacht vom 8. zum 9. November 1938 vor sich geht? Wie an vielen Orten Deutschlands wird auch in der thüringischen Stadt das jüdische Gotteshaus in Brand gesteckt. Die Synagoge in der Moßlerstraße, für deren Bau Jacob Goldschmidt als Vorsitzender der Israelitischen Kultusgemeinde so viel getan hat und für die seine Söhne Otto und Alfred sich engagiert haben, geht in Flammen auf, das Innere wird unter dem Beifall von Schaulustigen ausgeraubt, dann brennt die große Kuppel lichterloh und stürzt schließlich in sich zusammen. Die Synagoge brennt bis auf die Grundmauern aus. Ein barbarischer Akt. Eine Pogromnacht. Willkürliche Verhaftungen jüdischer Bürger. Unter anderem wird Dr. Ernst Ruppel, der Besitzer der Gothaer Metallwarenfabrik, in das ein Jahr zuvor geschaffene Konzentrationslager Buchenwald bei Weimar verschleppt.

Werner, der Führer der SA-Standarte 95, schlägt dem Gothaer Bürgermeister vor, die Reste der Synagoge durch Sprengung zu beseitigen, um Gotha – wörtlich – von dem *Schandfleck* zu befreien. Busch, der Kreisleiter der NSDAP, drängt das Stadtoberhaupt, die Reste – wieder wörtlich – der *Verbrecherhöhle* schnellstmöglich beräumen zu lassen. Für den Nazi-Bürgermeister Dr. jur. Fritz Schmidt soll alles den Anstrich haben, *rechtmäßig* zu sein, und im März 1939 erzwingt er einen Vertrag der Stadt mit der jüdischen Gemeinde, in dem dieser noch die Abrißkosten per Hypothek abgepreßt werden.

Günter Ewald, der Freund meines Vaters, jener, mit dem er die schönen Reisen in den zwanziger Jahren unternahm, hat, in der Gothaer Stadtverwaltung als »Rechtspfleger« angestellt, die Beurkundung des Vertrages zwischen der jüdischen Gemeinde und der Stadt vorzunehmen.

Fast zeitgleich mit meinem Vater hat er geheiratet, eine Familie gegründet, auch ihm ist im selben Jahr wie meinem Vater eine Tochter geboren worden. Hat ihre Freundschaft Bestand? Haben sich die beiden Männer weiterhin getroffen, sich über die politischen Vorgänge ausgetauscht? Kaum denkbar, daß die Zerstörung der Synagoge und der nachfolgende perfide Vertrag ihre Billigung oder gar Sympathie fand.

Vielleicht nur noch, ohne die Ehefrauen, ein offenes Reden unter vier Augen? Oder klammert man mit schlechtem Gewissen das, was in der Stadt geschieht, einfach aus? Beschränkt sich auf häusliche Dinge, belustigende Geschichten über die beiden kleinen Töchter? Oder hat man sich schon voneinander entfernt, meidet sich? Es bleibt offen, wie sich die einstigen Freunde verhielten.

Nach dem Krieg bezeugt Karl Linz, ein Freund meines Vaters, daß er sich mit ihm ständig über alle politischen Dinge ausgetauscht und daß sich mein Vater niemals faschistisches Gedankengut zu eigen gemacht habe. Das bescheinigt ihm auch Erich Schreyer, der meinen Vater seit seinem Eintritt in das Bankhaus kennt: er sei kein Nazi gewesen.

Wie sind solche späteren Zeugnisse zu werten? Ich möchte ihnen gern glauben, aber es ist mir schwer vorstellbar, ein Rest Skepsis bleibt. Dabei müßte ich, die ebenfalls in einer Diktatur, wenn auch nicht in einer solch menschenvernichtenden, aufgewachsen ist, es doch nachvollziehen können. Man lernte doch – ich sehr spät –, mit wem man offen sprechen, gegenüber wem man Vorsicht walten lassen mußte. Das diplomatische Gehabe, die zwei Gesichter, die Spaltung der Persönlichkeit.

Vermutlich hat meinen Vater die Angst um seine Existenz, seine Verantwortung für seine alte Mutter, seine Frau und seine kleine Tochter schon so weit in das System integriert, daß er sich nur engsten Freunden anvertraut und sich nach außen hin in ein unnahbares Schweigen hüllt.

Und meine Mutter? Sie, entsinne ich mich, erzählte

mir, wie hysterisch Frauen auf den vorbeifahrenden »Führer« reagiert hätten, mit nach ihm ausgestreckten Armen und hysterischem Schreien, das habe sie abgestoßen und zum Verzicht auf jegliches Engagement in nationalsozialistischen Organisationen bewogen. Gewiß eine zusätzliche Belastung für meinen Vater.

Im Jahr 1939 beginnt der von den Faschisten lange vorbereitete Krieg.

Am 1. September überfällt Nazideutschland Polen. In Moskau unterzeichnen am 24. August 1939 Molotow und Ribbentrop, die Außenminister der Sowjetunion und des Deutschen Reiches, im Beisein Stalins einen auf zehn Jahre befristeten Nichtangriffspakt, den sogenannten Hitler-Stalin-Pakt. Polen ist das erste Opfer, Nazideutschland und die Sowjetunion teilen sich die Beute.

Im April 1940 marschiert die deutsche Wehrmacht in Dänemark und Norwegen ein. Die Niederlande, Belgien und Luxemburg werden von der faschistischen Armee überrollt. Frankreich wird besetzt. Bereits am 22. Juni 1940 kapituliert das Land. Im August desselben Jahres beginnt der deutsche Luftkrieg gegen Großbritannien. Im September 1940 schließt Nazideutschland mit Italien und Japan einen Drei-Mächte-Pakt.

In diesem Jahr 1940, am 7. Dezember, komme ich zur Welt. Wenn meine Mutter später von meiner Geburt erzählte, war da immer der Satz, das erste, was ich, auf die Welt gekommen, gesehen hätte, sei eine Nazi-Uniform gewesen. Die besorgte Hebamme habe, als nicht mein Köpfchen, sondern die Füßchen zuerst erschienen, nach einer Ärztin geschickt, und die sei von einer Versammlung der Nationalsozialisten herbeigeeilt. Warum erwähnte das meine Mutter stets, wo sie doch weder dem »Bund deutscher Mädchen« noch, nach ihrer Heirat, der »Nationalsozialistischen Frauenschaft« beigetreten war? Vielleicht gerade deshalb.

An meinem ersten Geburtstag, dem 7. Dezember 1941, überfällt Japan die amerikanische Kriegsmarine in Pearl Harbor. Ohne Vorankündigung versenken japanische Flieger, die von Flugzeugträgern aus gestartet sind, die dort stationierten Schiffe der amerikanischen Pazifikflotte. Dieser Angriff hat den Eintritt der USA in den Zweiten Weltkrieg zur Folge.

Die militärischen Auseinandersetzungen im Fernen Osten, auf dem afrikanischen Kontinent.

Der Kriegsschauplatz Rußland. Das Eindringen der faschistischen Armee tief in das Innere des Landes. 200 000 bis 250 000 deutsche Soldaten befinden sich vor Stalingrad. Im November 1942 beginnt die Rote Armee dort ihre Gegenoffensive. Die 6. Armee unter Generalfeldmarschall Paulus wird im Kessel von Stalingrad eingeschlossen. Am 31. Januar 1943 die Kapitulation. 150 000 deutsche Soldaten sterben, auf russischer Seite sind die Opferzahlen weitaus größer: eine Million Russen verlieren ihr Leben. 91 000 deutsche Soldaten kommen in sowjetische Gefangenenlager, nur 6000 davon kehren nach dem Krieg nach Deutschland zurück.

Diese Fakten und Zahlen werden erst viel später bekannt. Welche Möglichkeiten gab es für die fernab der Kriegsschauplätze Lebenden, sich über die tatsächlichen Vorgänge zu informieren? Die riesige Propagandamaschinerie der Nazis ist fest in den Händen von Propagandaminister Joseph Goebbels. Die »Wochenschau« im Kino. Zeitungen. Rundfunk. Damals flimmerten die Nachrichten von den Kriegsschauplätzen noch nicht allabendlich auf den Fernsehbildschirmen der Wohnzimmer. Das Abhören des »Feindsenders« BBC London ist, wenn technisch überhaupt möglich, mit den Gefahren der Denunziation verbunden. Setzt sich dem eine Familie mit zwei kleinen Kindern aus?

Was wußten meine Eltern, was konnten sie wissen, was wollten sie wissen?

Vielleicht der Versuch, ihr kleines Leben unbeirrt weiterzuleben. Mein Vater wird vorerst nicht zum Dienst in der Armee eingezogen. Ist es seine schwache Gesundheit, sein Magenleiden, oder ist er in der Bank unabkömmlich?

Seine Arbeit in der »Thüringischen Staatsbank«. Seine Bezüge. Ich finde eine Abrechnung vom 11. Januar 1932, da stehen ihm monatlich 247,80 Reichsmark brutto zu. Ende 1938 haben sie sich bereits auf 337,60 einschließlich 20 Mark Kinderzulage erhöht. Ab 1. Januar 1939 steigt sein Gehalt nochmals. Im November 1939 wird er zum Leiter der »Wertpapier- und Devisenabteilung« befördert. Vom 22. Dezember 1941 an werden ihm monatlich 371,75 Reichsmark brutto ausgezahlt.

Ab 1942 hat mein Vater neben seiner Arbeit tagsüber in der Bank in den Nächten als Soldat bei der Gothaer »Heimatflak« zu dienen. Am Abend verläßt er auf einem Fahrrad, das ihm eigens zu diesem Zweck zugeteilt wird, die Wohnung in Richtung Ostbahnhof. Ich glaube mich zu entsinnen, wie die Worte *Fliegeralarm*, *Flakhelfer*, *Fliegerhorst* durch unsere Wohnung geisterten, erinnere mich an seine abendlichen Aufbrüche, an Bombennächte, in denen er abwesend war.

Ich nehme das Fotoalbum der Familie zur Hand. In unserem Garten stehe ich mit vorgestrecktem Bauch und einwärts gewandten Füßen, neben mir eine kleine Katze, hinter mir üppige Blumenrabatten; ich mit ungefähr eineinhalb Jahren. Ich im Garten mit einem Sonnenhütchen, nackt neben einer Zinkbadewanne. Ich in einem weißen Musselinkleidchen mit einem Blumenkranz im Haar inmitten einer Sommerwiese. Mit demselben Kleidchen und dem Blumenkranz auf dem Knie meines Vaters. Er sieht jung und attraktiv aus, trägt zum weißen Hemd eine Fliege, lächelt glücklich.

Oberhof, Sommer 1943 steht in Sütterlinschrift von der Hand meiner Mutter darunter. Zweieinhalb Jahre bin ich da. Ein weiteres Foto, mit meiner Schwester, beide tragen wir die gleichen roten, mit einer Blumenborde bestickten Kleidchen, wir sitzen auf einem Sofa, die dicken Wollstrümpfe ziehen Wasser, die Schnürstiefel wirken klobig. Dann, mit ebendiesen Stiefeln, beide im Schnee stehend in unserem Garten, nach unserer Größe zu urteilen, muß es im Winter 1944/45 gewesen sein, wir tragen, herausgeputzt wie Puppen, schwarze Samtmäntelchen mit weißen Pelzkrägen und schwarze Mützen aus Samt, die mit bunten Schmetterlingen bestickt sind.

Die kleine Person auf der Oberhofer Wiese, die auf dem Knie des Vaters, die im Garten im Sommer und die im Schnee im Winter ist mir völlig fremd. Ein Blick von außen, der der Kamera, hat sie festgehalten. Die kleinen viereckigen Bilder mit dem gezackten Rand zeigen eine, die ich nicht kenne, an die ich mich nicht erinnere. Nach langem Hinsehen ist es einzig das helle Sonnenhütchen mit der braunen Kordel, das mir vertraut ist. Meine Söhne haben es noch getragen. Und das Foto, auf dem die Schwester mich hält, muß in Erfurt bei den Großeltern entstanden sein, es war *ihr* Sofa; heute steht es bei mir. Die Fotos, mitten im Krieg entstanden, suggerieren Normalität, zeigen eine heile Welt.

16

Mit den ersten Luftangriffen auf deutsche Städte wandert der Krieg auf das eigene Territorium, betrifft unmittelbar die Zivilbevölkerung. 1940 hatte der Luftkrieg des faschistischen Deutschlands gegen Großbritannien begonnen. Als Gegenreaktion gab es erste Bombardierungen deutscher Städte. Die Offensive der englischen Luftstreitkräfte erfolgte dann ab März 1942. Im Juli 1943 wurde Hamburg fast völlig zerstört. Angriffe gab es auf Düsseldorf, Köln, Kassel und andere deutsche Städte.

Vergleichsweise wenige Angriffe gab es auf Gotha. Es ist der Januar 2017, da lese ich nach, wann Luftangriffe auf meine Heimatstadt erfolgten, welchen Zielen sie galten und welche Zerstörungen sie anrichteten.

Im November 1943 gibt es fünf Angriffe auf das Gothaer Stadtgebiet. Am 24. Februar und am 20. Juli 1944 wird die Waggonfabrik bombardiert, um die Kriegsproduktion zu stoppen. Am 10. November 1944 werden zivile Gebäude in der Friedrich-Jacobs-Straße, der Gartenstraße und auf dem Neumarkt getroffen. Auf dem Neumarkt brennen Häuser aus, und auch die daneben stehende Margarethenkirche und ihr Turm werden in Mitleidenschaft gezogen. (Diese Zerstörung ist die einzige, die ich als Kind gesehen habe.

Der Rauch, der noch nach Tagen aus den schwarzen Trümmern stieg.)

Am 6. Februar 1945 erfolgt ein Großangriff auf den Gothaer Hauptbahnhof und Umgebung. Von einem von Westen anfliegenden Verband von 27 Maschinen lese ich, dem in kurzen Abständen weitere Verbände mit 135 bis 150 Maschinen folgen. 196,3 Tonnen Bomben werden abgeworfen. Der Bahnhof gilt, wie auch die Waggonfabrik, als militärisches Ziel. Aber umgekommen sind überwiegend Zivilisten; Reisende, Fremdarbeiter, die in Baracken in der Bahnhofsgegend hausen, auch Kinder einer Schulklasse, die im Luftschutzkeller im Versicherungsgebäude in der Bahnhofstraße Schutz gesucht haben.

Im Jahr 2015 schickt mir Hans von Frankenberg (ein Nachfahre des berühmten Gothaer Sylvius von Frankenberg) seine Lebenserinnerungen. Als Elfjähriger hat er jenen Bombenangriff auf den Bahnhof erlebt. Durch einen Zufall ist er nicht in dem Luftschutzraum, wo alle seine Mitschüler sind. Unerlaubt hat er sich entfernt, mit seinem Freund übersteht er den Angriff in einem weiter entfernten Keller, das Haus stürzt zum Teil über ihnen zusammen, aber die beiden Jungen können sich retten. Ihre Mitschüler dagegen sind alle tot. Die ungeheuren Druckwellen der Sprengbomben haben ihre Lungen zerplatzen lassen.

Die beiden Elfjährigen müssen helfen, ihre Klassenkameraden aus den Trümmern zu ziehen und die äußerlich meist unversehrten Leichen in eine Reihe zu legen. Darunter ist auch die Zwillingsschwester des Freundes. Die Sanitäter kennen die Namen der Kinder nicht, die Eltern müssen benachrichtigt werden, und die Jungen werden angewiesen, den Toten die Augen zuzudrücken und deren Namen auf Pappschilder zu schreiben und diese an den Füßen ihrer Mitschüler zu befestigen. Frankenberg erinnert sich, daß sie den Toten jeweils einen Schuh auszogen, um das Namensschild um den Fuß zu binden. Bei den Jungen gelang das, da fast alle Kniestrümpfe anhatten, die herunterzuziehen waren, die Mädchen dagegen trugen zumeist lange, dicke Wollstrümpfe, daher banden sie mit Bindfäden oder dünnem Draht die kleinen Namensschilder aus Pappe um die Knöchel der toten Mädchen.

Hans von Frankenberg faßt sein eigenes Erleben als Elfjähriger in Gotha mit einem Zitat von Thomas Bernhard zusammen, der nach der noch 1945 durch Fliegerbomben erfolgten Zerstörung der Stadt Traunstein schrieb, das Heulen der Sirenen und der Anblick von Toten *war ein mein ganzes (weiteres) Leben verletzendes Geschehen.*

Bei Bombenangriffen – die Zahlen variieren – starben in Gotha insgesamt 542 Menschen, davon waren 228 Frauen und 77 Kinder. Allein bei dem Angriff vom 6. Februar 1945 auf den Hauptbahnhof sind 270 Menschen umgekommen, darunter 58 Zwangsarbeiter und Kriegsgefangene, aber auch Durchreisende und eben die Kinder jener Schulklasse, denen die beiden elfjährigen Überlebenden die Namensschilder um die Füße zu binden hatten.

Noch am 10. und 15. März 1945 wird Gotha bombardiert. Seit Anfang März ist fast täglich Fliegeralarm. Am 10. März 1945 fallen Minen von drei Einzelflugzeugen auf Ziele in der Schwabhäuser und der Margarethenstraße. Am 3. April erfolgt der letzte Angriff: Schlichtenstraße, Friedrich-Perthes-Straße, Arndtstraße, Weimarer Straße. Ein Flak-Geschütz der SS, das sich hinter dem Landestheater in Stellung gebracht hat, feuert auf die amerikanischen Flieger. Bei den nachfolgenden Kampfhandlungen fängt das Theater am Mittag des 3. April Feuer, die Flak-Munition explodiert. Die Löschfahrzeuge sind aus der Stadt abgezogen. Das Theater brennt völlig aus.

Meine nachgelesenen Fakten über Bombenangriffe auf Gotha beziehen sich auf einen Zeitraum von November 1943 bis April 1945; zu Anfang war ich drei, am Ende viereinhalb Jahre. War ich noch zu klein, um Angst zu haben und das Geschehen zu begreifen? Nichts ist passiert, keine Bombe hat unser Haus getroffen. Dennoch sind meine Erinnerungen an die Nächte im Keller bis heute in mir.

Das anschwellende Geräusch der Sirenen. Fliegeralarm. Meine Mutter reißt mich aus dem Schlaf, nimmt mich auf den Arm, rennt die Treppe hinab. Sie hat keine Hand frei, meine Schwester weint, halt dich fest an meinem Mantel, ruft die Mutter. Im düsteren Kellergang der Luftschutzwart mit seiner dröhnenden Stimme, er zeigt auf den Notausgang, der sich unter unserem Vordach befindet, weist die Frauen jedesmal neu ein, wie sie ihn im Fall einer Verschüttung öffnen können. Erst wenn seine Belehrung zu Ende ist, dürfen wir in den hinteren Kellerraum.

Zusammen mit meiner Schwester komme ich, in Decken gehüllt, auf einen Liegestuhl. Vor uns, dichtgedrängt auf Holzgestellen hockend, die in den Keller Geflüchteten. An der Wand ihre Schemen, wenn für Augenblicke eine Taschenlampe aufleuchtet. In der Düsternis sind die Menschen nur an ihren Stimmen unterscheidbar. Das Dröhnen der Flugzeuge. Die Bewegung der ansonsten Reglosen, die dieses näher kommende oder sich entfernende Geräusch auslöst. Die zusammengekauerte Großmutter Marie, die Mutter des Vaters. Ihr Wimmern, immer in der gleichen Tonhöhe.

Der süß-faulige Geruch aus den Apfelhorden, der sich mit den menschlichen Ausdünstungen und dem des feuchten Mauerwerks verbindet. Der Geruch nach Urin, der den Leibern entströmt. Dieser abstoßende, widerlich stickige Geruch nach Urin und ungelüftetem Raum, in dem es keinen Sauerstoff mehr zu geben schien, ist meine intensivste Erinnerung.

Einmal war ein junger Mann in Soldatenuniform in unserem Keller. Woher kam er? Keiner kannte ihn. Ich sehe sein Gesicht, höre sein gurgelndes, nach Atem ringendes Schreien. Es waren Schreie, die schrill und gellend waren. Beim Geräusch von jedem herannahenden Flugzeug schrie er: *Jetzt, jetzt sind sie über uns, jetzt, jetzt … sterben wir.* Wurde das Geräusch der Bomber schwächer, schlug er die Hände vors Gesicht, ließ sie dann fallen, saß mit hängenden Armen, seine Augen waren weit aufgerissen, er schluckte seinen Speichel. Als endlich Entwarnung kam, rannte er als erster aus dem Keller, war verschwunden. Es muß bei einem der letzten Angriffe Ende 1944 oder Anfang 1945 gewesen sein, aus Platzgründen gab es den Liegestuhl nicht mehr, wir seien groß genug, um inmitten der Erwachsenen zu sitzen, hieß es, und ich saß, entsinne ich mich, dem Soldaten genau gegenüber.

Mein Vater geht weiterhin tagsüber seiner Arbeit in der Bank nach. Vom 1. April 1943 ein Schreiben der »Thüringischen Staatsbank Weimar«, links unten eine Prägung in Gold: Hakenkreuz und Kranz, darunter steht: »Nationalsozialistischer Musterbetrieb«, ein Glückwunsch zum »25jährigen Arbeitsjubiläum«.

Am Abend und in der Nacht sein Einsatz als Flakhelfer. Jede Nacht? Das scheint mir kaum denkbar. Meine Schwester meint, daß es dort, war kein Alarm, für die Soldaten Schlafmöglichkeiten gab, und erinnert sich, meine Mutter sei, immer wenn er auf sein Fahrrad stieg, voller Sorge gewesen, daß er während seiner Fahrt zum Ostbahnhof in einen Luftangriff geraten könne.

17

Bereits im Herbst 1942 werden die Bewohner Gothas angehalten, für den Fall möglicher Luftangriffe ihren Besitz aufzulisten.

Im Nachlaß meines Vaters finde ich vergilbte brüchige Papiere, handgeschrieben. 7. Oktober 1942. »Mein Hab und Gut«, *durch persönlichen Augenschein vom Vorhandensein der wichtigsten in dieser Liste aufgeführten Gegenstände überzeugt*. Es folgen zwei Unterschriften, eine vom Freund meines Vaters, von *Harry Frank, Kaiserstraße 75*. Die andere Unterschrift ist mir unbekannt. Ich lese: *Schlafzimmer Hell Eiche mit Birke, Herrenzimmer Dunkel Eiche*, *Speisezimmer Nussbaum poliert*, alle mit Wertangabe, 1936, im Jahr der Heirat, sind sie angeschafft. Weiter werden aufgeführt: *Teewagen, Kohlenkasten, 5 Reisekoffer, Wäschekorb, Föhn, 500 Bücher, Klavier, Tafelgeschirr, Speiseservice von 18 Teilen, ein Besteckkasten mit 120 Teilen*. Alles ist sofort vor mir, die Möbel, die Gegenstände, mit denen ich bis zum achtzehnten Jahr täglich gelebt habe, ich sehe die Räume bis ins kleinste Detail mit Bildern an den Wänden, Tischdecken und Sofakissen, nehme die unterschiedlichen Gerüche von Wohn- und Eßzimmer, Schlaf- und Kinderzimmer wahr. Erinnere mich an das mehrfache Umräumen im Krieg und nach dem

Krieg. Die Räumung von Eß- und separatem Zimmer für bombengeschädigte Gothaer aus einer Villa in der Gartenstraße, zwei junge Frauen mit zwei Kindern ziehen ein. Später haben wir das separate Zimmer für die russische Einquartierung frei zu machen. Dann ziehen Flüchtlinge, Umsiedler, ins Haus.

Ich lese weiter. *10 Seidenkleider, 2 Gesellschaftskleider, 1 Smoking, 9 Straßenanzüge*; niemals habe ich den Vater im Smoking, die Mutter im Gesellschaftskleid gesehen.

Anfang 1944 muß das Papier über »Hab und Gut« neu erstellt und offiziell beglaubigt werden. Nun eine maschinengeschriebene »Bestandsaufnahme« vom 11. März 1944. *Aufnahme und Schätzung erfolgte durch den Amtsschöppen Franz Sonntag*, darunter der Stempel: *Land Thüringen / Die Amtsschöppen / Für Gotha*. Mit Kopierstift die Unterschrift: *Franz Sonntag, Rechtspfleger, Klosterstraße 4. Bei der Aufnahme waren zugegen*: mit Tinte die Unterschrift meiner Eltern.

Die meisten Angaben decken sich mit dem Papier von 1942. Neu ist die Auslagerung von Wertgegenständen, sollte das Haus von Bomben oder Luftminen getroffen werden. Da steht: *1 Koffer bei Frau Drössler, Schwarzwald bei Ohrdruf, 2 Koffer bei Pfeiffer, Trügleben*. Der Name *Drössler* löst eine Erinnerung aus; ich muß mitgenommen worden sein, als meine Mutter den Koffer dorthin brachte, ich sehe eine Mühle, spüre einen warmen Raum, ich bekomme eine Tasse heiße Schokolade. Auch bei dem Wort *Trügleben* sehe ich sofort einen Bauernhof, eine Stube, wir sitzen, von Fliegen umschwärmt, an einem großen Tisch, die Bäuerin bringt uns mit fettem Schmalz bestrichene Brotscheiben. Vielleicht aber war das schon nach dem Krieg.

Ich lese weiter: *1 Koffer in der Stahlkammer der Thüring. Staatsbank Gotha, Ein Schmuckkästchen im Schließfach.* Bei dem Wort *Schließfach* ist sofort ein beängstigender Raum vor mir, die Wände voller stahlgrauer Fächer, auf denen Zahlen stehen. Täuscht mich die Erinnerung? Ich frage meine Schwester. Sie bestätigt mir, meine Mutter habe, uns beide an der Hand, kurz vor Kriegsende das *Schmuckkästchen* aus dem Tresor der Thüringer Staatsbank geholt. Zu dessen Inhalt gehörte ihr Brillantring, den sie – erinnere ich mich an ihre Erzählung – in die Schürzentasche gleiten ließ, als die Soldaten der Roten Armee in Gotha einrückten und sowjetische Offiziere als Quartiermacher unser Wohnzimmer betraten.

Heute trage ich diesen Ring.

Der Einmarsch der Sowjetarmee. Mit meiner Mutter stand ich vor der Bäckerei an der Ecke zum Schützenberg. Die Soldaten kamen die Eisenacher Straße herunter, ich sehe die kleinen Panjewagen, gezogen von zottigen kleinen Pferden, sehe die Soldaten, müde, abgerissen, Stiefel und Uniformen beschmutzt; keine strahlenden Helden zogen da ein. Niemand winkte, weder die Soldaten noch die an der Straße stehenden Zuschauer. Es war eine stumme Prozession eines nicht enden wollenden Zuges.

Das aber war schon nach Kriegsende. Denn zunächst besetzten amerikanische Truppen Gotha. Daran habe ich keine Erinnerung. Einzig, daß meine Schwester berichtete, die Soldaten säßen Kaugummi kauend auf den Stufen des Stadtbades, würfen den neugierig herbeigeeilten Kindern Kaugummis zu; amüsierten sich über deren Balgen, schossen zum Spaß auch einmal in die Luft, worauf die Kinderschar augenblicks angstvoll kreischend zerstob und sich wenig später wieder näherte, um von neuem zu betteln.

Zunächst also die amerikanischen, dann die sowjetischen Truppen. Der Wechsel der Besatzungsmacht in einem Teil Thüringens erfolgte im Ergebnis der Beschlüsse von Jalta, den von den vier Siegern ausgehandelten vier Besatzungszonen sowie dem Viermächtestatus für Berlin.

Der Austausch: Die Amerikaner verlassen Gotha, die Rote Armee zieht ein. Es war schon der Sommer 1945, es war der 3. Juli, als ich sie mit meiner Mutter die Eisenacher Straße herabkommen sah.

Also kehre ich zum Winter 1944/45 zurück, zu dem Foto, das meine Schwester und mich im Schnee stehend in den schwarzen Samtmäntelchen und den Mützen mit den bunten Schmetterlingen zeigt. Zum von meiner Schwester überlieferten Gang meiner Mutter mit uns zur »Thüringer Staatsbank«, um dort aus dem Schließfach ihr Schmuckkästchen zu holen. Nahm sie auch den Koffer aus der Stahlkammer mit? Glaubte sie, daß beides nicht mehr sicher verwahrt werden konnte, war das ein Zeichen, daß der Zusammenbruch, das Ende des Krieges nah war?

Wie sah das Kriegsende in Gotha aus?

18

Bereits im Juni 1944 erklärte das Oberkommando der faschistischen deutschen Wehrmacht Thüringen zur Verteidigungszone zwischen den westlichen Alliierten und der von Osten anrückenden Roten Armee. Sehr spät, erst am 6. Juni 1944, haben die Westmächte mit ihrer Landung in der Normandie die Zweite Front aufgemacht.

Hitlers geheimer Befehl lautete: *Kampf bis zum letzten Mann.* Fritz Saukel, der Gauleiter Thüringens, hält zu Ostern 1945 eine Rede. Im »Gothaer Beobachter« lese ich sie nach: *Über alle schweren Opfer, über alle Gräber hinweg wird das Reich Adolf Hitlers bestehen.*

Zu diesem Zeitpunkt – es ist der 1. April 1945, Ostersonntag – überschreiten die amerikanischen Truppen bereits die Grenze zu Thüringen. Am 2. April stoßen sie nördlich am Hörselberg vorbei bis zu den Behringsdörfern vor. Einen Tag später geht die 4. Panzerdivision des XX. Korps der Dritten US-Armee auf dem Krahnberg und bei Goldbach in Stellung. Der Angriff auf Gotha steht unmittelbar bevor, Flugzeuge kreisen über der Stadt.

Zusätzlich zu den Bewohnern Gothas – Frauen, Kinder und Alte zumeist – befinden sich 12 000 Evakuierte in der Stadt. Ende Mai 1944 sind Ausgebombte aus Düsseldorf, im November Bauern aus Siebenbürgen, Ungarn und Kroatien gekommen, nach der Bombardierung von Köln und Trier suchen 6000 Menschen Schutz in Gotha.

Am Morgen des 3. April 10:10 Uhr heulen die Sirenen in einem fünf Minuten lang anhaltenden Dauerton. Der Volkssturm und alle noch marschfähigen Kranken aus den Lazaretten werden in Alarmbereitschaft versetzt.

Eine Verteidigung der Stadt? *Kampf bis zum letzten Mann*? ... *über alle Gräber hinweg*? Die Brutalität und das Menschenverachtende dieser Parolen ignoriert der Mann, der in Gotha an der Spitze des Verteidigungsausschusses steht, der *Kampfkommandant des festen Platzes Gotha*, so sein offizieller Titel. Sein Name: Oberstleutnant Gadolla. Seit Mai 1943 ist er in der Stadt, zunächst als Leiter des Wehramtes, mit dem Datum des 1. Februar 1945 wird er zum *Kampfkommandant⟨en⟩* ernannt.

Ihm muß bewußt gewesen sein, angesichts der militärischen Übermacht der Amerikaner würde eine Verteidigung Gothas ein Inferno bedeuten, würde unzählige zivile Opfer, vor allem unter Frauen und Kindern fordern. Mutig und *beherzt* – ich kann für seinen Entschluß nur das altmodische Wort *beherzt* finden –, ordnet er, wissend, daß es sein Leben kosten kann, die kampflose Übergabe der Stadt an.

Der Oberbürgermeister Gothas, Dr. Fritz Schmidt,

flieht daraufhin. Auch andere Nazis, der Kreisleiter der NSDAP Busch und der SS-Gruppenführer und Generalleutnant der Polizei, Hennicke, setzen sich feige ab, überlassen Bürger und Evakuierte, für die sie verantwortlich sind, ihrem Schicksal.

Oberstleutnant Gadolla, der im Nordturm des Schlosses Friedenstein das Kommando führt, gibt den Befehl, auf den Türmen von Schloß Friedenstein und auf dem Turm des Rathauses weiße Fahnen als Zeichen der Kapitulation zu hissen.

Er selbst fährt gegen 16 Uhr als Parlamentär den Amerikanern entgegen. Der erste Versuch scheitert, am heutigen Bertha-von-Suttner-Platz wird er von SS-Leuten aufgehalten. Beim zweiten Versuch, zwischen 19 und 20 Uhr – das Ziel sind die bereits von den Amerikanern besetzten Sundhäuser Kasernen –, macht Beschuß einen Umweg über Boilstädt notwendig. Dort wird das Auto, auf der Kühlerhaube die weiße Fahne, von fanatischen und stark alkoholisierten Wehrmachtsangehörigen der Reservekompanie Lutz Fröhlich des Flakbataillons 59 angehalten; mit vorgehaltener Pistole wird Gadolla des Landesverrats bezichtigt, man reißt ihm die Achselstücke herunter, als Gefangener wird er nach Weimar gebracht.

Als der Morgen des 4. April 1945 dämmert, sehen die Amerikaner die weißen Flaggen über Gotha. Der Beschuß der Stadt wird eingestellt. Ein drohender Großangriff auf Gotha ist abgewendet. Die sich bereits im Anflug befindenden Verbände sollen – eine umstrittene These – Kurs auf Nordhausen genommen haben.

Wenn der Trümmerschutt von den Luftangriffen bis zum 3. April in Gotha allein, wie ich lese, einen Schuttberg von achtfachem Umfang des Rathauses ergeben habe, welch unvorstellbarer Berg der Zerstörung müßte sich dann in Nordhausen türmen. Bei den Bombardierungen der Stadt am 4. April fallen dort innerhalb von zwanzig Minuten 1215 Tonnen Sprengbomben, 4 Kirchen und 6 Schulen sinken in Schutt und Asche, 411 Handwerks-, 272 Handels- und 29 Industriebetriebe, 13 000 Wohnungen und Gebäude werden zerstört. Die ganze Stadt ist in Feuer getaucht, und Tausende Menschen verlieren ihr Leben; die Zahl wird mit 8800 angegeben.

Aufatmen dagegen in Gotha. Für die Stadt und das sie umgebende Land ist am 4. April 1945 der Krieg zu Ende. Die 4. Panzerdivision des XX. Korps der Dritten US-Armee rückt ein. Die Militärführung beordert das Stadtoberhaupt zur Unterzeichnung der Übergabe in die Arnoldi- Schule.

Anstelle des geflohenen Bürgermeisters ist es der Freund meines Vaters, jener Städtische Rechtsrat Günter Ewald, der zusammen mit dem Stadtamtmann Fritz Ritter die Unterschrift leistet. Um 9 Uhr wird die Kapitulationsurkunde unterzeichnet.

Am selben Tag tritt um 14 Uhr in Weimar das Standgericht der deutschen Wehrmachtskommandantur unter Vorsitz von Major Schuchardt zusammen. Die Anklage beantragt für Oberstleutnant Gadolla die Todesstrafe.

Sein bewundernswerter Mut, seine Ruhe. *Ich bin mir meiner Handlungsweise voll bewußt gewesen*, gibt er zu Protokoll, *und ich kann aus meinem Herzen heraus nur sagen, daß ich nichts unversucht gelassen habe, vielen Menschen das Leben zu retten.*

Das Gericht zieht sich – welch Farce – zu geheimer Beratung zurück. Dann wird *im Namen des deutschen Volkes* das Urteil verkündet: *Der Oberstleutnant Josef Gadolla, Kommandeur des Wehrmeldeamtes Gotha, bis zum 3.4.1945 Kampfkommandant von Gotha, wird wegen versuchter Übergabe des festen Platzes Gotha an den Feind (§ 63 Abs. 1 Ziff. 1 MSTGB.) zum Tode und zum Verlust der Wehrwürdigkeit* verurteilt.

Am Morgen des 5. April um 7 Uhr wird das Todesurteil vollstreckt; in der Mackensen-Kaserne am Ettersberg wird Obersleutnant Gadolla erschossen. Die Suche nach seinem Grab hält noch an.

Zwischen der Befreiung der Stadt Gotha und seiner Hinrichtung liegen nur zweiundzwanzig Stunden, nicht einmal ein Tag. Unzähligen Menschen hat Gadolla das Leben gerettet, vielleicht oder ganz sicher auch das meiner Mutter, das meiner Schwester und das meinige.

Niemals habe ich als Kind seinen Namen gehört, weder von meinen Eltern noch in der Schule. Dabei gab es doch in Gotha eine Straße, die seinen Namen trug. Als Schülerin bin ich oft die Gadollastraße entlanggegangen, mit der Freundin trugen wir von ihrer Wohnung in der Emminghausstraße die runden

Kuchenbleche ins Backhaus und zurück, in dieser Straße begegneten wir dem Direktor der berühmten Gothaer Karthographischen Anstalt, dem greisen Professor Haack, der stets den Hut zog, wenn wir ihn – kichernd – mit einem Knicks grüßten. Nie aber habe ich den Namen dieser Straße mit dem Schicksal des Retters von Gotha verbunden.

Knut Kreuch, der Gothaer Oberbürgermeister, war es, der mich darauf stieß. Von der Notwendigkeit, diesen unerschrockenen Mann ins Gedächtnis der Gothaer zurückzuholen, sprach er. Dann las ich das 2007 erschienene Buch »Josef Ritter von Gadolla und die letzten Kriegstage in Gotha«, verfaßt von der Historikerin Raschke.

Dieser Gadolla entstammte einem alten österreichischen Adelsgeschlecht. Den wundersamen Titel *Ritter* hatte er von seinem Urgroßvater, steirischer Landrechtsadvokat, Herrscher über ausgedehnte Ländereien, von Kaiser Josef II. in den österreichischen Ritterstand erhoben. Der Großvater besaß die Herrschaft Thurn/Skalis mit dem Schloß, in dem Gadollas Vater geboren wurde. Er selbst kam am 14. Januar 1897 in Graz zur Welt. Wie sein Vater wurde er Berufsoffizier. Im Ersten Weltkrieg erlitt er 1918 eine schwere Verwundung. Erlebte dann die Implosion der österreich-ungarischen Donaumonarchie und ihres Wertesystems. Öffnete sich sozialdemokratischem Gedankengut, nicht zuletzt durch die Bekanntschaft mit Dr. Julius Deutsch, Minister in der ersten »Republik Österreich«. Als Mitte der dreißiger Jahre die österreichische NSDAP an Boden gewinnt, muß Julius

Deutsch fliehen. 1938 stellt Gadolla (er ist zu 90 % invalidisiert) den Antrag, aus der Armee auszuscheiden. Sein Gesuch wird abgelehnt.

Am 14. März 1938 erfolgt der Einmarsch der deutschen Wehrmacht in Graz. Noch am selben Tag hat Gadolla den Eid auf Hitler zu leisten. Nach Einsätzen an verschiedenen Orten Deutschlands kommt er – wie gesagt – am 16. Mai 1943 als Wehramtsleiter nach Gotha. Seine Dienststelle befindet sich in der Kaserne Bürgeraue, Luftlinie etwa 150 Meter vom Haus meiner Kindheit entfernt.

Ein Militär, der preußischen Drill und barsche Kommandos bevorzugte, war er nicht, eher wohl ein Mann der Gelassenheit, einer mit sympathischem österreichischem Charme. Vielfach ist seine Freundlichkeit Untergebenen gegenüber bezeugt. Mit serbischen Fremdarbeitern unterhielt er sich in der Sprache seiner aus Galizien stammenden Mutter.

Gewiß, er war als Militär Teil des unmenschlichen faschistischen Systems. Indem er aber sein Gewissen über den Führerbefehl stellte – um den Preis seines eigenen Lebens –, sagte er sich davon los. Die Sinnlosigkeit einer Verteidigung der Stadt war ihm schon des längeren bewußt; mehrfach ist das von ihm Nahestehenden bezeugt. Bereits im Sommer 1943, nach der Kapitulation Italiens, hielt er den Krieg für verloren. Einen Tag nach dem Attentat auf Hitler, am 21. Juni 1944, äußerte er gegenüber dem Wehrbezirksfeldwebel Gustav Rochser: *Das sind keine Verbrecher, die den Anschlag gemacht haben. Diese Leute wollten Deutschland retten!*

Josef von Gadolla rettet Gotha. Die Stadt hat es ihm zunächst wenig gedankt.

Das bittere Resümee von Gadollas Witwe: *Es ist doch komisch, daß ein Mann eine ganze Stadt retten kann, aber die Stadt nicht in der Lage ist, zweien Menschen zu helfen.* Anfang April 1946 kommt Alma von Gadolla in der Hoffnung nach Gotha, die Stadt werde ihr eine kleine Rente zubilligen. Bürgermeister Dr. Hoßfeld verspricht am 5. April, *für die Witwe und Tochter des Erschossenen durch Auswerfung eines Ehrensoldes zu sorgen.* Fügt aber hinzu: *Dieser Fürsorgepflicht nachzukommen, ist die Stadt aber derzeit nicht in der Lage ... Die Stadt Gotha muß sich darauf beschränken, Herrn Oberstleutnant v. Gadolla in ehrendem Andenken zu behalten und in ihm den Retter der Stadt Gotha zu sehen.*

Es wird noch beschämender. Gegen die Umbenennung der südlich der Bürgeraue-Kaserne verlaufenden Beckedorffstraße in Gadollastraße nach 1945 erhebt sich Widerstand. Die »Thüringische Landespolizeibehörde« kommt Anfang 1949 zu dem Schluß: *Ritter von Gadolla ist jedenfalls als alter Militarist zu bezeichnen, der pflichtgetreu bis zur letzten Konsequenz dem Hitlerstaat diente.* Das »Landesuntersuchungsorgan der Polizei« urteilt: *Auf keinen Fall können die Angehörigen als OdF* (Opfer des Faschismus) *gelten, denn G. war Berufsmilitarist ... Die Benennung der Gadollastr. muß unbedingt wieder rückgängig gemacht werden.* Dem schließt sich auch der »Landesvorstand der VVN« (Vereinigung der Verfolgten des Naziregimes) an.

Am 2. Juni 1949 aber lehnt der Gothaer Antifa-Block das Ansinnen, die Straßenbenennung rückgängig zu machen, ab. Der Name bleibt. Es hat also auch Besonnene in der Stadt gegeben.

In Österreich wird Josef Ritter von Gadolla bereits im Jahr 1947 rehabilitiert. In DDR-Zeiten ist es in Gotha still um ihn. Kein Wort in der Schule, wo wir doch so viel über den Widerstand hören, aber nur über den der tapferen Kommunisten, Ernst Thälmanns Ermordung in Buchenwald, allenfalls noch die Hinrichtung des Sozialdemokraten Theodor Neubauer.

Immerhin: In den sechziger Jahren stellt der Generalstaatsanwalt der DDR Nachforschungen über Oberstleutnant von Gadolla an. Sie verlaufen jedoch im Sand.

Über fünfzig Jahre mußten im geteilten Deutschland vergehen, bis 1997 endlich das Todesurteil von der Generalstaatsanwaltschaft der Bundesrepublik aufgehoben wird. Danach werden die Akten, Gadolla betreffend, in Erfurt vernichtet. Unbegreiflich.

Heute versäume ich bei keinem Besuch in Gotha, diesem *Ritter* als Dank eine Blume zu bringen. Ich stecke sie an die Tafel, die im Innenhof des Schlosses Friedenstein an ihn erinnert; betritt man, von der Stadt kommend, den Hof, befindet sie sich gleich rechts unter den Arkaden. Oder ich lege sie an seinem Denkmal am Ekhofplatz, unmittelbar vor dem Bürgeramt, nieder.

Im Sommer 2010, als ich mit meinem Gefährten kam, entsinne ich mich, war das Denkmal noch mit einem weißen Tuch verhüllt. Zwei junge Männer knieten am Boden und klopften kleine Steine eines Mosaiks fest. Es waren, wie sich herausstellte, der Schöpfer des Mahnmals und sein Freund. Wir kamen ins Gespräch, ein in das Metall geätztes Porträt, schlicht, schön, angemessen. Und ein guter Platz; jeder, der mit einem Anliegen zum Bürgeramt kommt, muß an ihm vorbei. Der Augen-Blick, selbst wenn er kurz ist, nimmt den Retter der Stadt wahr.

Die Zeitspanne von zweiundzwanzig Stunden, die zwischen seiner Erschießung und der Befreiung Gothas liegt. Eine einzige Nacht gehörte ihm noch. Der geistliche Beistand, der junge Pfarrvikar Leo Schramm, später Pfarrer in Sömmerda, 1970 verstorben, überliefert Gadollas Worte: *Damit Gotha leben kann, muß ich sterben!* Was in Gotha geschieht, konnte er nicht wissen. Der von dem Pfarrvikar übermittelte Satz aber läßt vermuten, daß er im Bewußtsein oder zumindest mit der Ahnung, daß sein Opfer nicht sinnlos war, in den Tod gegangen ist.

Einmal, als ich mit meiner Blume zum Ekhofplatz kam, schien die Frühlingssonne, das Licht brach sich auf der metallenen Fläche des Denkmals, und ich wünschte mir, daß jedes Schulkind in Gotha an Josef von Gadollas Geburts- oder Todestag von seiner Tat erfährt und seiner gedenkt.

19

Mein Vater hat noch kurz vor Kriegsende Gotha verlassen müssen. Im Januar 1945 bekommt er den Einberufungsbefehl zur »Wehrmacht des Deutschen Reiches«.

Er wird in Hofgeismar stationiert, dort der Sanitäts-Ersatz-Abteilung 9 zugeordnet. Als Sanitäter ist er – laut seinem Ausweis vom 10. Februar 1945 – *berechtigt, das Genfer Abzeichen (gestempelte weiße Armbinde mit rotem Kreuz) zu tragen und steht unter dem Schutz der Artikel 9, 12 und 13 des Genfer Abkommens vom 27. 7. 1929.*

Nur wenige Monate ist er Soldat. Im April bereits gerät er in amerikanische Gefangenschaft und wird im Kriegsgefangenenlager Dettum bei Braunschweig interniert.

Die Nachrichtenwege sind lang und schwierig; meine Mutter weiß nicht, wo er sich befindet. Jeden Tag rechnet sie mit seiner Rückkehr, hofft, wartet. Er kommt nicht.

Dafür steht eines Tages ein anderer Mann vor der Haustür. Da die Gothaer Stadtwerke täglich den Strom nur für zwei Stunden anstellen, ist die Klingel außer Betrieb. Das energische Klopfen des Fremden.

Sein Gesicht im verglasten oberen Drittel der Tür. Meine Schwester und ich sehen es durch die Stäbe des Treppengeländers, wagen uns nicht hinunter. Dann kommt meine Mutter, mit einem Freudenschrei schließt sie die Haustür auf. Es ist ihr Vater, ihre Mutter sitzt erschöpft auf den Steinstufen.

Die Großeltern; jetzt fliegen auch wir förmlich die Treppe hinab. Die Korpulenz des Großvaters ist verschwunden, er ist erschreckend dünn, sein Anzug schlottert um seinen Leib. Zu Fuß sind Großmutter und Großvater die über dreißig Kilometer von Erfurt nach Gotha gelaufen, haben einen sie an ihre körperlichen Grenzen bringenden Marsch hinter sich, berichten von Ängsten und zusätzlichen Umwegen wegen Truppenmärschen der Alliierten und der Roten Armee und durch von Umsiedlern mit Handwagen und Pferdekarren verstopfte Straßen.

Vertrautheit. In der Nacht krieche ich zum Großvater ins Bett, wie ich das später bei meinen Aufenthalten in Erfurt immer tun werde, wenn mir von der Großmutter im Ehebett die Besuchsritze zugewiesen wird.

Der überraschende, mich beglückende Aufenthalt des Großvaters in Gotha. Es muß im Hochsommer 1945 gewesen sein, die russischen Soldaten waren schon in unserem Haus einquartiert, es gab bereits das große Bierfaß auf dem Treppenabsatz vor unserer Korridortür, wo die Soldaten saßen, tranken und feierten. Der Großvater empörte sich darüber.

Der Abzug der Amerikaner aus Gotha, der Einzug der Russen. Chef der Sowjet-Militär-Administration des Landes Thüringen ist Generaloberst Tschuikow, Militärkommandant für den Stadt- und Landkreis Gotha Oberstleutnant Polakow.

Die *Kommandantura* befindet sich in der Arnoldi-Schule. Meine Mutter geht oft dorthin, um sich über die russischen Soldaten zu beschweren. Meist bekommt sie recht, wie sie stolz verkündet. Aber die Gelage vor unserer Korridortür hören nicht auf, im Gegenteil, das Bierfaß ist Treffpunkt auch von Soldaten aus den Nachbarhäusern. Machorka, Bier, Wodka, Ziehharmonikaspiel bis spät in die Nacht.

Organisator dieser Gelage ist Jurka, der Bursche des in unserem separaten Zimmer einquartierten jungen Offiziers. Dieser selbst ist kaum bei den Gelagen zu finden. Aus unserer Kinderstube hat er sich die größte Puppe geholt, eine Schönheit mit Porzellankopf und echter Haarmähne. Mit ihr im Arm sieht er aus dem Fenster, die vorbeikommenden Soldaten lachen, klatschen Beifall, winken. Eines Morgens aber ist der Kopf der Puppe zerschellt, der Fußboden ist mit Porzellanscherben übersät, die kopflose Gefährtin liegt auf den Tasten des Klaviers, und der junge Offizier sitzt traurig daneben. Er tut mir leid.

Für mich – ich bin fast fünf Jahre alt – ist alles, was mit den Soldaten passiert, Abenteuer. Nachdem ich mich überzeugt habe, daß die *Russen* keine *Kinder fressen*, wie ich es aus dem Mund von Erwachsenen gehört habe und wie es auch auf Plakaten dargestellt war, nähere ich mich ihnen. Ermutigt vor allem durch meine den Soldaten couragiert begegnende Tante Elisabeth. Werfen sie zum Beispiel mit vollen Flaschen roter Brause nach den reifen Früchten in den großen alten Birnenbaum, fällt ihnen die Tante in den Arm, tippt an ihre Stirn, holt einen Pflücker, zeigt, wie man ihn bedient. Ab sofort hört das Werfen mit den Flaschen auf, und der Rasen unter dem Birnenbaum wird von Scherben gereinigt. Auch dazu leitet meine Tante die Soldaten an.

Ihre Furchtlosigkeit beeindruckt mich. Auch wenn sie des Morgens im Garten in der Laube frühstücken will, scheut sie sich nicht, die Schläfer, die den Zapfenstreich in der nahen Kaserne verpaßt haben und in himmelblaue Daunendecken und feine Teppiche gehüllt schlafen, aufzuwecken, ihnen zu bedeuten, daß sie ihr gestohlenes Bettzeug zusammenzuräumen und hinter der Wand in der Laube zu verstauen haben. Anzeigen solle sie die illegalen Schläfer, sagen Hausbewohner und Nachbarn. Aber sie tut das nicht.

Ich beobachte alles. Dimitri, ein besonders lustiger Soldat, füllig, fast kugelrund, galoppiert auf allen vieren durch den Garten, mich auffordernd, auf ihm Platz zu nehmen. Ich zögere, dann aber steige ich auf seinen Rücken, reite unter dem Gelächter der Soldaten durch den Garten, klammere mich an Dimitris Uniformhemd, aus dem ein starker Geruch von Schweiß und Machorka steigt. Das wiederholt sich an vielen Tagen. Die Nachbarskinder stehen am Zaun und rufen *Russenweib*.

Einmal, auf dem Höhepunkt eines von Jurka angestifteten Gelages, wurde der Ruf *Frau, Frau* laut. Schläge an die Korridortür waren zu hören. Meine Mutter saß zitternd am Bett meiner Schwester, in das auch ich gekrochen war. Die Glasscheiben der Korridortür fielen klirrend zu Boden, Holz splitterte, meine Mutter schrie. Dann aber war eine weibliche Stimme zu hören, in hoher Tonlage auf russisch, dumpfes Gepolter folgte, danach trat Stille ein.

Es war die im obersten Stock bei Schmidts einquartierte Soldatin. Maria hieß sie. Die Schulterstücke ihrer Uniform wiesen sie als Leutnant aus. Ihre Uniform war voller Orden, wie ich es später in Moskau bei Kriegsveteranen gesehen habe. Aber Maria trug die Uniform meist nicht, diese hing über der Stuhllehne, und Maria saß in einem feldgrauen tuchähnlichen, kratzig wirkenden Unterhemd bei Schmidts in der Küche, nähte, besserte Uniformen aus. Oder sie wusch Strümpfe und Uniformhemden in einer neben dem Abguß auf einem Ständer stehenden Emailleschüssel. Nicht anders als bei diesen Beschäftigungen habe ich sie gesehen. Sie lachte niemals, lächelte auch nicht; das schien mir als Kind unheimlich und zugleich anziehend: ihr unbeweglicher Gesichtsausdruck, die großen traurigen Augen; niemals wieder habe ich so tieftraurige Augen gesehen.

Sie war es, die die Betrunkenen die Treppe hinabgeworfen hatte. Jurka blieb im Geländer hängen, drei Stäbe brachen.

Als meine Mutter sich anderentags bei Maria bedanken wollte, wandte diese sich demonstrativ ab, ließ die Mutter stehen, ging wort- und grußlos an ihr vorüber.

Der Herbst 1945. Gotha zählt 66 326 Einwohner, darunter sind jene bereits erwähnten 12 000 Evakuierten, die zum Teil die Stadt wieder verlassen. Aber neue kommen hinzu, Umsiedler aus dem Osten. Nach einem genauen Schlüssel werden sie auf die thüringischen Städte verteilt. Gotha allein hat 17 000 Flüchtlinge aufzunehmen, 1320 aus der Tschechoslowakei, 1561 aus Schlesien, 289 aus Polen, 260 aus West- und 485 aus Ostpreußen, 240 aus Pommern, 461 Umsiedler aus dem Oder-Neiße-Gebiet.

Zuzugsgenehmigungen sind erforderlich, selbst für die in Gotha Beheimateten. Meine Mutter beantragt umgehend beim Oberbürgermeister eine solche Genehmigung für den Vater.

20

In den Papieren des Vaters finde ich seinen Entlassungsschein aus der Gefangenschaft. Ihm wird *Arbeitsfähigkeit* bescheinigt, aber ein *reduzierter Ernährungszustand*. Auf den 15. Juli 1945 ist das Dokument datiert, das »Certificate of Discharge« mit dem *Right Thumbprint* (Abdruck des rechten Daumens) und den amtlichen Stempeln der Alliierten.

Danach hätte er bereits im Spätsommer 1945 wieder bei uns sein können.

Aber mein Vater macht sich nicht auf den Weg nach Thüringen zu seiner Familie. Als seinen Wohnort, als *Residence Seat*, gibt er *Mörse über Fallersleben* an. Das nächste Dokument, das ich finde, ist ein Ersatz-Personalausweis, ausgestellt von *Bürgermeister Feyer, Mörse, den 25. August 1945*.

Mörse? Ich brauche lange, um das zu entwirren. Offenbar läßt er sich in Mörse registrieren, weil dort Hans Meyer, ein weitläufiger Verwandter von ihm, lebt. Dieser Hans Meyer war einer der Direktoren des Volkswagenwerkes.

Zum künftigen Alterssitz haben sich Direktor Meyer und seine Frau Liesel, eine enge Freundin meiner Großmutter mütterlicherseits, die Stadt Gotha gewählt. Haben in bester Lage im Grünen in der Klinge ein großzügiges Haus bauen lassen. Mein Vater hat ihnen dabei in mehrfacher Hinsicht zur Seite gestanden. Und nun erhofft er seinerseits wohl Hilfe. Aber welche?

Die hohe Stellung Hans Meyers im Leitungsteam des Volkswagenwerkes. 1938 hat Hitler den Grundstein für das Werk gelegt. Für die Unterbringung der Arbeiter soll eine neue Stadt entstehen. Am 1. Juli 1938 wird ihr der Name »Stadt des KdF-Wagens bei Fallersleben« zugewiesen (KdF = Kraft durch Freude). Auch die Gemeinde Mörse, in der die Meyers leben, befindet sich wie die neuernannte Stadt im Kreis Gifhorn.

Hitlers Idee eines für jedermann erschwinglichen Volkswagens ist ein Kernstück der nationalsozialistischen Propaganda. 300 000 Sparer werden mobilisiert und legen ihr Geld an. Aber kaum einer von den 300 000 sieht jemals ein Auto. In den Hallen, die für den Bau des KdF-Wagens bestimmt waren, werden Militärfahrzeuge und Rüstungsgüter wie die Vergeltungswaffe 1 und Ersatzteile für Panzer produziert. Und zwar überwiegend von Fremdarbeitern, die in Zwangslagern interniert sind.

Im April 1945 wird das Werk durch einen Luftangriff der Alliierten zu zwei Dritteln zerstört. Nach der Kapitulation übernimmt der britische Major Ivan Hirst die Leitung des Werkes. Schon im Mai 1945 wird – auf Drängen der britischen Besatzungsmacht – die »Stadt des KdF-Wagens bei Fallersleben« in Wolfsburg umbenannt. Hirst verhindert die Demontage des

Werkes, verschafft Aufträge der britischen Regierung. Wachstum und Aufstieg von Wolfsburg beginnen.

Trifft mein Vater Hans Meyer überhaupt an? Der Direktor ist mit den anderen VW-Direktoren zunächst von den Alliierten verhaftet worden. Die Kriegsproduktion, der Einsatz von Zwangsarbeitern. (Vermutlich kommt er aber schnell wieder frei, die Produktion geht weiter, die Leitung wird gebraucht.) Seiner Frau Liesel ist von der großzügigen Zwölfzimmerwohnung, die mit Ausgebombten und Flüchtlingen gefüllt ist, ein einziger Raum geblieben.

So findet der Vater in Fallersleben am Markt 24 bei einem Werner Powsiel eine Bleibe.

Direktor Meyer und seine Frau werden ihr in Gotha erbautes und 1937 fertiggestelltes schönes Haus nie beziehen; nach dem erfolgten Besatzungswechsel im Zuge der Viersektorenbildung in Berlin lehnen sie ab, in der sowjetisch besetzten Zone zu leben, und lassen sich in Süddeutschland, in Isny im Allgäu nieder.

Hat der Wechsel der Besatzungsmächte in Gotha, der Einzug der Russen, von dem mein Vater erfuhr, ihn zunächst von der Rückkehr abgehalten? Setzt er auf Zeit, will die Entwicklung abwarten? Oder steht für ihn von vornherein fest, daß es für ihn in seinem Beruf als Bankkaufmann in der sowjetischen Zone keinerlei Chancen gibt? Die Gerüchte über den Umgang der Russen mit NSDAP-Mitgliedern, ihre strengen Entnazifizierungsmaßnahmen bis hin zur »Verschickung« nach Sibirien.

Bei den Alliierten glaubt mein Vater sich offenbar in Sicherheit. Er sucht sich im britischen Sektor eine Arbeit. Spielt mit dem Gedanken, Frau und Kinder in den Westen kommen zu lassen. Wann und mit welchem Nachdruck er dies meiner Mutter gegenüber geäußert hat, ob es eine Bitte oder eine Forderung war, weiß ich nicht.

Die Arbeit, die mein Vater findet, öffnet ihm – so muß er gesehen haben – Chancen für die Zukunft. Am 22. September 1945 wird ihm mit einem Stempel der *Stadt Fallersleben* bescheinigt, daß er als *kaufmännischer Angestellter* bei *Wilh. Carl Paland* angestellt ist.

Bis in sein hohes Alter spricht mein Vater den Namen Paland anerkennend aus, seine Augen leuchten stets bei den Erzählungen über ihn. Dieser Wilhelm Carl Paland muß ein umtriebiger Unternehmer gewesen sein. Auf einem seiner Briefköpfe werden angepriesen: *Arbeitsstiefel, Burschenstiefel, Frauenberufsschuhe, Holzzweischnaller.* (Holzpantinen, Klapperlatschen genannt, denke ich, aber meine drei Jahre ältere Schwester erinnert sich, es seien exquisite Holzsandalen mit Gelenken gewesen, alle Kinder hätten uns darum beneidet.)

Paland hat für Norddeutschland die Generalvertretung und das Auslieferungslager für die *Schuhfabrik Franz Rüdelstein, Bedburg/Erft*, des weiteren für die *Leder-Chemie Chem. Fabrik F. A. Tiefenbach, Offenbach am Main*. Auch die *Fußheilmittelfabrik Karl Rathgeber, Heilbronn u. Kirchhausen/Württemberg* vertritt er sowie *Marwedes Moossohlen, Hannover.*

Aber nicht nur das Wohl der Füße kümmert ihn. Er betreibt auch den »Birkenhof Fallersleben«, eine Plantage für Edelobst, angegliedert sind eine *Geflügelfarm mit Nutzgeflügelzucht, Karpfenteiche; Setzkarpfenversand* ist auf dem Briefkopf zu lesen und *Tauben-Spezialzüchtungen.*

Mein Vater muß sich mit Wilhelm Carl Paland gut verstanden haben, die vielseitige Arbeit fordert und befriedigt ihn.

21

Ich erinnere mich, meinen Vater nach seiner Entlassung aus dem Gefangenenlager und vor seiner endgültigen Rückkehr nach Gotha ein einziges Mal gesehen zu haben. In Erfurt war es, in der Preßburger Straße bei den Großeltern. Wir fuhren, um ihn zu treffen, mit dem Zug nach Erfurt. Eine beklemmende Unternehmung. Der Bahnsteig voller Menschen; Chaos, Gedränge, Geschrei. Der einfahrende Zug, die Trittbretter der Abteile sind mit Menschen besetzt, ebenso die Dächer der Waggons. Meine Mutter gibt mich einem fremden Mann auf den Arm; ich schreie, sehe die Mutter nicht mehr. Dann erscheint sie am Fenster eines Abteils, in das sie sich gekämpft hat, der Mann reicht mich ihr durchs Fenster.

In der Nacht war mein Vater nach Erfurt gekommen. Am Morgen ein seltsames, fast lächerliches Bild, das ich noch heute vor mir sehe. In einem weißen Nachthemd, das er gehoben hatte, halb entblößt, stand mein Vater, umringt von der aufgeregten Familie, im Wohnzimmer. Stiche wurden begutachtet. Wanzen, eindeutig Wanzen, schrie meine Großmutter, als ginge es ihr ans Leben. Mein Vater hatte in einem von der Nachbarin geborgten Bett geschlafen, in dem zuvor russische Soldaten genächtigt hatten. Diese Schande, schluchzte die Großmutter, der Kammerjäger muß sofort her. Obgleich mein Vater mit seinen Wanzenstichen ja das Opfer war, wurde er, erinnere ich mich, wie ein Schuldiger behandelt. Mein Herz flog ihm in diesem Moment zu.

Dann aber kam jener Tag mit dem Urteil des Großvaters über den Vater. War es noch am Nachmittag nach seiner Abreise aus Erfurt?

Oder zu einem späteren Zeitpunkt, wie ich vermute, als ich aus dem Zimmer geschickt und, das Ohr an der Tür, jenes Wort *Scheidung* vernahm, und, daß die Mutter sich vom Vater trennen, sich zur Neulehrerin ausbilden lassen solle. Und dann jenes harte Urteil des Großvaters über den Vater; *er taugt nichts,* sagte der Großvater, wiederholte mehrfach: *taugt nichts, er taugt nichts ...*

Hat wirklich diese heimliche Zeugenschaft, die mich als Fünf- oder Sechsjährige zur Mitwisserin werden ließ, mein Verhältnis zu ihm so ausschließlich geprägt?

Die schwierige Lage meines Vaters. Sein Zwiespalt zwischen sicherer Arbeit bei den Alliierten und ungewisser Zukunft im sowjetischen Sektor, zwischen beruflichen Chancen und Familie.

Sein langes Zögern. Ist dieses Zögern des Vaters auch Gegenstand der Gespräche in Erfurt, erregte das den Zorn des Großvaters?

Der Arbeitsbeginn des Vaters im amerikanischen Sektor im Herbst 1945. Die Anstellung auch das Jahr 1946 über. Weiterhin das Jahr 1947. Noch am 9. Januar 1948 bescheinigt ihm das Arbeitsamt, daß er in der Firma Paland in Fallersleben tätig ist.

Erst in den Januartagen 1948 entschließt er sich zur Rückkehr in die Sowjetzone.

Tragen dazu vielleicht auch die Nachrichten über meine Krankheit bei, die ihm meine Mutter zukommen läßt? Im Sommer 1947 (oder war es schon im Winter 1946?) wird bei mir Myocarditis, eine Herzmuskelentzündung, diagnostiziert. Sofortige und strenge Bettruhe wird verordnet. Die Wohnung wird umgeräumt, das Kinderbett mit den Gitterstäben kommt in das einzige beheizte Zimmer zwischen die Tür zum Korridor und der zum Schlafraum unmittelbar an den Ofen.

Ich erinnere mich an diese Bewegungslosigkeit von einem auf den anderen Tag. Monat für Monat in dem Gitterbett. Mir tat nichts weh. Und dennoch mußte ich vollkommen still liegen. Meine Ungeduld.

Einmal, entsinne ich mich, schneite es, dicke weiße Flocken waren im Fensterausschnitt zu sehen. Die Mutter war einkaufen gegangen. Ich überredete meine Schwester, mich zum Fenster zu tragen, sie tat es, schleppte mich hin, setzte mich auf den Schreibtisch.

Von da aus konnte ich verfolgen, wie im Garten der fallende Schnee langsam Bäume und Sträucher verhüllte und sich auch auf das Dach der Laube legte. Ein starkes Gefühl erfüllte mich, wie ich da saß, die unaufhörlich vom Himmel fallenden Schneeflocken verfolgte, es war Glück. Und ähnelte jener Empfindung, die ich später als Kind empfand, wenn ich – verbotenerweise – auf unseren Oberboden kletterte, die Dachluke öffnete, mich hochzog, die Eisenstange einrasten ließ, mich mit den Armen außen an den Dachziegeln abstützend, die Beine baumelnd, auf die Stadt sah. Unter mir lag das braune Dächergewirr, und in Augenhöhe mir gegenüber waren die beiden schieferfarbenen Türme des Schlosses Friedenstein zu sehen. Da strömte ein starkes Gefühl in mich; mir war, als wüchsen mir Flügel. Ließ ich mich wieder auf den Boden, betastete ich meinen Rücken: winzig, aber fühlbar, die Flügel. Bis in das Erwachsenwerden wiederholte ich dieses verbotene Abenteuer, wann immer es ging. Noch heute, wenn ich eine schöne Landschaft durchwandere, ein gutes Musikstück höre, ein beeindruckendes Kunstwerk sehe, wenn mir eine Formulierung gelingt, ein Manuskript abgeschlossen ist, bin ich für Momente wieder die, die aus der Dachluke auf Gotha blickt. Oder die, die auf dem Schreibtisch hockend in das unaufhörlich fallende Weiß der Schneeflocken sieht.

Im Herbst 1947 werde ich trotz der Krankheit eingeschult. Ich sehe mich mit der großen Zuckertüte im Arm neben meiner Mutter und den Großeltern die Bergallee herabkommen. War ich da schon wieder gesund? Nach monatelangem Liegen mußte ich mühsam wieder laufen lernen. In der ersten Klasse versäumte ich oft die Schule; *59 Tage entschuldigt*, steht auf meinem Zeugnis. Die Ärztin Frau Dr. Klare (an ihre tiefe Stimme und ihre bei den Untersuchungen immer kalten Hände erinnere ich mich) schärfte meiner Mutter ein, daß ich auf dem Schulhof niemals rennen, am Nachmittag nicht mit anderen Kindern auf der Straße spielen, sondern mich allein im Garten oder in der Wohnung aufhalten müsse; möglichst ruhig liegend, fügte sie immer an.

Anfang 1948 also der Entschluß des Vaters – offenbar schweren Herzens –, in die sowjetische Zone zurückzukehren. Er kündigt seine Arbeitstelle. Paland bedauert dies *außerordentlich*; *ich hatte die Absicht*, heißt es, *ihn zu meinem Prokuristen zu machen.* Der Vater gibt seine Wohnung in Fallersleben, Kreis Gifhorn, Markt 24 bei Werner Powsiel auf.

Am 16. Februar 1948 meldet er sich polizeilich im dortigen Einwohnermeldeamt ab. Zugleich muß er die »Anmeldung bei der polizeilichen Meldebehörde« von Gotha vorlegen. Sie trägt den Stempel der russischen Kommandantur in Gotha, handschriftlich die Registriernummer 13 179 und das Datum 19. Januar 1948. Die Bescheinigung, daß er in Gotha keinen Wohnraum benötigt, ist durch die Unterschrift seiner Schwester Elisabeth als Hausbesitzerin garantiert. Eine Marke der Polizei-Direktion Thüringen bestätigt die Gebührenzahlung und damit die Amtlichkeit des Schreibens.

Zwei weitere Schreiben trägt er bei sich, das vom 5. November 1946 an meine Mutter gerichtete des Oberbürgermeisters, daß der Zuzug des Vaters nach Gotha *hiermit genehmigt wird*. Und eines vom 29. Dezember 1947, das bestätigt: *die Zuzugsgenehmigung hat noch Gültigkeit.*

Im Februar 1948 macht er sich auf den Weg nach Gotha. Dank der überlieferten Papiere ist dieser Weg nachzuvollziehen. Zunächst kommt er bis zum Durchgangslager Kirchgandern. Dort macht er halt, wird als *Umsiedler* registriert, wird bis zum 17. Februar verpflegt. Am 18. verläßt er Kirchgandern. Als nächstes erreicht er das Durchgangslager Friedland/Leine im britischen Sektor. (Im Jahr 2015 wird Friedland in Zusammenhang mit den Flüchtlingen wieder in den Medien eine Rolle spielen.) Als *Reason for present flight*, Grund der jetzigen Flucht, gibt mein Vater *Rückkehr in die eigene Heimat*, als *Desired Destination* den gewünschten Bestimmungsort, Gotha, an. Auf der mitgeführten *Zuzugsgenehmigung* ist der Stempel von Friedland/Leine. Der nächste Stempel: Übergangspunkt Heiligenstadt, 27. Februar 1948. Die Durchquerung des winterlichen Eichsfelds, Mühlhausen, Bad Langensalza, schließlich Gotha.

In den Märztagen 1948 muß der Vater angekommen sein, vor der Haustür gestanden haben. Ich erinnere mich nicht daran. Sehe nur einen Rucksack stehen, dem er eine aus khakifarbenem Uniformstoff hergestellte Puppe entnimmt. Er schenkt sie mir. Ich mochte sie nicht.

Nach dem Befehl Nr. 124 der SMA, der Sowjetischen Militär-Administratur, muß er als NSDAP-Mitglied formell *entnazifiziert* werden. Ist es meine Mutter gewesen, die sich darum kümmert, dies couragiert bewerkstelligt? Oder hat er es selbst getan, brieflich darum gebeten?

Bereits vom 15. Oktober 1946 liegt eine *Erklärung an Eides statt* von Karl Linz vor, der meinen Vater seit

1923 kennt, mit ihm befreundet ist und, wie er zu Protokoll gibt, *die ganzen Jahre hindurch unausgesetzt auf das Vertraulichste zusammen alle jeweils anfallenden Tagesfragen besprochen und behandelt* hat. Er bezeugt, mein Vater sei *niemals nazistisch eingestellt* gewesen. Dafür bürge, daß er bei den Gebrüdern Goldschmidt arbeitete. *Beim Umschwung wurde diese Tatsache aber insofern zu seinem Verhängnis, als gerade auf die Angestellten dieses jüdischen Bankhauses hohe Aufmerksamkeit der NSDAP verwendet wurde.* Von einer *Zwangslage*, in die mein Vater geraten sei, ist die Rede, *in diesem Konflikt: Überzeugung gegen Aufgabe jeder bürgerlichen Existenz mußte im Hinblick auf seine Verpflichtungen gegen seine Mutter und Familie das wirtschaftliche Interesse obsiegen.* Linz schreibt weiter, mein Vater habe ihn *mit manchem Material aufklärend beeinflussen können, das ihm sogar am Schalter seiner Bank seitens der Kunden zugetragen wurde.*

Vom 15. November 1945 dann ein weiteres notariell beglaubigtes Schreiben eines Willi Kupfer, der mit meinem Vater von Juli bis September 1944 bei der Heimatflak war und sich öfters mit ihm über politische Dinge, unter anderem über das Attentat auf Hitler unterhalten habe. *Wir waren der Meinung, daß, wenn der Anschlag Erfolg gehabt hätte, das Morden sofort ein Ende nehmen würde.* Mein Vater habe bedauert, *daß der Anschlag nicht den gewünschten Frieden, sondern eine neue Welle der Unterdrückung brachte.*

Im August 1947 zwei weitere Bescheinigungen. Die eine von Dr. Kurt-Hermann Hoßfeld, für kurze Zeit

Bürgermeister von Gotha. *In wiederholten Unterhaltungen ... habe man sich darüber ausgesprochen, daß der Weg der Partei falsch ist und zum Ruin Deutschlands führen müsse. Seiner Einstellung nach* sei mein Vater *nicht als Nationalsozialist anzusehen.* Dr. Hoßfeld betont, daß er selbst nie Mitglied der NSDAP oder einer ihrer Gliederungen war.

Das bezeugt auch Erich Schreyer, der zweite Gutachter. Er kenne meinen Vater seit 1918, seit seinem Eintritt als Lehrling in das Bankhaus. In den langen Jahren der Zusammenarbeit habe er ihn *als sehr anständigen und zuverlässigen Menschen kennen gelernt, der sich politisch nicht betätigt hat, trotzdem er 1937 der NSDAP beitrat. In vielen Gesprächen habe ich die Überzeugung gewonnen, daß er sich die Ziele der Partei nie zu eigen gemacht hat, wenn er auch gezwungen wurde, das Amt eines Blockwalters zu übernehmen. Trotzdem hat er nie für die Partei geworben, noch sich irgendwie propagandistisch eingesetzt.*

Erich Schreyers Eintreten für meinen Vater berührt mich besonders. Und zwar in zweifacher Hinsicht. Zum einen erinnere ich mich an ihn als einen gütigen alten Herrn, er war der Großvater meiner Schulfreundin Helga, bei der ich oft zu Gast war und mich heimisch fühlte: Ich habe davon erzählt, wie ich mit ihr aus dem Trichtergrammophon »Lili Marleen« und andere verbotene Lieder hörte, als Dreizehnjährige den schier endlosen Trauerzug für den »großen« Josef Wissarionowitsch Stalin erlebte.

Zum anderen berührt es mich, weil dieser Erich Schreyer ein Beispiel ist, daß man auch ohne NSDAP-

Mitgliedschaft gradlinig seinen Weg gehen konnte. Er ist im jüdischen Bankhaus Prokurist, nach der Übernahme durch die »Thüringische Staatsbank« Filialleiter und nach Kriegsende der Filialdirektor der »Landesbank Thüringen Gotha«. Er läßt sich vom 1937 erlassenen Deutschen Beamtengesetz nicht einschüchtern. 90 % der Beamten, lese ich, seien zum Ende des Krieges NSDAP-Mitglieder gewesen.

Vielleicht war das hohe Alter ein Schutz für Erich Schreyer? Mein Vater war jung, war vierunddreißig. Was immer ihn zum Eintritt in die Partei bewogen haben mag, die 1934 ausgesprochene Drohung, nicht in der Volksgemeinschaft geduldet zu werden, die Angst, den Arbeitsplatz zu verlieren, wirtschaftliche Erwägungen, die Verantwortung für seine alte Mutter, die Heirat 1936, seine 1937 geborene Tochter, die Haltung seiner Frau, die sich weigert, dem NS-Frauenbund beizutreten, der Rat von Freunden, vielleicht der von seinem ehemaligen Reisegefährten Günter Ewald, der als Jurist und Beamter der Stadtverwaltung in die Partei eintritt (und am 4. April 1945 die Kapitulationsurkunde der Stadt unterzeichnet), welche Gründe es immer gewesen sein mochten, ich habe nicht darüber zu richten.

22

Die Rückkehr des Vaters. Nun sind wir wieder eine Familie. Der runde Eßtisch, an dem wir sitzen: Vater, Mutter und zwei Kinder.

Der Argwohn, mit dem ich alles aufnehme und beobachte, was mein Vater sagt und tut. Trage ich doch das beklemmende Geheimnis in mir: *er taugt nichts …*

Die Autorität des geliebten Großvaters. Was er sagte und entschied, war für mich als Kind unantastbar und ebenso für meine Mutter, das spürte ich sehr früh.

Meine heimliche Erwartung, wann wird die Mutter sich scheiden lassen, wann werde ich sie als Lehrerin sehen?

Mein vergebliches Zukneifen der Augen bei Tisch; der Wunsch, der Vater möge verschwinden, die Eltern mögen sich scheiden lassen, erfüllte sich nicht. Dann würde Friede einkehren, so meine naive kindliche Vorstellung.

Die Streitigkeiten, die von der Seite des Vaters immer mit dem Satz enden: *Wären wir nur nach dem Westen gegangen.* Alles ist für diese Unterlassung verantwortlich, daß das Wirtschaftsgeld für die Familie nicht reicht, wir uns keinen Urlaub leisten können, die notwendigen Reparaturen am Haus nicht ausgeführt werden, weil Geld und Handwerker fehlen, bis hin zu den falschen Erziehungsmethoden meiner Mutter, die zu meinen Ungezogenheiten und denen meiner Schwester führen.

Der Großvater ist mein Prinz. Meine Besuche in Erfurt.

Mit dem Großvater die Domstufen hinauf, von oben der Blick auf die unzähligen Kirchtürme der Stadt. Das Innere des Doms. Barfüßerkirche, Cyriaksburg, Steigerwald, Stadtpark. Die Blaskonzerte, die wir im Stadtpark besuchen. Mein von der Großmutter aus Soldatenzwirn gehäkeltes Kleid umschließt mich wie ein Panzerhemd, die helle Ledertasche, aus Schweißeinsätzen von Stahlhelmen genäht, hängt über der Schulter, und die große Schleife im Haar verbietet mir das Hüpfen, zwingt mich zum langsamen Gehen. Der Großvater neben mir, im schwarzen Anzug, mit Hut und Spazierstock. Ich blicke zu ihm hoch, dann zu den Vorübergehenden: Seht her, das ist mein Prinz, flüstere ich ihnen zu.

Die imponierende Gestalt des Großvaters. Sein aufregender Geruch nach Zigarren. Seine tiefe Stimme. Freimaurer ist er, zeigt mir das Bild eines im maurischen Stil mit seltsamen Türmchen errichteten Gebäudes, die von den Nationalsozialisten abgerissene Heimstatt der Gothaer Freimaurer. Bis heute bewahre ich ein kleines Kristallglas auf, im Sockel ist der Name des Großvaters eingraviert: *Br.* (Bruder) *Fritz Kramer*. Seine Form ist hexagonal, auf den sechs Flächen des Glases sind Symbole der Freimaurer eingeätzt und eingeschliffen: gekreuzte Schwerter, Maurerkelle und Hammer, eine Bauhütte, mehrfach Stufen und von Baldachinen gekrönt Sonne, Mond und Sterne.

Die Hände des Großvaters. Sie wandern, liege ich neben ihm im Bett, über meinen Rücken und mein kleines Hinterteil. Was für ein hübscher kleiner Hintern, sagt er.

Der Großvater weiß alles, erklärt mir alles. Die Staubgefäße, die Atmung der Fische, den Aufbau einer Orgel, die Rinden der Bäume, die Formen der Blütenblätter. Er spricht mit mir wie mit einer Erwachsenen; darauf bin ich stolz, sauge jedes seiner Worte ein. Von ihm erfahre ich, daß es einen Ersten und einen Zweiten Weltkrieg gab, der Einfall in Rußland Sünde war und die deutsche Nation in Schande untergegangen sei.

Der Großvater hat – so will es mir als Kind scheinen –, im Gegensatz zu meinem Vater, immer Zeit für mich. Aber er ist doch genau wie dieser berufstätig. Der Großvater ist erster Prokurist in der Erfurter Firma »Paltaleim und Söhne«. Einmal, entsinne ich mich, brachte mich meine Großmutter dorthin. Die unscheinbare Sekretärin nennt die Großmutter *Frau Prokurist* und *Gnädige Frau* und versichert ihr, daß sie alle Wünsche des Gatten ihm von den Lippen ablese (sie wird in ihn verliebt sein, ist meine kindliche Auslegung, die ich auch am Abendbrottisch, nicht zur Freude meiner Großmutter, verkünde). Der Großvater, zu Hause immer in Hemd, Schlips und Weste, trägt bei »Paltaleim und Söhne« einen verwaschenen, abgeschabten Kittel über dem Anzug. So habe ich ihn noch nie gesehen.

Er fährt mit mir in einem rumpelnden Ungetüm, einem an beiden Seiten offenen Lastenaufzug, in das untere Stockwerk. Ein saalartiger Raum mit widerlichem Geruch. Geschäftigkeit herrscht, Arbeiter sind mit Wiegen von Leim, Abfüllen in Papiersäcke beschäftigt, eilen mit Schubkarren in Richtung Aufzug. Alle grüßen den Großvater ehrfurchtsvoll, halten mit der Arbeit ein, als er mit mir an der Hand durch die Halle geht. Er spricht in getragenem Ton mit den Arbeitern, einen (ich entsinne mich an tiefliegende, starre Augen) fragt er, ob er Nachricht von seinem vermißten Sohn habe, zu einem anderen sagt er etwas, was ich nicht verstehe, der Mann und die Umstehenden lachen, auch der Baß des Großvaters fällt ein.

Dann wieder das Ungetüm des Lastenaufzugs, er scheppert, ächzt und schwankt, aber mir kann nichts geschehen, der Großvater ist bei mir; das warme Umschlossenwerden meiner kleinen Hand durch die seine.

Der Großvater als Maßstab. Die Ungerechtigkeit des Kindes. Der Vater hat es schwer.

Erzählt er mir nicht auch Märchen, von Rapoldo und Amalwinda, Fortsetzungsmärchen, die er selbst erfindet? Und unsere Wanderungen im Thüringer Wald. Es war nicht leicht, mit ihm Schritt zu halten. Meist lief ich barfuß. Ich entsinne mich der Erleichterung, die schmerzenden Füße in die kühlen Schlammpfützen auf den Waldwegen tauchen und ausruhen zu können. Für Minuten ein Halt. Und auf den Lichtungen unsere Rast. Der sich öffnende Rucksack des Vaters, Brot und Rettich, das aufklappende Taschenmesser. Das schweigende Mahl. Und an den Bächen mit dem hastig über die Steine springenden Wasser sein Schöpfen; er gab mir zu trinken. Wenn wir eine Höhe erklommen hatten, sein Ausbreiten der Arme, sein Weisen nach allen Richtungen: Sieh, wie schön die Landschaft ist, hieß das. Unser Schweigen. An dieses Einverständnis ohne Worte, dieses stille Übereinkommen bei unseren Wanderungen im Thüringer Wald erinnere ich mich dankbar.

In der Stadt war es anders. Die Lust des Vaters am Examinieren. Standen wir auf der Höhe vor Schloß Friedenstein oder an einer der Aussichtsstellen auf dem Krahnberg, so hatte ich die von da aus sichtbaren Dörfer und Höhenzüge zu benennen. Auch bei den Straßenschildern blieb er stehen, sah mich fragend an. Ich wußte, wer der jeweilige Namensgeber war, zu oft hatte der Vater es mir erzählt. Aber ich blieb stumm.

Und obgleich ich alle Dörfer und Höhenzüge im Schlaf aufsagen konnte, machte ich mir, stets zum großen Amüsement meiner Mutter und meiner Schwester, den Spaß, stets die falschen zu nennen, und nahm Unmut und Kopfschütteln meines Vaters gelassen hin.

Manches glaubte ich auch besser zu wissen als der Vater. Kindliche Überheblichkeit. Zum Beispiel über die Adligen, die Fürsten. Sie waren im Arbeiter- und Bauernstaat nicht gut angesehen. Ihre Macht, lernte ich in der Schule, beruhe allein auf der Ausbeutung der arbeitenden Klasse, des Volkes, der Arbeiter und Bauern eben. Es sei gut, daß sie ein für allemal hinweggefegt worden seien.

Eine Ausnahme aber gab es in Gotha. Ging ich mit meinem Vater den Schloßberg hinauf, war einer der Verruchten weithin zu sehen. Noch ehe mein Vater mich fragte, nannte ich seinen Namen: Herzog Ernst der Fromme. Wenn wir oben vor dem Schloß am Geländer standen und die Namen der Hügelketten und Dörfer aufzusagen waren, nannte ich den Herzog ein zweites Mal; den Rücken wandte er uns zu, in einem weiten Mantel geborgen, barhäuptig stand er da, die langen Haare offen herabhängend, für einen Mann eine in DDR-Zeiten verpönte, fast verbotene Frisur. Ob mein Vater jemals von der Bibel in seiner Hand gesprochen hat, kann ich mich nicht entsinnen; für mich war es als Kind unverrückbar ein Kuchenpaket, das er trug.

Dieser Herzog Ernst der Fromme habe, so erklärte der Vater, das gewaltige barocke Schloß Friedenstein errichtet. Seine Untertanen, die Arbeiter und Bauern, hatten es in Fronarbeit geschaffen, wußte ich aus der Schule, schwieg aber, wenn wir durch das Tor in den Schloßhof traten und im Schloß die breiten steinernen Stufen zur Dachwohnung von Frau Frank hinaufstiegen.

Das Schloß ist voller Umsiedler, in Verschlägen, abgeteilt durch über Wäscheleinen gehängte graue Armeedecken, hausen sie. Frau Frank aber hat einen eigenen Raum mit einem kleinen Erker, in dem ich sitzen darf. Wenn wir das Schloß wieder verlassen und vor dem Portal sich der Blick weithin breitet, beginnt der Vater wieder mit seinen Examinationen. Allein mit ihm, machen meine bewußt falschen Auskünfte keinen Spaß. Das Gelächter von Mutter und Schwester fehlt. Und so sage ich alles brav her, und der Vater lobt mich. Unser kleiner Frieden.

Der kleine Frieden, der immer entsteht, wenn ich dem Vater die richtigen Auskünfte gebe, schwindet zu Hause schnell wieder.

Die Streitigkeiten der Eltern. Der Satz des Vaters: *Wären wir nur nach dem Westen gegangen*, der das Ende verkündet. Danach tritt Ruhe ein. Und ein Aufatmen.

Belastender sind die zwischen den Eltern bestehenden unausgesprochenen Spannungen, die ich als Kind spürte, ohne sie orten und mir erklären zu können.

Heute glaube ich zu wissen, die Hinwendung meiner Mutter zur Sekte der »Christlichen Wissenschaft« bewirkte eine Entfremdung zwischen ihnen. Während der Abwesenheit des Vaters war die Mutter aus der Kirche ausgetreten, hatte sich der aus den USA kommenden Lehre von Mary Baker Eddy angeschlossen. Ein neuer Bekanntenkreis umgab sie, eng befreundet war sie mit der Leiterin der Gothaer Gemeinde, die »Ausüberin« genannt wurde.

Und ich? Meine Mutter stellte mich vor die Wahl: weiterhin die Christenlehre in der evangelischen Augustinerkirche zu besuchen, die ich liebte. Oder fortan in die Kindersonntagsschule der »Christlichen Wissenschaft« im ehemaligen Prinzenpalais in der Hützelsgasse zu gehen. Die Mutter drängte zu letzterem, sprach davon, daß ich dankbar zu sein hätte, da mir durch die Sekte meine Gesundheit zurückgegeben worden sei.

Kann ein Kind eine solche Entscheidung schon treffen? Ich folgte, nicht ohne Tränen über die Trennung von meinen in der Augustinerkirche gewonnenen Freunden, der Bitte meiner Mutter. Denn in der Tat war ich durch die »Christliche Wissenschaft«, war ich von der Ausüberin Tante Liesa geheilt worden. Meine Mutter war zu ihr gegangen (da sprach sie die Leiterin noch mit Sie an), hatte von meiner Herzkrankheit und den strengen Verordnungen berichtet. Wann es genau war, weiß ich nicht, wahrscheinlich vor meiner Einschulung, auf alle Fälle vor der Rückkehr des Vaters. Ich sehe den kleinen Raum noch vor mir, ich sitze in einem großen Sessel der Ausüberin gegenüber, sie sieht mich aufmerksam an, lange. Dann sagt sie, ich sei ein Kind Gottes und Gott habe mich gesund erschaffen. Sie erklärt mich im Namen Gottes für gesund, hebt alle Verbote von Frau Dr. Kuhrt auf, sagt, ab sofort könne ich mit anderen Kindern spielen, Roller fahren, rennen, alles tun, was ich möchte. (Sie kam vielleicht einer Therapie zuvor, die man heute bei Herzkrankheiten anwendet: Herzstärkung durch Bewegung.) Für mich als Kind aber war es ein Wunder.

Und so besuchte ich fortan die Kindersonntagsschule im Prinzenpalais in der Hützelsgasse. Wenn ich mit Mutter und Schwester und meiner Tante Elisabeth (auch sie hatte sich der Sekte angeschlossen) in die Gasse einbog, rannte oft ein schwachsinniger Junge auf uns zu und schrie: *Die Erleuchteten kommen.*

Zunächst gab es den Gottesdienst für die Erwachsenen, Tante Elisabeth begleitete auf dem Harmonium den Gesang, ich erinnere mich an ein Lied, das ich besonders mochte: *Hirte mein, zeige mir, wohin ich soll gehn* ... Zuweilen spielte die Tante auch in der Kindersonntagsschule. Die Mittwochabende, an denen ich regelmäßig mit Mutter und Schwester ins Prinzenpalais ging, waren dem Verlesen von Heilungsberichten gewidmet.

Bei seiner Rückkehr wurde mein Vater mit der Tatsache konfrontiert: Seine Frau, seine Schwester, die beiden Töchter lebten in einer neuen, nach außen abgeschirmten Welt. Fühlte er sich ausgeschlossen, oder schloß er sich selbst aus?

Nicht ein einziges Mal ging er mit in die Hützelsgasse. Er machte keinen Hehl daraus, daß er die neu gewonnenen Ansichten meiner Mutter nicht teilte. Ebenso nicht ihre enge Bindung an die Ausüberin. Gab es mit letzterer ein Gespräch seinerseits, einen Streit? Ich weiß es nicht. Nach der Rückkehr des Vaters jedenfalls hörten ihre Besuche in unserem Haus schlagartig auf.

Die Aversion des Vaters gegen sie erstreckte sich selbst auf ihren kleinen Hund, einen Spitz, der einmal für drei Tage in unsere Obhut kam. Ich liebte ihn über alles, nahm ihn mit ins Bett, der Vater verbot dies, kontrollierte mehrmals in der Nacht.

Fortan war es ausschließlich die Wohnung von Tante Liesa in der Jägerstraße, wo wir uns trafen. Ich erinnere mich an Hannes, ihren Sohn, und an ein angenommenes Flüchtlingsmädchen, das durch eine

Hasenscharte entstellt war. Ich konnte stundenlang mit dem kleinen Spitz spielen. Oder im Sessel sitzen und lesen, während die beiden Frauen redeten. Oft aber feierten wir auch zusammen, an ein Faschingsfest erinnere ich mich, bei dem ich eine Prinzessin und Hannes ein Indianerhäuptling war.

Das Gespräch der beiden Frauen drehte sich nicht selten um die Hilfslieferungen, die von der »Christlichen Wissenschaft« aus Amerika kamen; Lebensmittel, Mehl und Milchpulver vor allem. Meine Mutter engagierte sich bei der Verteilung.

1951 kam es zum Verbot der Sekte in der DDR. Die Hilfslieferungen wurden als Einflußnahme des *imperialistischen Klassenfeindes* gewertet. Die Zusammenkünfte der Sektenmitglieder verlagerten sich in private Räume. Meine Mutter schärfte mir ein, niemals und mit niemandem darüber zu sprechen. Diese absolute Schweigepflicht fiel mir schwer, und sie trug zu meiner Isolierung in der Schule bei.

Viel später, als Hannes in das Alter kam, in dem er seinen Dienst in der Nationalen Volksarmee der DDR abzuleisten hatte, floh er aus dem Land. Verdingte sich in mehreren Fremdenlegionen, kam schließlich nach Australien, wurde dort Perlenfischer und holte dann seine Mutter in das ferne Land. Tante Liesa und meine Mutter wechselten gelegentlich noch Briefe, dann hörte auch das auf.

Die Sorgen meines Vaters im Winter 1948 unmittelbar nach seiner Rückkehr. Er muß für seine Mitgliedschaft in der NSDAP bezahlen. Die Tätigkeit in seinem erlernten und wohl auch geliebten Beruf als Bankkaufmann ist ihm verwehrt.

Er sucht eine Arbeit. Vom 9. März bis 31. Mai 1948 ist er aushilfsweise bei dem Buchsachverständigen W. Lehmann als Helfer in Steuersachen angestellt. Dann findet er eine Anstellung im »Gothaer Transport-Kontor Albert Wagner«. Im Jahr 1949 setzt er sich nochmals auf die Schulbank, legt die Bilanzbuchhalterprüfung bei der Industrie- und Handelskammer Thüringen ab.

An seinen Arbeitsplatz bei Albert Wagner erinnere ich mich. Vor dem Fenster war ein riesiger Misthaufen, dahinter befanden sich die Ställe mit Kühen und Schweinen. Dem Schreibtisch des Vaters gegenüber saß ein aus dem Krieg zurückgekehrter junger Mann, mit einem Luftgewehr schoß er auf die Spatzen, die sich auf dem Misthaufen tummelten. Mein Vater brachte sie mit nach Hause, wir brieten sie auf dem eisernen Puppenherd und verzehrten sie bis auf das letzte Knöchlein.

Bis Anfang 1953 hat mein Vater die Stelle als Buchhalter bei Albert Wagner inne. Im Januar 1953 aber wird das Transport-Kontor in Treuhandverwaltung und schließlich in Volkseigentum überführt. Ein Arbeitsplatzwechsel, nun sitzt er in einem Gebäude nahe dem Bahnhof im Volkseigenen Betrieb »VEB(K) Transport- u. Speditionsbetrieb«. Er hat dort ein wesentlich umfangreicheres Arbeitsfeld, ist Büroleiter und Oberbuchhalter, hat sich auch um die Lehrlingsausbildung zu kümmern und Weiterbildungslehrgänge zu besuchen. Am 11. Dezember 1953 wird ihm von

Betriebsleitung und Gewerkschaftsbund eine Prämie von 200,– Mark überreicht. Unter dem Schreiben steht: *Vorwärts zum geeinten Kampf für Frieden und Einheit, für das Jahr der großen Initiative 1954.*

Der Betriebsleiter, ein Genosse der Sozialistischen Einheitspartei Deutschlands (SED), hat offenbar eine eigenwillige Auffassung vom Volkseigentum. Mein Vater sieht seine Machenschaften, will sie nicht teilen, protestiert, ohne Ergebnis. Er wird krank, sein Magengeschwür bricht auf. Er kündigt. Wenig später setzt sich der Betriebsleiter, der *große Genosse*, wie mein Vater immer ironisch sagte, in den Westen ab.

Es ist die einzige und äußerst negative Erfahrung meines Vaters mit einem Volkseigenen Betrieb.

23

Er sucht eine neue Arbeitsstelle, sucht und sucht. Findet sie schließlich in einem kleinen Privatunternehmen, der »Fuckerwerkstatt – Susanne Fucker Gotha«. Dort werden schöne Holzspielwaren für Kinder hergestellt, es sind kunsthandwerkliche Arbeiten; auf der Leipziger Messe werden sie den Kunden aus aller Welt offeriert. Susanne Fucker, die, wie ich in Aufzeichnungen finde, mit Josef Ritter von Gadolla befreundet war, hat das Unternehmen bereits an ihren Sohn und den Enkel übergeben. Mein Vater ist in dem Betrieb, der sich auf freiem Feld in der verlängerten Spohrstraße befindet, zuständig für Buchhaltung, Materialbeschaffung, Planung und Export. Besonders gern, erinnere ich mich, betreute er den Leipziger Messestand der »Fuckerwerkstatt«, der sich im Grassimuseum befand.

Sein Verdienst ist nicht hoch. Auch meine Mutter fängt dort, erst halb-, dann ganztags, als seine Bürohilfe zu arbeiten an. Das war 1954/55 nach dem Tod meines Großvaters. Die Großmutter zog nach Gotha, wohnte im Nachbarhaus, half in unserem Haushalt, bügelte die Wäsche und kochte zuweilen auch. Als meine Tante Elisabeth 1957 starb, übernahm sie deren Wohnung in der unteren Etage unseres Hauses.

Der Spruch des Vaters: *Wären wir nur nach dem Westen gegangen*, wurde seltener. Dennoch gab es immer wieder Anlässe, so wenn Nachrichten vom Weggang von Bekannten oder Gothaer Lehrern oder Ärzten die Runde machten.

Zweimal, entsinne ich mich, war ich selbst betroffen, ließ mir aber vom Vater kein Jammern entlocken, schwieg hartnäckig.

In der zweiten Klasse verlor ich meine Freundin; ihre Familie floh in den Westen. In der Robert-Blum-Straße wohnte sie, über der Tür ihres Hauses stand *Carpe diem*, nütze den Tag. Ihr Großvater war der Besitzer der Fabrik »Automatikus«, des roten Gebäudes jenseits des Viaduktes am Bahnhof.

Am Ende des 11. Schuljahres gingen meine engsten Freunde, Pit und die Zwillinge Gisela und Friedrich, in den anderen Teil Deutschlands. Seit der 9. Klasse waren wir unzertrennlich, fast jeden Tag sahen wir uns, unternahmen alles zu viert. Der Schock: *Republikflucht*, wie es in der Schule hieß. Von einem Tag auf den anderen verlor ich die Freunde.

Etwa zeitgleich wurde mir ein Studienplatz verweigert. Mein Antrag, an der Universität Jena Germanistik und Geschichte zu studieren, wurde abgelehnt. Ich war ein Angestelltenkind, hatte nicht den Adel eines Arbeiter- und Bauernkindes.

Nun hätte mein Vater allen Grund zu seiner Rede gehabt. Aber seltsamerweise blieb sie aus. Denn es geschah ein Wunder. Meine Mutter hatte sich, ohne es dem Vater zu sagen, an einem Morgen auf den Weg nach Jena gemacht, war im Prorektorat der Friedrich-Schiller-Universität Jena vorstellig geworden und kam mit einer Studienzulassung zurück. Bis heute ist mir rätselhaft, wie sie das geschafft hat. Ich sehe sie mit einem ihrer seltsamen Kleinstadthüte dort sitzen und ihre Bitte vortragen; sie muß es so dringlich, für sie lebensentscheidend gemacht haben, vielleicht auch Tränen und der Bezug auf den Satz ihres Mannes. Den Universitätsmitarbeiter jedenfalls überzeugte sie, er händigte ihr die Zulassung aus.

Habe ich meiner Mutter jemals gesagt, wie dankbar ich ihr dafür bin? Wie oft habe ich bei meinen Lesungen in Westdeutschland Frauen oder Männer getroffen, die mir erzählten, daß die Verweigerung des Studienplatzes sie zur Republikflucht veranlaßt habe. War das für meine drei Freunde nicht auch der Grund?

Die 12. Klasse ohne die Freunde. Das bestandene Abitur. Die Abiturfeier in der Stadthalle, dem Haus des Schützenvereins, dem alten Schießhaus. In der 2. Klasse erlebte ich hier, neben meiner Lehrerin Frau Jahn im Rang sitzend, Tanz und Gesang des Moissejew-Ensembles, die russischen Soldaten sangen »Suliko«, Stalins Lieblingslied, und das deutsche Volkslied »Im schönsten Wiesengrunde«; statt *Heimat Haus* sangen sie: *...eimat ...aus*. In der 10. Klasse der Abschlußball der Tanzstunde. Die Tanzlehrerin Dorlas-Augustin. Mein aus zwanzig Meter Tüll von meiner Mutter geschneidertes Kleid; ihr Stolz. Nun die Abiturfeier. Ich tanzte jeden Tanz. Am Ende lud mich mein Kavalier, fünf Jahre älter, Student schon, in die Bar ein; nach zwei Gläsern Sekt trank ich einen süßen Likör, ich vertrug ihn nicht, mir wurde schlecht, ich erbrach mich vor der Tür, der Kavalier hielt mir den Kopf. Sechs Jahre später wurde er mein Ehemann.

Im Herbst 1959 verließ ich Gotha, um mein Studium in Jena zu beginnen. Im ersten Jahr schickte die Universität uns in die Produktion in das Kunstfaserwerk »Wilhelm Pieck« in Schwarza. Ich wohnte gemeinsam mit meiner Seminargruppe in Baracken auf dem Marienturm bei Rudolstadt. Im zweiten Studienjahr bezog ich in Jena eine Unterkunft im Studentenwohnheim »Anna Seghers«, später dann ein privates Zimmer in der Drewitzstraße.

Nur an den Wochenenden kam ich nach Gotha zurück. Als ich im letzten Studienjahr ein Kind erwartete, wurden die Besuche seltener. Nach dem Diplomabschluß arbeitete ich als Assistentin an der Universität Jena, lebte mit meinem Ehemann in Bad Blankenburg, später in einer Neubauwohnung in Saalfeld, und nur zu Familienfeiern oder um den Großeltern den kleinen Sohn zu präsentieren, fuhr ich nach Gotha. Mit dem Umzug von Saalfeld nach Berlin, meiner Aspirantur und der Geburt des zweiten Kindes kam ich kaum mehr in meine Heimatstadt.

Das änderte sich, als unser Erstgeborener in die Schule kam. Wohin mit ihm in den langen Sommerferien, den freien Tagen im Herbst und Winter? Mir standen vierzehn Urlaubstage zu, wenn ich die monatlichen Haushaltstage hinzunahm (was verboten war), waren es sechsundzwanzig freie Tage. Das reichte bei weitem nicht. Was also tun?

Meine Eltern kamen mir zu Hilfe. Sie nahmen das Enkelkind, später auch das Zweitgeborene, zu sich. Im Sommer zuweilen für drei Wochen, im Winter für einige Tage. Und das über Jahre. Immer genoß nur eines der Kinder das Privileg; zwei, sagte meine Mutter, schaffe sie nicht, das sei ihr zu anstrengend. Heute will es mir scheinen, als habe ich das als Selbstverständlichkeit hingenommen. Wie sehr es mir geholfen hat, Ruhe für die Arbeit gab und für die Kinder prägend war, wird mir erst jetzt bewußt.

Eine glückliche Fügung war, daß es etwa zum Zeitpunkt des Schuleintritts unseres Sohnes auch im Leben meiner Eltern eine Zäsur gab.

1972 werden die letzten Privatunternehmen stranguliert. Auch meine Eltern sind davon betroffen. Die »Fuckerwerkstatt« geht am 15. April 1972 durch Verkauf in Volkseigentum über, der privatkapitalistische Betrieb – so die offizielle Bezeichnung – wird den sozialistischen »VEB Holzverarbeitungswerken Ohrdruf« angegliedert. Mein Vater wird am 17. April für den Betriebsteil Gotha übernommen. Ab 1. September 1972 erfolgt, so die Mitteilung vom 10. Mai, seine *Entlohnung nach dem Rahmenkollektivvertrag für sozialistische Betriebe*. Einen zweiten Versuch mit einem Volkseigenen Betrieb erspart er sich. Er ist neunundsechzig Jahre alt, seit dem 22. Januar 1968 ist er Rentner. Er beendet sein Berufsleben. Auch meine Mutter verläßt die »Fuckerwerkstatt«.

Der Vater beschäftigt sich weiterhin mit dem, was er schon stets nebenbei gemacht hat: mit Hausverwaltungen. Er kümmert sich, wie ich einem notariellen Schreiben von 1971 entnehme, als Nachlaßpfleger um den Besitz seines Jugendfreundes Walter Schenk, der im Krieg vermißt und am 31. Juli 1949 für tot erklärt wird. Allerdings ist außer *einem ausgebombten Grundstück* nichts zu verwalten. Für ein Haus in der Jüdenstraße war er zuständig, dessen Besitzer in den Westen gegangen waren. Und das Haus von Hans Meyer, dem VW-Direktor aus Wolfsburg, das die Besitzer nie bewohnen werden, weil es in der sowjetischen Zone bzw. in der DDR liegt. Auch für das muß er zuständig gewesen sein. Ich entsinne mich, mehrfach nahm er mich dorthin mit. Fensterfronten, große, zum Grün hin, helle, gut geschnittene Räume, ein Traumhaus in meiner Erinnerung; der Bauhaus-Atem wehte durch es hindurch. 1937 war es fertiggestellt worden, im Geburtsjahr meiner Schwester. Sie war das Patenkind von Hans und Liesel Meyer. 1954, als es noch keine Mauer gab, wurde das Patchen nach Isny im Allgäu eingeladen.

Auch die erste Reise meines Vaters als Rentner führte ihn zu seinen entfernten Verwandten nach Isny. Das Haus und die Verwaltung durch den Vater wird gewiß ein Gesprächsthema gewesen sein. Kurz darauf stirbt Hans Meyer, zwei Jahre später auch seine Frau. Laut Testament ist ihr Patchen, meine Schwester, die Erbin des Hauses. Sie lebt mit ihrem Mann und vier Kindern unweit von Gotha in einem kleinen Ort, beide sind dort als Lehrer tätig. Sie können und wollen das

Traumhaus nicht beziehen. Also Verkauf. Die Stadt Gotha taxiert den Wert des Hauses mit 12000 Mark. Bei einer persönlichen Begegnung nennen Schwester und Schwager dem Käufer gegenüber eine etwas höhere Summe. Ein Rat meines Vaters, oder? Der Käufer geht sofort darauf ein, unterschreibt umgehend. Dieses Haus in schönster Lage … Für Schwester und Schwager, mit ihren vier Kindern und den nicht üppigen Lehrergehältern, ist das Geld willkommen, zwei Jahre später kaufen sie sich dafür ein Auto, einen Wartburg. Wie viele haben auch sie sich einmal im Übermut, ohne das Geld zu haben, für ein Auto angemeldet, die Wartezeiten betragen mitunter zehn Jahre. Nun kommt ihnen das zugute.

Mein Vater war, entsinne ich mich, nicht damit einverstanden, er hatte eine Vorstellung vom wirklichen Wert des Hauses. Aber wohl auch von seiner Machtlosigkeit. Mit dem Verkauf erloschen seine Pflichten. Aber er hat noch genug zu tun, das eigene Haus mit mehreren Mietparteien hält ihn in Bewegung. Bei dem Mangel an Materialien und Handwerkern und den ständigen Forderungen der einzelnen Mieter eine Sisyphusarbeit. Niemals aber klagt er darüber.

Die Zäsur im Leben der Eltern durch die Beendigung ihrer Tätigkeit in der »Fuckerwerkstatt« im Jahr 1972.

Zeit nun im Überfluß? Träume von Reisen vielleicht. Mein Vater wünscht sich gewiß Reisen an die Orte, die er in der Jugend besuchte, oder an den Sehnsuchtsort Syrakus – von ihm und seinem Lieblingsbuch Johann Gottfried Seumes »Spaziergang nach Syrakus« – spricht er oft. Aber die winzige Rente läßt keine großen Sprünge zu. Auch keine Reisen nach Westdeutschland; zu den Freunden dort, zu Günter Ewald ist der Kontakt abgebrochen, Hans und Liesel Meyer sind tot, andere Verwandte hat er dort nicht. Auch meine Mutter nicht. Aber sie fährt, als sie 1976 das Rentenalter erreicht, fast jährlich in den Westen, es sind einstige Schülerinnen aus dem Erfurter Lyzeum, die sie besucht.

Und meine Eltern nehmen am kulturellen Leben ihrer Stadt teil. Sie haben ein Theateranrecht; Gotha wird von der Eisenacher Bühne bespielt. Die große Zeit des Gothaer Landestheaters ist vorbei, wie sie oft beklagen. Sie haben ein Konzert-Abonnement, besuchen regelmäßig die Konzerte des Gothaer Sinfonieorchesters.

Auch ihre Wanderungen in den Thüringer Wald finden noch statt. Mein Vater wandert meist mit Freunden, weite Strecken, mit meiner Mutter macht er kleinere Ausflüge. Mit der Thüringerwaldbahn fahren sie nach Tabarz oder Friedrichroda, mit dem Linienbus nach Oberhof oder Tambach-Dietharz.

In Tambach-Dietharz wohnen die vier Enkel, und sie, wie auch meine beiden Kinder, werden ein für die Großeltern wichtiger Lebensinhalt.

Heute überlege ich, ob mein Vater für meine heranwachsenden Söhne die gleiche Lichtgestalt war wie der Großvater für mich in meiner Kindheit? Ich frage sie. Ihre Antwort fällt zwiespältig aus. Die Spannungen zwischen den Großeltern waren für sie als Kinder irritierend fühlbar; übereinstimmend meinen beide, der Opa sei – wie sie es ausdrücken – kein *freier Mann* gewesen (wie frei und stolz war dagegen mein Großvater). Die Oma habe das Sagen gehabt, daß er sich ihr untergeordnet hat, habe ihn in ihren Augen klein gemacht.

Dennoch sind sie ihm gegenüber voller Dankbarkeit. Er wandert mit ihnen, wie ich es als kleines Mädchen erlebt habe: der Rucksack öffnet sich bei einer Rast, das große Taschenmesser klappt auf, Brot und Rettich werden abgeschnitten und wandern in die kleinen Münder. Er wird nicht müde, mit ihnen den Tierpark am Töpfleber Weg am Fuße des Seebergs zu besuchen; die Kinder bewundern die Tiere in den Käfigen, Joachim haben es vor allem die Wölfe angetan. Aber auch ins Naturkundemuseum führt er sie oft, zeigt ihnen Bären, Füchse, Löwen, Falken und Eichhörnchen, erklärt ihre Lebensgewohnheiten. In großen verglasten Schauvitrinen werden sie in ihren Lebensräumen gezeigt. Und mein Vater geht mit ihnen durch die Räume von Schloß Friedenstein; betreten sie den Thronsaal, läßt die Aufsicht auf seinen Wink den kleinen Vogel im goldenen Käfig zwitschern. Das Entzücken wie bei mir als Kind.

Und nach Eisenach fährt der Großvater mit den Enkeln, schnell wie ein Blitz ist er, um eines der begehrten Reittiere, einen Esel, zu ergattern, auf dem man zur Wartburg hinaufreiten kann. Der Ritt auf dem Esel zur Wartburg, das gehört bei Joachim ebenso wie später bei Tobias zum Großvater-Programm.

Und gleich nach der Ankunft der Gang mit ihm auf den Boden, um die Spielsachen zu holen. Wie für mich einst waren diese Bodenkammern auch für meine Söhne ein Lieblingsort. Stundenlang konnten sie sich dort aufhalten. Joachim hatten es besonders die Hefte der Zeitschrift »Das Magazin« angetan, er suchte den Kater von Werner Klemke, der auf jedem Titelblatt zu finden war, hielt sich dann lange bei den Republik-Nackedeis, den Aktfotos, auf, für die das »Magazin« berühmt und begehrt war.

Öfters mußte der Großvater die zwei Treppen zum Boden hochsteigen, weil die Rufe der Großmutter zum Essen nicht bis oben durchdrangen. Meine Mutter verwöhnte die Kinder, sie konnten ihre Wünsche äußern, sie kochte ihr Lieblingsessen.

Einmal wartete sie mit etwas Unbekanntem, einer Überraschung, auf: Ragout fin – im Ofen mit Käse überbacken. Joachim war am Nachmittag mit dem Großvater im Tierpark bei seinen geliebten Wölfen gewesen.

Als das Gericht aufgetragen wurde, behauptete er, es röche wie am Gitter des Wolfskäfigs. Die Großmutter war beleidigt, der Großvater lachte. Joachim blieb dabei, nannte das Gericht *Wolfsgitter* (und so hieß Ragout fin dann in unserer Familie). Da er nicht bereit war, sich bei der Großmutter zu entschuldigen, wies ihn meine empörte Mutter für drei Tage aus der Küche. Das war tatsächlich eine Strafe für ihn.

Denn meine Söhne waren, im Gegensatz zu mir als Kind, in der Küche geduldet, durften den Krauthobler, die Bohnenschnippelmaschine und die, mit denen die

Kirschen entkernt wurden, bedienen, bestaunten den großen blubbernden Entsafter, halfen die Flaschen füllen und in den Keller tragen. Auch dort hatten sie die Wahl, auf dem vollen Regal mit den Einweckgläsern konnten sie sich aussuchen, was sie am liebsten aßen.

Wenn ich eines der Kinder brachte oder wieder abholte, streifte ich mit ihnen durch die Abrißviertel am Schloßberg, auf dem Weg an der Wasserkunst hoch begrüßten wir im kleinen Gäßchen den Pferdekopf: *O du Falada, da du hangest* ... Und stets blieb ich am Rathaus stehen, das sein schmutzig-fahles Gelb verloren hatte und in ein schönes warmes Rot getaucht war. Aber nicht dem mir seit der Kindheit verhaßten Goethe-Spruch galt meine Aufmerksamkeit, sondern in der Gewandung des Portals dem tapfer lächelnden Jünglingskopf im Maul eines drachenähnlichen Untiers; ihn zeigte ich dem Sohn, der mit mir war.

Zuweilen blieb ich auch, wenn ich eines der Kinder brachte, einige Tage, um in der Forschungsbibliothek im Ostflügel des Schlosses Friedenstein zu arbeiten, betreut von dem wundersamen alten Doktor Füllner, dem Haarbüschel aus Nase und Ohren wuchsen; ich erinnere mich, meine erste literarische Arbeit, den Essay über Caroline Schlegel-Schelling, teilweise dort, hoch über der Stadt, geschrieben zu haben.

Das allerschönste aber bei den Gotha-Besuchen war der Garten. Wie einst für mich war er für meine kleinen Söhne ein Paradies. Die Zinkbadewanne stand, wie für mich als Kind, auch für sie bereit. Die bunte Kreide, um den Zaun zu bemalen, war vorhanden. Die

Großmutter erzählte ihnen, wie die Blumen auf den Rabatten heißen, der Großvater prüfte, ob sie die Namen im Gedächtnis behielten. Der weiche Rasen, auf dem sie Purzelbäume schlagen konnten. Die großen Rhabarberblätter, die als Sonnenhüte zu gebrauchen waren. Sie durften die Sträucher plündern, Stachel- und Johannisbeeren. Der Großvater hielt die Leiter, auf die sie kletterten, um vom Baum die Kirschen zu pflücken.

24

Dann kam das Jahr 1979. Und die Vertreibung aus dem Paradies. Die Gothaer Stadtväter beschlossen, auf der linken Seite der Bohnstedtstraße, dem im Jugendstil erbauten Stadtbad gegenüber, eine Reihe um die Jahrhundertwende erbauter Bürgerhäuser niederreißen zu lassen. Auch unser Haus fiel unter das Abrißverdikt. Keineswegs waren es baufällige Gebäude, das Haus neben dem unseren war gerade aufwendig saniert worden. Mein Vater hatte unser Hausdach genau in diesem Jahr 1979 *neu verstreichen* lassen.

Als Grund für den Abriß wurde die sozialistische Neugestaltung des Innenstadtbereiches angegeben. An die Stelle der alten Bürgerhäuser sollten Neubauten treten. Eine für mich bis heute nicht nachvollziehbare Entscheidung.

Ob meine Eltern oder andere Bewohner dagegen protestiert haben, ich weiß es nicht. Ich erinnere mich nur an die Aufregung und große Unruhe, die sie befallen hatte. Es war ein harter Einschnitt für sie, sie waren nicht mehr die Jüngsten.

Die Dokumente aus dem Nachlaß meines Vaters geben Auskunft. Im *Namen des Volkes* wird die Enteignung vorgenommen. Die Stadtverwaltung Gotha nimmt für sich in Anspruch, das *Volk* zu sein. Der

Baumeister und Architekt Arno Lorenz, ausgewiesen *Vom Ministerium für Bauwesen* als *zugelassener Bausachverständiger für allgem. Hochbau und Werteermittlungen*, erstellt am 30. April 1979 ein *Gutachten über den Verkehrswert des bebauten Grundstückes.* Er listet alle einzelnen Positionen auf und kommt für das *Dreifamilienhaus,* einschließlich *Gartenlaube* sowie *Hof und Ziergarten* auf einen *preisrechtlich zulässigen Verkehrswert nach den Richtlinien zum Entschädigungsgesetz Ziffer III b von Sechzehntausenddreihundert M.*

Meine Eltern werden dann von der Stadt Gotha für den Abriß des Hauses mit der Summe von 16 000 Mark entschädigt. Meine Schwester und ich haben als Nacherben eine Verzichtserklärung zu unterzeichnen; wir tun es, um die Aufregung der beiden Alten nicht noch zu vergrößern. Die laut Vertrag vereinbarte Summe von 16 000 Mark steht den Eltern aber keineswegs zur Verfügung, das Geld wird ihnen in jährlichen Raten von 3000 Mark gezahlt. Abgezogen bzw. verrechnet werden die Tilgungsraten für die Kredite, die mein Vater für notwendige Reparaturen aufgenommen hat, sowie die *Aufbaustunden*, die sie für ihre zu beziehende Neubauwohnung abzuarbeiten haben, da sie die auf ihre alten Tage nicht mehr leisten können, werden die erforderlichen Stunden mit Geldwert verrechnet.

Kurz vor dem Abriß fuhr ich noch einmal nach Gotha, um Abschied vom Haus meiner Kindheit zu nehmen. Die Freitreppe am Eingang, das vorgebaute Schutzdach. Ich gehe durch das Haus, im Keller noch immer der Angstgeruch der Bombennächte, die Dumpfheit des düsteren Kellerganges, im Treppenhaus die verblichenen Jugendstilgemälde an den Wänden, das Knarren der hölzernen Treppe, die Stufen, ihr Geruch nach Bohnerwachs, im gedrechselten Treppengeländer noch immer drei hellere Stäbe, dort, wo einst Jurka, der Bursche des jungen russischen Offiziers, beim Sturz hängen geblieben ist, als Maria, die russische Soldatin, die Betrunkenen die Treppen hinabgeworfen hat. Die knarrende Bodentür, Reste von Kaffeesatz, mit dem der Vater den Fußboden kehrt, um den Staub zu binden, die noch immer existierenden Verschläge, einst für die Umsiedler errichtet, die übervollen Bodenkammern: alte Möbel, Spielzeug, mein Puppenwagen, die beiden Puppenstuben, Stapel von Bilderbüchern, die nach Jahrgängen geordneten und mit Strick zusammengebundenen Magazine, Filmprogramme, die ich als Jugendliche gesammelt habe. Die Kommoden, gefüllt mit den Karten und Prospekten des Vaters von seinen Wanderungen, alte Bilderrahmen, alte Kleider, der Schreibtisch des Großvaters; der Geruch nach seinen Zigarren, der mir entgegenströmte, wenn er die linke Tür öffnete und die oberste Schublade aufzog. Ich ziehe sie auf, und der Geruch des Großvaters ist sofort da.

Ein letztes Mal steige ich auf den Oberboden, öffne die Dachluke, raste die Eisenstange ein, ziehe mich hoch. Aber mein Blick hinab auf die Stadt bringt keine Freude. Ich hadere mit Gotha. Das alles soll vernichtet werden? Ich sehe vor mir, wie der alte Birnbaum im Garten gefällt, die weinumrankte Laube zertrümmert, die Sträucher herausgerissen und die Blumenbeete niedergewalzt werden. Sehe, wie die Abrißbirne ihre Arbeit beginnt, das Haus mit seinen drei Stockwerken abgetragen wird, alles in Schutt zusammensinkt, sehe Trümmer, nichts als Trümmer.

Ich tröste mich, denke an Freunde, die im Krieg ihr Zuhause verloren haben. Im Krieg, warum aber im Frieden? Wenn es die geduckten, baufälligen Häuser in den engen Gassen der Altstadt wären, aber diese Häuser in der Bohnstedtstraße sind nicht einmal hundert Jahre alte große Bürgerhäuser.

Noch immer, wenn ich heute nach Gotha komme und in der Bohnstedtstraße 18 vor dem schön sanierten Haus stehe, das sich einst dem unseren gegenüber befand, auf das ich vom Wohnzimmerfenster so viele Jahre geblickt habe, sticht es mir ins Herz.

Bei meinem Besuch 1979, entsinne ich mich, berühren die Eltern die Frage Recht oder Unrecht des Abrisses gar nicht; sie klagen nicht, nehmen es als gegeben und unabänderlich hin und sind – aufgeregt und überfordert – mit tausend Kleinigkeiten des Umzugs beschäftigt. Vielleicht, so denke ich heute, empfand mein Vater sogar etwas wie Erleichterung. Eine Last würde von ihm als Hausbesitzer mit mehreren ständig Forderungen stellenden Mietparteien genommen werden. Und auch das Kohlentragen und tägliche Heizen der Öfen und der vor allem im Winter unangenehme Gang zum kalten Abort auf halber Treppe würde wegfallen. Nie haben wir darüber gesprochen.

Für mich veränderte sich mit dem Abriß mein Verhältnis zu Gotha radikal. Fast gänzlich schien mir der Lebensnerv zu meiner Heimatstadt durchtrennt.

25

Meinen Eltern wird in der Juri-Gagarin-Straße, im Block 24, Hausnummer 11, eine winzige Neubauwohnung zugewiesen. Es ist ein Erstbezug in einem gerade fertiggestellten Gebäude.

Im Jahr 2017, an einem kalten grauen Märztag, will ich, an den Vater erinnernd, meinem Gefährten den Ort zeigen, an dem er bis zuletzt gelebt hat. Irritiert suche ich, täuscht mich meine Erinnerung? Ich kann den Platz genau bestimmen, wo der Eingang war, schräg gegenüber der Kaufhalle, die noch steht, in der es aber nichts mehr zu kaufen gibt. Wir laufen durch das Neubauviertel, kein guter Anblick, Papier und Unrat auf den freien Flächen. Keiner der Vorübergehenden kann uns Auskunft geben, sie verstehen unsere Frage nicht. Nur dort, wo eine Rasenfläche, an ihrem Rand eine Reihe junge Bäume, zu sehen ist, kann das Haus gestanden haben. Ratlos verlassen wir das Viertel.

Über das Internet dann die Aufklärung: Dieser Block ist im Jahr 2009 abgerissen worden; der Leerstand betrug 50 Prozent. Nicht einmal dreißig Jahre hat das Gebäude gestanden. Welche Vergeudung von Arbeitskraft und Material. Ich stelle mir vor, die Stadt hätte anstelle der Neubauten die alten Bürgerhäuser in der Bohnstedtstraße sanieren lassen.

Auch die sozialistischen Neubauten in der Straße meiner Kindheit sind zum Teil zurückgebaut, die Stockwerke verringert worden. An Attraktivität haben sie damit keineswegs gewonnen.

Der Einzug meiner Eltern in die kleine neue Wohnung. Sie müssen sich von ihren schönen alten Möbeln trennen, das gelingt ihnen nur halb, und so ist die Wohnung vollgestellt mit den Dingen, die sie lebenslang umgeben haben.

Für Besucher ist die enge Behausung nicht geeignet, schon gar nicht für Aufenthalte von lebhaften Jungen. Die von Enkeln und Großeltern geliebten Zusammenkünfte finden mit dem Hausabriß und dem Verlust des Gartens abrupt ein Ende.

Zu Familienfeiern trifft man sich fortan nicht mehr in Gotha, sondern im Thüringer Wald, meist in Gaststätten in der Nähe von Tambach-Dietharz. Ich erinnere mich an den 80. Geburtstag meines Vaters 1983, den wir auf der Ebertswiese feierten. An die goldene Hochzeit meiner Eltern am 16. Mai 1986, zu der wir im Vierpfennighaus, einer alten Zollstation nahe dem Rennsteig, zusammenkamen.

In diesem Jahr 1986 ist mein Vater dreiundachtzig, seine Frau fünfundsiebzig Jahre alt.

Ich entsinne mich, wie meine Mutter mich beiseite nahm und lächelnd, aber in harschem Ton den Wunsch (oder war es eine Forderung?) äußerte, daß ich fortan alleine zu jedem ihrer Geburtstage und auch an einigen Wochenenden im Jahr nach Gotha kommen solle. Meine Anwesenheit sei das einzige, was sie noch erfreuen könne. Briefe oder Karten, wie mein Vater sie liebte, nein, sie winkte ab, auch Geschenke wolle sie nicht mehr, verbat sich diese sogar mit einer mich erstaunenden Rigorosität. Dann folgte – wie fast immer – eine bittere Beschwerdelitanei über meinen Vater. Ich habe dieses Gespräch als ein mich stark beunruhigendes in Erinnerung.

Dann kommt der November 1989. Mein Vater nimmt den Einschnitt gelassen auf, verfolgt die Vorgänge vor dem Fernsehapparat, den er wegen seiner Schwerhörigkeit in voller Lautstärke laufen läßt.

Seine Vorfreude auf die erste Fahrt mit meiner Mutter nach dem Westen. Die Wahl fällt auf das einst zum Gothaer Herzogtum gehörende Coburg mit seiner Festung. Enttäuschung, weder Altstadt noch die Feste Coburg bekommen sie zu sehen, einzig die Einkaufsmeile. Und auf der Rückfahrt im Bus Werbung für Bügeleisen und Wärmedecken.

Meine Mutter kann den Veränderungen nichts abgewinnen, sie sieht alles negativ, alles belastet sie.

Viel schneller, als ich es erwartet hatte, wird ihr mit so großer Bestimmtheit geäußerter Wunsch meines öfteren Kommens erzwungene Realität. Meine Mutter erkrankt. Der hellhörige Neubaublock, jedes Klappen der Haustür, jeder nächtliche Schritt des heimkehrenden Schichtarbeiters im dritten Stock läßt sie aus dem Schlaf aufschrecken, den sie sowieso schon seit Jahren nur mit starken Schlafmitteln findet.

Ihr Zustand verschlimmert sich von Monat zu Monat. Ich bin gezwungen, oft nach Gotha zu fahren, übernachte in der winzigen Wohnung, schlafe auf der Campingliege im Wohnzimmer, pflege sie, versuche, sie aufzumuntern. Ihre Widerstandskräfte nehmen sichtbar ab, ihre Angstzustände dagegen stetig zu. Vor allem entwickelt sie Aggressionen, die uns hilf- und ratlos machen.

Meiner Mutter erwächst aus ihrem kleinen verfallenden Körper im letzten Jahr eine unerwartete Kraft. Ich sehe Bilder vor mir: Wie sie auf meinen Vater losgeht, ihn mit Fäusten bearbeitet oder mit Gegenständen, die ihr gerade in die Hände fallen. Wie sie bei Tisch mit der Gabel nach ihm sticht, die Finger zu Krallen formt, faucht. Wie sie meine Schwester und mich, wenn wir sie waschen oder anziehen, gegen das Schienbein tritt, mit einer Heftigkeit, die man nicht für möglich hält. Gingen wir, stand sie oben am Fenster, statt zu winken, schüttelte sie die Fäuste. Je hinfälliger sie wurde, desto wilder und überraschender ihre Angriffe, die von einer solchen Heftigkeit waren, daß sie zu einer Bedrohung für meinen Vater wurden.

Der behandelnde Arzt stellt uns vor die Alternative: Einweisung ins Krankenhaus, in eine geschlossene Abteilung, oder dämpfende Medikamente. Wir entscheiden uns für letzteres.

Am 2. Juni 1991 kommen wir, mein Vater, die Töchter, der Schwiegersohn, die sechs Enkel, zu ihrem 80. Geburtstag zusammen. Wo, ist mir entfallen, in der Nähe von Friedrichroda wohl. Einzig an eine Bemerkung von ihr erinnere ich mich. Dünn und zusammengekrümmt saß sie schweigend am Tisch, blickte von einem zum anderen. Dann beugte sie sich plötzlich zu mir, die ich neben ihr saß, nahm meine Hand und flüsterte: Die denken alle, ich bin verrückt. Ich erinnere mich, wie mir diese Worte ins Herz schnitten, die sie da in einem offenbar kleinen lichten Moment aussprach. Und ich fragte mich, ob es nicht besser sei, wenn sie keine Vorstellung von ihrem Außer-sich-Sein, ihrer Krankheit habe.

Der Sommer verging, ihr Zustand verschlechterte sich von Tag zu Tag. Im September desselben Jahres starb sie. Ratlos und ohne Abschied ließ sie uns zurück.

Wenige Tage nach ihrer Beerdigung flog ich in die USA, nach Oklahoma zu einer internationalen Konferenz über Jakob Michael Reinhold Lenz. Von der Arbeit verschlungen und voller neuer Eindrücke, gelang es mir nicht, innerlich von meiner Mutter Abschied zu nehmen.

Aber ein wiederkehrender Traum quälte mich. Stets das gleiche Bild. Der nackte Körper meiner Mutter vor mir, einzelne Körperteile und Hautpartien vergrößern sich wie unter einem Brennglas. Als Kind, entsinne ich mich, wünschte ich heftig, begehrte, meine Mutter nackt zu sehen. Aber sie schloß mich aus ihrer Körperlichkeit aus. Nie hat sie sich mir unbekleidet gezeigt. Ich empfand das als Zurückweisung. Mein eigener Körper wurde mir dadurch lange zum Feind. Meine Mutter, die mich ohne eine Erinnerung an ihren jungen Körper ließ, drängte mir in ihrem letzten Jahr ihren alten Körper geradezu auf. Es war nicht die Unumgänglichkeit, wenn ich sie wusch. Sie präsentierte ihren Körper geradezu. Das Bild im Traum. Immer wieder. Es verfolgt, peinigt mich.

Jahre werden vergehen, ehe ich von meiner Mutter im Guten Abschied nehmen, mich innerlich mit ihr versöhnen kann. 1993 geschieht es in der Ruhe und Stille Schottlands, wo ich für drei Monate als *writer in residence* in Glasgow und Edinburgh lebe.

Ich erinnerte mich an ihre Hexenreden in ihren letzten Krankheitsmonaten. Die herausfordernden Gesten, die diese Reden begleiteten. Immer wieder sagte sie, sie sei eine Hexe. Bestand darauf. Wir versuchten, es ihr auszureden.

In Schottland aber sehe ich es auf einmal von ihr aus. Und da fällt es mir plötzlich wie Schuppen von den Augen. Ich werde fast heiter. Ihr Hexendasein war Befreiung. Aus welchen Untergründen hatte meine stille Mutter diese Hexenreden hervorgeholt? Meine ängstliche, leise Mutter, zeitlebens zu kurz gekommen, zeitlebens sich über meinen Vater beschwerend, gegen ihn hinterrücks stichelnd, ihm dennoch kaum widersprechend, sich unterordnend, von meinem Vater im Zaum gehalten, aber ihn gleichfalls im Zaum haltend; zwei Menschen, die sich gegenseitig lahmlegten, ihre Lebensenttäuschungen aneinander ausließen.

Endlich war sie aus der Rolle gefallen. Endlich hatte sie die Beherrschung verloren. Eine Tatsache, die ich erst jetzt erkenne. Für die ich sie liebe. Was meine Mutter immer zugedeckt, geleugnet, verdrängt hatte – ihren Wunsch, ihre Sehnsucht nach einem eigenen Beruf, war durch die Krankheit im Chaos des Zerfalls an die Oberfläche gekommen.

Ihre Aggressionen, ihre Hexenreden ein letztes Zeichen, daß nicht alles erstickt, ausgetreten, ausgelöscht war, noch Wünsche in ihr lebten. Ihre Angriffe bedeuteten Aufbegehr, Widerspruch, Nichteinverstandensein. Freilich in der pervertierten Form des Zuspät, der Krankheit.

Meine Mutter, die die Zeichnungen von Sulamith Wülfing liebte. Weibliche Wesen, durchscheinend, wie Fäden so dünn, mit seelenvollen großen Augen, umgeben von Zwergen, Blumen und Gräsern. Meine Mutter, deren Lieblingsbuch die »Keuschheitslegende« von Rudolf G. Binding war.

Wie nur hatte sie so werden können? Ihre schmalen Lippen. Ihre Rede: *mit denen kommst du mir nicht in Berührung*. Meine Mutter, die bis ins hohe Alter hinein immer wieder betonte, eigentlich habe sie Mathematik studieren wollen, und die sich zu meinem Vater, der nur die Realschule besucht hatte, auch oft so verhielt, als habe sie das getan. Einmal kam sie von einem jährlichen Klassentreffen aus dem Westen zurück und erzählte, eine ihrer ehemaligen Mitschülerinnen habe – es hätten alle hören können – gesagt, es sei ihr unverständlich, warum aus ihr, die doch mit Abstand von allen das beste Abitur abgelegt habe, *so gar nichts, aber auch gar nichts* geworden sei. Es entstand eine Pause.

Dann sagte mein Vater: Aber aus deinen Töchtern ist doch etwas geworden. Ihr Blick hinter den starken Brillengläsern. Er traf zuerst meine Schwester, dann mich, dann meinen Vater. Nie vergesse ich diesen Blick. In ihm war zunächst das uns Gewohnte, diese unterwürfige Traurigkeit, die sagte: alles vergebens. Dann aber, sie saß kerzengerade, die Hände verkrampft, die Gesichtsmuskeln angespannt, veränderte er sich. Etwas Böses, Haßerfülltes kam in ihn, für Sekunden ein fast irres Flackern. Niemand sprach. Ihr Blick wanderte von einem zum anderen. Er machte uns zu Schuldigen. Wir waren es, die die Tür zugeschlagen, sie ausgesperrt hatten, sagte dieser Blick. Ich entsinne mich, obwohl ich zutiefst erschrocken war, beglückte er mich; erstmals im Leben erschien mir meine Mutter stark, ich bewunderte sie.

Erinnerung an Kinderfotos meiner Mutter. Die Dreijährige im rosa Kleid, rosa Stoffschuhe, rosa Haarschleifen; eine Puppe. Ein koloriertes Foto, im Atelier aufgenommen, für den Vater im Ersten Weltkrieg. Die Sechsjährige. Eine Aufnahme im Freien. Die Fußspitzen stehen nach innen, die Kleidertasche beutelt, aus einer ragt ein Stock heraus. Angriffslust in ihren Augen. Ernst. Neugier. Ich mag es, dieses Kind, liebe es. Wie auch die Heranwachsende, das junge Mädchen. Ein Foto der Siebzehnjährigen. Wieder dieser Ernst. Die Neugier. Alles ist Erwartung. Und schön ist sie. Erotisch. Es ist das einzige Bild von ihr, auf dem sie Erotik ausstrahlt. Meine schöne Mutter. So habe ich sie nie gekannt. Ich besitze das Foto, hüte es wie einen Schatz. Es war niemals in einem Familienalbum. Sehr spät fand ich es auf dem Dachboden unter alten Papieren meiner Großeltern. Auf dem Bild war meine Mutter mit einem Mann zu sehen, er hatte den Arm um sie gelegt, Weltgewandtheits- und Beschützergeste. Als ich es einmal überraschend vor sie hinlegte, war sie erregt, verwirrt, verweigerte die Auskunft. Ihr Geheimnis. Später hat sie doch gesprochen. Dieser Mann war ihr Verlobter gewesen. Mit siebzehn hatte sie ihn kennengelernt. Die Verlobung war groß im Kreis beider Familien gefeiert worden. Der Bräutigam war fünfzehn Jahre älter, ein Geschäftspartner des Vaters, er besaß ausgedehnte Wälder und Ländereien am Oderhaff.

Und? Ein Dreivierteljahr später habe sie die Verlobung wieder gelöst. Sie? Ja, sie. Gegen den Willen des Verlobten, gegen den Willen ihres Vaters. Warum? Sie schwieg. Dann, auf mein wiederholtes Drängen, stockend: Er habe sie berührt, mehr gewollt, sie sei nicht bereit gewesen. Und? Er habe gesagt, er liebe sie, wolle sie ganz, Seele und Leib ganz. Wenn es nur der Leib sei, das könne er von jeder seiner Mägde bekommen. Dieser Satz sei es gewesen. Dieser eine Satz? Ja, dieser eine Satz. – Sie habe dann darauf bestanden, auf das Mädchengymnasium zurückzukehren, habe – verspätet – mit einundzwanzig ihr Abitur gemacht. Und mit dem Mathematikstudium beginnen wollen. Sie sei schon in der Universität eingeschrieben gewesen, habe ein Zimmer in der Universitätsstadt gehabt, die Koffer seien gepackt gewesen.

Das Weitere war mir bekannt. Die gängige Familienversion. Wegen wirtschaftlicher Schwierigkeiten hatte ihr Vater das Studium nicht finanzieren können. Plötzlich sehe ich es in einem anderen Licht, und auf den so geliebten Großvater fällt ein Schatten. Das Aufbegehren der Tochter gegen den Vater. Der Großvater verlor den Geschäftspartner durch sie. Die Entlobung war ein Makel, ein Skandal, der auch ihn traf. Die Verweigerung des Studiums ausschließlich aus finanziellen Gründen? Oder Strafe für den Eigensinn der Tochter? Lieferte vielleicht das eine den Vorwand für das andere? Der Vater stellte die Tochter nach dem Abitur als ungelernte Kraft in seiner Firma ein, sie wurde seine Kontoristin, hatte die gesamte Buchführung zu erledigen; umsonst, jahrelang umsonst, sie erhielt lediglich ein schmales Taschengeld. Er ließ sie die Rechnung bezahlen. Er steckte das Ziel ab: eine kleine Kontoristin.

Meine Mutter suchte nach einem Ausweg. Der hieß Ehe. Aber sie tauschte nicht den Vater gegen den Ehemann, sondern geriet unter die widerstreitende Herrschaft beider. Sie wählte einen Bankkaufmann, der aus kleinen Verhältnissen kam, in den Augen ihres Vaters weder Weltgewandtheit noch ausreichendes Vermögen besaß und den er nicht akzeptierte. Das ließ er aber nicht an der Tochter, sondern am Schwiegersohn aus. Er setzte ihn herab, wo es nur ging. Der Vater blieb der unsichtbare Dritte in dieser Ehe, er war der Bestimmende. Als er starb, wiederholte meine Mutter in fast manischer Unterwerfung das, was er von ihr als Einundzwanzigjähriger erzwungen hatte, nun freiwillig dem Ehemann gegenüber. Sie wurde wieder berufstätig, fing im Betrieb, in dem ihr Mann arbeitete, als seine Bürohilfe an. Er war ihr Vorgesetzter. Blieb es über fast zwei Jahrzehnte.

Meine Mutter. Nie sie selbst. Ihre Wünsche unerfüllt. Schon mit siebzehn in ihren Körper eingesperrt, niemals befreit. Warum habe ich das nie zu Ende gedacht, als sie noch lebte? Warum nicht begriffen, daß sie, die nicht studieren konnte, bei ihren Töchtern den beruflichen Erfolg sehen wollte. Daher hatte sie sich – ich erkenne es jetzt – so vehement dagegen gewandt, als ich im September 1978 meine gut bezahlte Stelle im Ministerium für Kultur aufgegeben und den Sprung in die ungewisse Zukunft der Freiberuflichkeit gewagt hatte.

Warum hast du den Doktor-Titel erworben, wenn du jetzt zu Hause sitzt, war ihre ständige vorwurfsvolle Rede in den sieben Jahren, da ich an dem biographischen Buch über Jakob Michael Reinhold Lenz und an der 2738 Seiten umfassenden dreibändigen Lenz-Werk- und Briefausgabe arbeitete und von mir in der Öffentlichkeit nichts zu vernehmen war. Glaubten mich nicht auch Freunde und Bekannte verloren in diesen Jahren des Schweigens?

Mein Vater, so schien es mir damals, war gleichgültig. Heute denke ich, vielleicht vertraute er mir, setzte auf Zeit; ich erinnere mich, wie er einmal auf die Unverständnis-Reden meiner Mutter entgegnete: Laß das Kind doch, es wird schon wissen, was es macht.

Erst als »Cornelia Goethe«, mein zweites Buch, noch zu DDR-Zeiten in der »Frankfurter Allgemeinen Zeitung« vorabgedruckt wurde und ich im Frankfurter Goethe-Haus am Hirschgraben dem Westfernsehen ein Interview gab, war meine Mutter versöhnt. Sie war stolz und glücklich. Einige ihrer Erfurter Mitschülerinnen hatten den Vorabdruck gelesen, und bei den jährlichen Klassentreffen, zu denen meine Mutter in den Westen fuhr, waren Buch und Interview Gesprächsthema. Auch als mein Foto mit dem anderer Autoren auf der Titelseite der in der DDR begehrten »Wochenpost« erschien, waren für sie die sieben Jahre gestrichen.

Ich aber vergaß sie nicht. Meine Kleinmütigkeit. Hätte ich nicht meiner Mutter eine große Freude machen können, wenn ich sie an meinem Erfolg hätte teilhaben lassen, sie zu einer Lesung oder zur Verleihung des Buchpreises der evangelischen Büchereien nach Bad Kreuznach mitgenommen hätte? Warum tat ich das nicht? Meine Beschämung.

Wie wenig habe ich meine Mutter geliebt. Ständig floh ich vor ihr. Nie so werden wie sie. War es die Angst vor dem Spiegel? Abstand! Nur pflichtgemäß die Tochterrolle, auf das Notwendige beschränkt. Ein Fuß in der Tür, der andere schon wieder draußen. Wegwenden. Um nicht ihre Angstvorstellungen und Klagen aufgebürdet zu bekommen, nicht mit den Bleigewichten behängt zu werden, mit denen sie alle Dinge beschwerte. Mein Verschließen, das sie als Kränkung empfand. Und das es auch war. Rückzug. Schweigen. Ihr nichts anvertrauen, weil alle meine Versuche dahin geführt hatten, das ihr Anvertraute in die schwarze Farbe getaucht zu sehen, mit der sie ihrer depressiven, ängstlichen Natur nach das gesamte Leben einfärbte.

Eine späte hilflose Zuneigung zu ihr erfaßt mich. Warum erst jetzt, wo es zu spät ist. Hätte ich ihr eine Freundin sein können? Wenigstens der Versuch.

26

Der Herbst 1991. Nach dem Tod der Mutter war es der Wunsch meines Vaters, allein in der Neubauwohnung zu bleiben. Mit der Schwester überlegte ich, wie wir dem entsprechen konnten.

Wir sorgten für täglich warme Mahlzeiten, für »Essen auf Rädern«, fanden eine zuverlässige Frau, die einmal in der Woche die Wohnung reinigte. Eine andere, die die Wäsche erledigte und seine Hemden bügelte. Einkaufen wollte er noch allein, obgleich er den riesigen Einkaufswagen in der wie ein Pilz aus dem Boden geschossenen neuen Kaufhalle unmittelbar vor dem Neubaublock kaum bewegen konnte.

Mit meiner Schwester kam ich überein, daß wir, damit der Vater nicht vereinsame, im Wechsel die Wochenenden mit ihm verbringen wollten. Schwester und Schwager, die ein Auto hatten, machten kleine Ausflüge mit ihm oder holten ihn nach Tambach-Dietharz zu sich. Ich kam am Freitagabend mit dem Zug aus Berlin, verbrachte das Wochenende mit ihm, fuhr am späten Abend des Sonntag wieder zurück.

Ich hatte den Kontakt zu meinem Vater nie gesucht. Stets stand meine Mutter im Vordergrund, in der Zeit ihrer Krankheit fast ausschließlich.

Nun war die Nähe zu meinem Vater zwangsläufig notwendig geworden. Ich allein mit meinem Vater ... Ich fürchtete mich vor diesem Zusammensein.

Unser erstes Wochenende. Wie früher mit der Mutter stand er nun allein auf dem Bahnsteig, begrüßte mich mit dem altvertrauten Satz: Da bist du ja, Kind, als ich aus dem Zug ausstieg. Wir fuhren mit der Straßenbahn bis zur Schönen Aussicht, liefen von dort in das Neubauviertel hinunter.

Er war gesprächig, aufgeräumt; so kannte ich ihn nicht. Ich war völlig überrascht.

Am anderen Morgen wies er am Frühstückstisch auf die Butter. Ich esse jetzt Butter, sagte er mit verschwörerischer Miene. Zu Lebzeiten meiner Mutter war das undenkbar, aus Gesundheitsgründen kam nur Margarine auf den Tisch. Auch andere Dinge gönne er sich, erzählte er. Fast jeden Nachmittag kehre er am Buttermarkt im Café Lösche ein, bestelle sich Kaffee und Kuchen. Ich staunte, zu Fuß legte er den weiten Weg vom Neubauviertel in die Stadtmitte zurück.

Ja, fast täglich mache er diesen Spaziergang, bestätigte er mir. Es bekomme ihm gut, erzählte er. Er lächelte, und das Verschwörerische in seiner Miene hielt an.

Er schien wie verwandelt. Es konnte nicht nur die Schwere der Krankheitszeit meiner Mutter sein, die von ihm fiel. Eine Zeit, die er übrigens mit bewundernswerter Geduld ertragen hatte, wie mir erst jetzt bewußt wurde, als ich ihn vor mir sitzen sah. Es war etwas Neues, mir Unbekanntes in ihm, es war, als begänne er ein neues Leben. Seine Heiterkeit, sein erwachter Lebensgenuß.

Vierzehn Tage später, als ich, wie mit der Schwester vereinbart, erneut an der Reihe war und am Freitag von Berlin nach Gotha fuhr, überraschte ich ihn mit einem Sektfrühstück am Sonntagmorgen; Kaviar, Weißbrot und Sekt. Es gefiel ihm sehr. Das könnten wir jeden Sonntag machen, sagte er. Und wir taten es.

Als mein Roman »Ich bin nicht Ottilie« erschien, schenkte ich wie vorher den Eltern nun allein dem Vater das Buch. Die Vorstellung, meine Mutter würde die darin enthaltenen autobiographischen Anklänge auf ihren Wahrheitsgehalt befragt haben, löste noch im nachhinein Unbehagen in mir aus. Und der Vater, wie würde er reagieren?

Er nahm das Buch in die Hand, betrachtete den Umschlag, lobte ihn, las den Rückentext und sagte: Ottilie von Pogwisch. Ich entgegnete, es sei ein Buch über eine heutige Frau. Aber er blieb dabei, wartete mit einer Reihe erstaunlich genauer Details aus der Biographie von Goethes Schwiegertochter Ottilie von Pogwisch auf, und wir sprachen lange über sie. Am Abendbrottisch kam er erneut darauf zurück, wieder überhörte er meinen Einwand, daß es um eine heutige Frau ginge. Und so ließ ich ihn in dem Glauben, daß es eine Arbeit über die historische Ottilie sei, öffnete die Glastür des eichenen Schrankes und stellte das neue Buch zu meinen anderen.

Die gemeinsamen Wochenenden, die durch meine Pflichten als Tochter, durch das Alleinsein, das hohe Alter des Vaters zustande kamen. Meine völlig neue Sicht auf diesen alten Mann. Erst da wurde mir bewußt, wie sehr das großväterliche Urteil, *er taugt nichts*, als Fünf- oder Sechsjährige beim Lauschen an der Tür vernommen, mich geprägt hatte. Von meiner Mutter war es zeitlebens immer erneut bestätigt worden. Somit hatte sie meine Sicht auf den Vater bestimmt. Ich hatte den Vater stets mit ihren Augen gesehen, mich niemals in ihn versetzt. Scham darüber und das Gefühl, meinem Vater gegenüber schuldig geworden zu sein und diese Schuld abtragen zu müssen. Aber wie? Rat- und hilflos suchte ich an unseren Wochenenden jede Gelegenheit, ihm eine Freude zu bereiten.

Die zwei Lebensjahre, die ihm noch vergönnt waren. Ich erinnere mich an unsere Spaziergänge. Täglich unternahmen wir sie, wenn ich da war. Er war noch gut zu Fuß.

Unsere Ziele: Brühl und Rathaus, unterer und oberer Hauptmarkt, Wasserkunst, Orangerie, Rosengarten, Teeschlößchen. Wanderungen durch den Park, um den Parkteich, Pause auf einer Bank. Er erzählte vom Grab Herzog Ernsts II., von den Gräbern der jungen Prinzen auf der kleinen Insel, ich von meinen Schlittschuhkünsten als Kind auf dem zugefrorenen Teich. Wenn wir durch den Innenhof des Schlosses gingen, sprachen wir von Frau Frank, und ich erinnerte ihn, wie im Thronsaal des Museums auf sein Geheiß die Aufsicht das Vögelchen im Käfig zwitschern ließ. Aber auch weite Wege schaffte er noch: Klinge, Müller-Tempel, Lüderitzbrunnen, Krahnberg und Rödchen.

Auch ein Konzert im Spiegelsaal des Schlosses besuchten wir. Ich wollte ein Taxi nach Hause nehmen, es war Herbst und regnete leicht, aber er lehnte strikt ab, mit der Begründung, das sei hinausgeworfenes Geld.

Und stets kehrten wir bei unseren Gängen durch die Stadt oder auf den Krahnberg ein. Im Café Lösche am Buttermarkt, in der Bäckerei Junghans am unteren Hauptmarkt oder im Berggarten. Im Sommer sitzen wir draußen in der Sonne, der Hut des Vaters liegt neben ihm, der leichte Mantel, der Spazierstock; stets hat er sich in Schale geworfen. Wir bestellen Kaffee und Kuchen oder Torte. Schlagsahne, frage ich, und immer nickt er mit jener verschwörerischen Miene, mit der er mir mitgeteilt hatte, er esse jetzt Butter.

Die ganzen zwei Jahre fuhr ich alle vierzehn Tage nach Gotha. Mit Ausnahme der drei Monate, die ich im Frühjahr 1993 als *writer in residence* in Schottland verbrachte. Da schrieb ich meinem Vater fast jeden Tag eine Karte. Wie oft hatte ich früher seine Bitten um Nachricht – nur ein Kärtchen brauche es zu sein – überhört. Jetzt schrieb ich, ich wußte, es freute ihn. Und ich sah ihn in Hausschuhen die Treppe in seinem Neubaublock hinabsteigen, sah ihn im Flur den für ihn viel zu hoch angebrachten Briefkasten umständlich öffnen, die Post entnehmen und mit dem Ausspruch: ein Kärtchen vom Kind, und einem zufriedenen Lächeln die Treppenstufen wieder hochsteigen.

Nach Deutschland zurückgekehrt, fuhr ich, um meine Schwester zu entlasten, für eine Zeit fast jedes Wochenende nach Gotha. Blieb auch zuweilen ein paar Tage länger. Ich erinnere mich, wie er mich bat, ihm in die Badewanne hinein- und wieder herauszuhelfen. Nie hatte ich meinen Vater nackt gesehen. Aber alles ging völlig problemlos. Auch die Fingernägel schnitt ich ihm. Und manchmal sahen wir uns am Abend einen alten Film im Fernsehen an und tranken einen Thüringer Wurzelzwerg.

Unsere Gespräche zum Ende seines Lebens.

27

Jahrzehnte hatte ich erlebt – war ich in Gotha –, wie der Vater Abend für Abend die »Aktuelle Kamera« und dann die »Tagesschau« sah. Wegen seiner Schwerhörigkeit ließ er den Fernsehapparat in voller Lautstärke laufen. Nach dem Ausschalten bestand sein Kommentar stets im gleichen Satz: *Die sind ja alle verrückt.* Ich schwieg. Ich war in dieser Zeit Gesprächen mit ihm über Politik längst aus dem Weg gegangen, um die Spannungen zwischen uns nicht zu vergrößern.

An eine Ausnahme aber erinnere ich mich sehr deutlich. Es war in den aufwühlenden Herbsttagen des Jahres 1989. Da stieg in mir erstmals eine Ahnung auf, wie sehr meine jugendliche politische Besserwisserei ihn bedrängt und gekränkt haben mußte und wie unrecht ich ihm in vielem getan hatte.

An einem Wochenende in diesem Herbst 89 fuhr ich nach Gotha, ein Klassentreffen meiner Oberschule sollte stattfinden. Ich kam von Westdeutschland, hatte dort Lesungen gehabt, unter anderem in der Buchhändlerschule in Frankfurt am Main. Siegfried Unseld, seit einem Jahr neben dem des Aufbau-Verlages mein zweiter Verleger, befragte mich am Messestand auf der Frankfurter Buchmesse nach meiner Einschätzung der politischen Lage in der DDR. Unselds Optimismus zur Situation in meinem Land konnte ich nicht ungeteilt zustimmen. Meine Angst vor Gewaltanwendung der Herrschenden; Ängste vor allem in Zusammenhang mit dem Armee-Sohn, die ich ihm anvertraute. Unselds genaue Fragen. Sein Zuhören-Können. (Die Pressechefin hatte Not, während dieser Zeit Fotografen und Journalisten abzuwehren.) Unser langes, gutes Gespräch. Die Ruhe, die er ausstrahlte. Unselds Versicherung, ich könne jederzeit auf ihn rechnen.

In Gotha dann, beim Treffen der Mädchenklasse 12A schienen sich meine Ängste zu bestätigen. Nicht eine einzige Erinnerung wird getauscht. Es gibt nur *ein* Thema. Mehrere berichten, die Kampfgruppen seien zusätzlich zu ihren Schlagstöcken mit scharfer Munition bewaffnet worden. In Saalfeld und Arnstadt seien friedliche Demonstranten zusammengeschlagen worden. In Gotha habe man in die Augustinerkirche zum Gottesdienst eine große Anzahl Stasimänner eingeschleust, darunter Schlägertypen. Marianne, eine Mitschülerin, die ich immer besonders mochte, sagt düster, ihr Schwager, 5.-Klasse-Abgänger, bei der Kampfgruppe, würde *jeden* Befehl ausführen. Eine andere erzählt, ein Stasimann habe bei einer der Demonstrationen einer jungen Frau gedroht: *Ich werde dich von oben bis unten aufschlitzen.* Ja, *aufschlitzen* habe er gesagt, wiederholt sie. Vor mir die Berichte vom Militärputsch in Chile, Gewaltexzesse, bei denen ganz normale Soldaten zu Folterern mutierten.

Äußerst erregt kam ich nach Hause, berichtete –

was ich nie getan hatte – meinem Vater ungefiltert das Gehörte. Er schwieg. Sein Gesicht drückte kaum Erstaunen aus. Eher glaubte ich so etwas wie Mitleid darin zu erkennen.

Er erhob sich, ein Brief deines Sohnes Joachim ist gekommen, sagte er und reichte mir ein Kuvert mit einem Eilaufkleber. Ich riß es auf. *Da ich Mutter noch nicht erreicht habe*, las ich, *schicke ich die wichtigsten Informationen, was jetzt bei uns los ist. Am Sonntag Abend hat die Polizei hier in Berlin gnadenlos zugeschlagen. Die Demonstranten um die Gethsemanekirche, 3000 Leute, wurden, nachdem die Westpresse weg war, eingekesselt, auf die Schönhauser getrieben, die abgesperrt war und niedergeknüppelt. Es gab hunderte Verhaftungen und eine ganze Reihe Leute sind noch nicht wieder aufgetaucht, die Polizei verweigert sogar den Angehörigen eine Auskunft …*

Was schreibt er, fragt mein Vater. Und ich lese weiter, nun laut. Joachim berichtet vom Fackelzug am Vorabend des 40. Jahrestages der DDR, an dem er mit seiner Freundin teilgenommen hat. Sie hätten *große Angst* gehabt, *aus den Reihen gezerrt und verprügelt* zu werden oder ihre *Kameras zerschlagen zu bekommen.* Von der Aggressivität der bestellten grölenden Blauhemden lese ich. Alles sei abgesperrt gewesen, nur ein Spalier von Polizisten und Stasitypen, keine Zuschauer. Dann steht da ein Satz, ich überfliege ihn, stocke, der Vater drängt, ich lese vor: *Wir waren Zeuge einer Veranstaltung die in ihrer Strenge und Manipulierbarkeit nur 56 Jahre zuvor so stattgefunden hatte*, schreibt der Enkel.

Mein Vater nickt mehrmals. Lies das letzte noch mal, sagt er. Ich tue es. Der Satz steht unerbittlich im Raum. Die sich annähernden Erfahrungen unterschiedlicher Generationen in verschiedenen Systemen. Ich denke daran, wie oft mein Vater bei unseren früheren politischen Streitereien Parallelen zwischen Faschismus und Stalinismus gezogen hat, die ich vehement geleugnet hatte.

Stand für diese Analogien nicht das von ihm oft kritisch, fast höhnisch ausgesprochene Wort von »den großen Genossen«? 1953/54 hatte ich es erstmals in Zusammenhang mit jenem in den Westen geflohenen Direktor des VEB gehört, dessen unlautere Machenschaften ihm so zugesetzt hatten. Bis in sein hohes Alter wiederholte er dieses ironische, abschätzige Wort von »den großen Genossen« immer wieder. Er meinte damit sowohl die einstigen faschistischen Machthaber, die ihn 1934 gemaßregelt hatten, als auch die nunmehrigen Vertreter der Macht in der DDR. Seine Lebenserfahrungen drängten ihm diese Erkenntnisse auf, er sah in beiden Systemen die gleichen Symptome. Das begriff ich an diesem Abend.

Wieder glaubte ich, im Blick meines Vaters eine Art Mitleid zu bemerken. Mit mir? Mitleid, daß ich so lange an diesen Staat geglaubt, in ihm noch immer *mein wärmendes Ländchen* unbeirrbar sehen wollte, obgleich es längst zum *Totenhaus* geworden war. Das am Abend Gehörte. Der Brief. Der Satz des Sohnes. Ein Endpunkt.

Ich begriff an diesem düsteren Herbstabend – was immer geschehen würde –, die DDR war unrettbar verloren, sie würde in einen Abgrund stürzen, würde sich in nichts auflösen. An diesem Abend behielt ich meine Gedanken für mich. Auch der Vater schwieg.

Erst in seinen beiden letzten Lebensjahren, als sich Offenheit und Vertrautheit zwischen uns hergestellt hatten, kamen wir darauf zurück, und es war ein gutes Gespräch. Die Versöhnung war für uns beide heilsam. Ich entschuldigte mich für meine penetrante politische Rechthaberei und Besserwisserei als junges Mädchen, sagte, erst jetzt ahne, wisse ich, wie sehr ihn das verletzt und gekränkt haben müsse, sagte, daß es mir leid täte. Der Vater lächelte, ging nicht darauf ein. Er erwiderte: Du warst eben ein Kind deiner Zeit. Kein Groll, kein Verurteilen im nachhinein.

Unsere vielen anderen Gesprächsthemen. Eines immer wieder: seine Reisen als junger Mann. Aber auch über meinen Großvater sprach er, über die Konkurse seiner Firmen. Er sei zu gutgläubig, zu naiv mit Krediten umgegangen, vom Bankgeschäft habe er wenig verstanden, sei für Ratschläge nicht offen gewesen.

Über meine Mutter sprach er seltsamerweise nie. Und ich vermied es ebenfalls.

Ich hörte zu. Ich fragte. Niemals aber berührte ich unseren früheren heftigen Streitpunkt: die Juden in Gotha. Ich schämte mich meiner einstigen Aufdringlichkeit, meines Insistierens.

Und dann kam jener Tag, da mein Vater ungefragt die vielen Namen seiner jüdischen Gothaer Mitbürger fast atemlos hervorstieß, so als habe er sie in seinem Inneren lange gespeichert und müsse sie nur ablesen. Namen von Arztpraxen, Anwaltskanzleien und von Geschäften, die ihnen gehörten, Straßen, in denen sie wohnten, Hausnummern; Länder, wohin sie ausgereist waren. Hatte er es also immer gewußt, mir aber mit Absicht vorenthalten? Anders konnte es nicht sein.

Ich war tief berührt, nahm es als ein Zeichen der Versöhnung, wagte nichts zu sagen, auch nicht nach dem Namen Goldschmidt zu fragen, der nicht in seiner Aufzählung vorkam.

Es war ein glücklicher Moment, in dem wir stumm nebeneinander saßen, lange schwiegen und ich schließlich meinen Vater wortlos und schüchtern umarmte.

Das war schon nach seinem 90. Geburtstag, den wir am 22. Januar 1993 feierten. Allein machte er täglich seine Gänge. Nicht nur mit uns, mit meiner Schwester und mir, ging er spazieren. Aber seine Kräfte nahmen ab, seine Kreise verkleinerten sich. Die Wege in die Innenstadt zu den Konditoreien und Cafés wurden für ihn, den passionierten Fußgänger und Wanderer, den seine Freunde einst den *Kilometerfresser* genannt hatten, immer beschwerlicher. Schließlich nicht mehr gehbar. Er mußte sich mit der Gaststätte »Freundschaft« im Neubauviertel begnügen. Dort trank er seinen Kaffee, aß seinen Kuchen. Die Bedienungen kannten ihn, er schäkerte mit ihnen, wie ich einmal, als ich ihn dort abholte, belustigt feststellte. Dann aber wurde ihm auch dieser kurze Weg zur »Freundschaft« zu anstrengend.

Schließlich war es in dem tristen Neubauviertel nur noch der eigene Häuserblock, den er täglich umrundete. An der Stirnwand des Blockes prangte eine riesige Autoreklame: *Es kommen die Löwen von Peugeot,* stand da. Einmal – das ist mir unvergeßlich –, als ich ihn auf seinem Gang um den Häuserblock begleitete, sagte er mit einem verächtlichen Blick auf die Reklame: Das war einmal eine Residenzstadt mit Kultur.

Er wurde schwächer und schwächer, aber er blieb allein in der Wohnung. In den letzten Oktobertagen 1993 verließen ihn die Kräfte, er mußte sich niederlegen. Meine Schwester nahm ihn zu sich.

Ich fuhr dorthin, saß an seinem Bett. Er war geistig völlig klar, erzählte von seinen Wanderungen im Thüringer Wald und immer wieder von der Zärtlichkeit einer Frau namens Rosemieze, wohl eine frühere Freundin. Von meiner Mutter, entsinne ich mich, sprach er nach ihrem Tod nicht ein einziges Mal. Als ich ihn auf die Toilette begleitete, er konnte, gestützt, noch laufen, sagte er: *Mit mir ist nichts mehr los*. Da ich Lesungen hatte, mußte ich ihn für einige Tage verlassen. Ich verabschiedete mich von ihm mit einem verlegenen *Machs gut!*. Er küßte mich auf die Stirn, lächelte und sagte *Machs besser!*. Drei Tage später erreichte mich in Wolfsburg die Nachricht von seinem Tod. Am 11. November 1993 war er gestorben. Dieses *Machs besser!* war sein letztes an mich gerichtetes Wort.

Meine Dankbarkeit für die Zweisamkeit in den beiden letzten Jahren meines Vaters. Das Leben war nicht rückwärts zu drehen, das Geschehene, mein über eine so lange Lebensstrecke ungerechtes Urteil mit allen seinen Folgen in meinen Handlungen, nicht aufzuheben. Es blieb die Beschämung. Die Schuld. Aber dennoch auch das erleichternde Gefühl des Nicht-zu-spät. Ich hatte, wenn auch knapp und auf der allerletzten Wegstrecke meines Vaters, mein ungerechtes Urteil über ihn revidiert, hatte ihm ein wenig Freude geben können und war im Guten von ihm geschieden.

28

Im Winter 1994, wie bereits erzählt, die Zäsur. Die Übergabe der leeren väterlichen Wohnung. Die letzte Straßenbahnfahrt, der vermeintliche Abschied für immer, der für eine Zeitspanne von sechs Jahren Realität bleiben sollte.

Dann die Einladung zu einer Lesung nach Gotha, weitere folgen und damit der Beginn eines neuen Kapitels in meinem Verhältnis zu meiner Heimatstadt.

Bei jedem Aufenthalt im Hintergrund stets beunruhigend das nicht aufgearbeitete schwierige Verhältnis zu meinem Vater. Es konnten Orte sein, die mich auf mein Säumnis stießen: Schloß, Margarethenkirche, die Cafés in der Innenstadt. Oder Erinnerungen an Worte, Satzfetzen, stumme Auseinandersetzungen, bei denen ich mich in meiner kindlichen Besserwisserei dem Vater überlegen glaubte. Zum Beispiel im Hinblick auf Ernst den Frommen, den Adligen, den Verruchten.

Keiner meiner Besuche in Gotha vergeht, ohne daß ich nicht, zum Schloß Friedenstein hinaufsteigend oder herabkommend, ihm begegne. Er ist nicht zu übersehen. Dreieinhalb Meter groß steht er da, auf einem dreistufigen Sandsteinpostament, geschaffen von dem Berliner Bildhauer Caspar Finkenberger, gegossen aus Bronze. Zu seinem 300. Geburtstag wurde das Standbild beschlossen, im Jahr 1904 eingeweiht. Es hat sogar die DDR-Zeiten überstanden. 1999 ist es umfassend saniert worden.

Und ist mir nicht der Trauerzug, der den Sarg Ernsts des Frommen in die Gruft begleitete, begegnet, als ich allein in der Kirchenbank in Sankt Margarethen saß? Da war er schon ein Toter. Was aber hat er im Leben geleistet?

Oliver Cromwell, der englische Staatsmann, lese ich, sieht in ihm neben dem brandenburgischen Großen Kurfürsten Friedrich Wilhelm und dem schwedischen König Karl X. einen *der drei klugen Fürsten Europas*.

Fast fünfunddreißig Jahre regiert Ernst I., genannt der Fromme, zunächst das Herzogtum von Sachsen-Gotha, dann mit einem beträchtlichen Gebietszuwachs, das Herzogtum von Sachsen-Gotha-Altenburg. Er gilt als wirkungsreichste Persönlichkeit Thüringens im 17. Jahrhundert.

Von seiner Geburt her ist Ernst keinesfalls zum Thronfolger bzw. Herrscher über ein eigenes Territorium bestimmt. Er ist ein Spätgeborener, als neuntes Kind des Herzogs von Sachsen-Weimar und seiner Frau Dorothea Marie kommt er am 25. Dezember 1601 in Altenburg zur Welt. Er wächst in Weimar auf. Noch heute ist er auf dem Fürsten-Epitaph in der Herderkirche zu sehen, kniend, mit zwei seiner Brüder, die Hände zum Gebet erhoben. Schon früh soll er in religiösen Dingen einen großen Eifer entfaltet haben, bereits als Neunjähriger wünscht er sich das Alte Testament zu Weihnachten. Aber er interessiert sich ebenso für mathematische Disziplinen wie Fortifikationslehre und Artilleristik.

Als er siebzehn ist, beginnt der Krieg, den man den Dreißigjährigen nennen wird und der seinen Plan eines Universitätsstudiums zunichte macht. Er muß das Handwerk des Tötens lernen. Mehrfach nimmt er an Kämpfen teil. 1631 als Obrist eines Reiterregimentes im Heer von Gustav Adolf II. Im Gegensatz zu seinem Bruder Bernhard, der den Ruf eines bedeutenden Feldherrn erlangt (der junge Goethe und auch Jakob Michael Reinhold Lenz beschäftigen sich später mit ihm), entwickelt Ernst wenig militärischen Ehrgeiz. Nach der Schlacht von Lützen wird er Verwalter der eroberten Bistümer Würzburg und Bamberg. Als die Protestanten nach dem Prager Frieden die Gebiete wieder aufgeben müssen, geht Ernst nach Thüringen zurück.

Wieder in Weimar, beschließt er, eine Familie zu gründen. Am 24. Oktober 1636 heiratet er die siebzehnjährige Prinzessin Elisabeth Sophie, die einzige Tochter von Johann Philipp von Sachsen-Altenburg. Die Hochzeit findet auf Schloß Altenburg statt.

An dem Tag, an dem sich die Hochzeit zum 375. Mal jährt, am 24. November 2011, erinnert die Stadt Gotha mit einem Festakt daran. Der Hintergrund: 1636 wird ein Maler namens Christian Richter beauftragt, das Brautpaar zu porträtieren. Es entsteht ein kleines Ölgemälde. Ein kostbarer Gothaer Besitz, der im Zweiten Weltkrieg verlorengeht. Als Kriegsbeute gelangt das Bild mit anderen wertvollen Gemälden in die

UdSSR und befindet sich heute in den Beständen des Puschkin-Museums in Moskau.

Knut Kreuchs langjähriger Kontakt zu Irina Antonowa, der legendären russischen Museumsdirektorin. Sein diplomatisches Geschick und seine Beharrlichkeit führen dazu, daß das Moskauer Museum eine Kopie anfertigt und diese Gotha anläßlich des Hochzeitstages von Ernst und Elisabeth Sophie zum Geschenk macht. Tatjana Potopowa, die stellvertretende Leiterin des Puschkin-Museums, übergibt sie der Stadt.

Beglückender wäre die Rückkehr des Originals, aber auch so ist die Freude groß. Der Thronsaal. Ich bin überrascht, diesen schönen Raum, den man sonst nur mit Filzpantoffeln an den Füßen während des Museumsrundgangs betreten darf, durch eine festlich gestimmte Menge belebt zu finden.

Ich sitze in der ersten Reihe neben einem Mann, der mir als Prinz Andreas vorgestellt und mit *Eure Hoheit* angeredet wird. Mir kommt mein Vater in den Sinn, auf dessen Wink, betraten wir den Saal, die Aufsicht den kleinen Vogel im goldenen Käfig jubilieren ließ. Würde der Vater jetzt spöttisch-ironisch auf seine den Adel einst verdammende Tochter blicken? Ich bin mir unschlüssig. Entsinne mich, wie er mehrfach stolz den genealogischen Adelskalender erwähnte, der den Namen der Stadt in der ganzen Welt bekannt gemacht habe, und ich spitz dagegensetzte, Karl Marx' Schrift »Kritik des Gothaer Programms« scheine mir wesentlicher.

Inzwischen besitze ich sogar einen dieser Adelskalender; ein Geschenk meines Schriftstellerfreundes

Albert von Schirnding: »Gothaisches Genalogisches Taschenbuch auf das Jahr 1854«, ein kleines, in Leinen gebundenes Büchlein im Oktavformat, erschienen im Verlag Justus Perthes in Gotha.

Dieser Prinz aber hat den Platz in der ersten Reihe nicht wegen seines Adelstitels, sondern in seiner Eigenschaft als Ehrenbürger der Stadt Gotha.

Die siebzehnjährige Elisabeth Sophie auf dem kleinen Ölbild.

Achtzehn Kinder wird sie Ernst gebären, zwölf Söhne und sechs Töchter, zum Zeitpunkt der Geburt des letzten Kindes wird sie vierundvierzig Jahre alt sein.

Unmittelbar nach der Hochzeit gibt Ernst bei dem Nürnberger Drucker Wolfgang Endter eine Bibel in Auftrag. Diese »Ernestinische Bibel« – mit Bildern, zudem mit Kommentaren von wichtigen Theologen Thüringens versehen – ist grafisch hervorragend gestaltet und gehört zu den bedeutendsten Leistungen des deutschen Bibeldrucks überhaupt. Ernst vereinbart, daß von dem kostspieligen Druck *jeweils sibenzig Exemplare ohne endgelt* an die Gemeinden geliefert werden. Den letzten Bogen nimmt der Nürnberger Drucker am 24. Dezember 1640 aus der Presse.

In diesem Jahr 1640 übernimmt Ernst, neununddreißig Jahre jung, als Ernst I. die Regentschaft über Sachsen-Gotha. Der Krieg tobt seit zweiundzwanzig Jahren. Der Zustand des Landes ist katastrophal. Wechselnde Truppendurchzüge, Einquartierungen, Teuerungen, Plünderungen, Hungersnöte, Epidemien und Brandschatzungen. Die *Verheerung* – im Wortsinn – vor der Lützower Schlacht, als die Truppen Wallensteins *zwey Drittel von der Stadt Gotha nämblich 600 Häuser in Brand legen*.

Der Regent steht vor dem Nichts. Umgehend nimmt er den Kampf gegen das Elend auf. Er fördert Kirchen, Schulen und die Wissenschaft, erläßt Verordnungen zur wirtschaftlichen Wiederbelebung des Landes, verbessert die Wassersituation der Stadt und das Gesundheitssystem, dämmt die Quacksalberei ein, regelt die Steuern neu.

Das Geheimnis seines relativ schnellen Erfolgs besteht wohl darin, daß er sich einen gut funktionierenden und ihm ergebenen Beamtenapparat schafft und mit dessen Hilfe – allerdings die Befugnisse der Bürger und ihrer Vertreter im Rat der Stadt zurückdrängend – sein Regime zu einem streng patrimonialen Staatswesen ausbaut.

Weiterhin, daß er fähige Köpfe von außerhalb an seinen Hof nach Gotha holt. Aus Jena den Theologen Salomon Glassius, aus Schleusingen den Schulmeister Andreas Reyher und Veit Ludwig von Seckendorff, den aus altfränkischem Adel stammenden Staatsrechtler.

Andreas Reyher zum Beispiel entwickelt im Auftrag des Regenten Unterrichtsmaterialien, das »Teutsch ABC- und Syllaben-Büchlein«, das »Teutsche Lesebuch«. Und ein Werk, das bis heute als eines der ersten Schulbücher mit nicht vordergründig religiösem Inhalt gilt: »Kurtzer Unterricht von Natürlichen Dingen«. In ihm werden Erde und Sternenhimmel, Pflanzen und Tiere und schließlich der Mensch (*desselben zwey wesentliche Stücke sind: Leib und Seele*) vorgestellt.

Von Seckendorff, zunächst zum Hof- und Justizrat, später zum Hof- und Kammerrat, schließlich zum Präsidenten von Regierung und Kammer ernannt, liefert zur Praxis des Herrschers die Theorie. Er verfaßt das Buch »Teutscher Fürsten-Staat«, nennt es den Bericht eines *politicus practicus*. Das darin entworfene Bild eines idealen Fürsten trägt unverkennbar die Züge Ernsts des Frommen.

Nach dem Vorbild von Andreaes Staatsutopie »Reipublicae Christianopolitnae Descriptio« will dieser sein Herrschaftsreich gestalten. Dazu gehört auch das Bauwerk, das in seiner Regierungszeit entsteht: die ungewöhnlich weiträumige dreiflüglige Anlage des barocken Schlosses mit dem der Stadt zugewandten Corps de logis und den beiden massiven Türmen. Dieses Gebäude vereint alles, was er für sein patrimoniales Regime benötigt: herzogliche Wohn- und Repräsentationsräume, Kirche und Räume für die Verwaltungsbereiche der Landeskollegien. Das im Schloß befindliche Archiv weist es als juristischen Mittelpunkt aus, die Münze macht es zum wirtschaftlichen Zentrum; der vorhandene Marstall sowie Schmiede und Zeughaus stehen für die Landesverteidigung. Und mit Bibliothek und Kunstkammer im Westturm ist es zugleich das geistig-kulturelle Zentrum des Landes.

Als Protestant ist für Ernst I. Luthers Lehre Richtschnur seines Handelns. Als *wahrer Christ* will er leben. Frömmigkeit bedeutet ihm – wie auch Luther – zugleich Mut und Rechtschaffenheit. Er ist überzeugt, daß für ihn, heilsgeschichtlich gesehen, vor dem Jüngsten Gericht, in seiner sozialen Stellung als Landesvater, die strengsten Maßstäbe gelten. *Ein Fürst*, äußert er, *der Gott nicht gehorcht, ist nicht fähig Menschen zu regieren.*

Nimmt aber Martin Luther den Menschen, so wie er ist, als unvollkommen, will ihm helfen, sich in der Welt zurechtzufinden und einzurichten, so strebt der Gothaer Regent darüber hinaus, er sieht Luthers Werk für noch nicht vollendet an und fühlt sich berufen, es weiterzuführen. Dabei ist der Gedanke der Erziehung, nicht nur der Kinder, sondern aller Untertanen für ihn ausschlaggebend; die *Erziehung* zu *Gottesfurcht* und *Tugend*, zu tätiger Frömmigkeit im Sinne von *beten und arbeiten.*

Er erläßt dazu Verordnungen, verbietet Feste, unter anderem das Schützenfest. In einem »Patent wegen Entheiligung des Sabbats« werden das *üppige gegen einander Lauffen der Gesellen und Weibsbilder ... wie auch öffentliche und heimliche Kugelplätze ... Charten- und andere liederliche Spiele* untersagt. Auch mit seinem »Informationswerk« will er dem *unsittlichen Lebenswandel* Einhalt gebieten. Hunderte *Inspectores disciplinae* werden dazu ausgeschickt, Führungslisten über Untertanen anzulegen, unsittlichen Lebenswandel anzuzeigen, das heißt, die Einhaltung der Vorschriften des »Informationswerkes« zu prüfen. Lügengerichte werden geschaffen, Geldstrafen für moralische Verfehlungen verhängt.

Zweifellos ist dieses »Informationswerk« ein Dokument von ethischem Rigorismus. Ihm ist wenig Erfolg beschieden. Oft werden diese *Inspectores discipli-*

nae tätlich angegriffen und verjagt. *Bet-Ernst* nennen die Untertanen den Regenten spöttisch.

Das ist eine seiner Seiten – die anderen aber? Ich versuche mich Ernst dem Frommen über die beiden Porträts zu nähern, die von ihm existieren. Jenes kleine Ölbild, gemalt 1636 von Christian Richter anläßlich seiner Hochzeit mit Elisabeth Sophie. Und das Bild eines unbekannten Meisters, nach dem Johann Jacob von Sandrart später seinen Kupferstich schafft, welcher dann auch dem Schöpfer des Denkmals als Vorlage dient.

Die Gesichtzüge des fünfunddreißigjährigen Ernst auf dem Hochzeitsbild: ein aufmerksamer Blick, ernste Augen, eine starke Nase, langes schwarzes Haar, dunkler Schnurrbart. Das Ölbild des unbekannten Meisters zeigt Ernst in seinen letzten Lebensjahren. Alles kehrt im Altersbild wieder, in abgewandelter Form. Jetzt ist das Gesicht vom Leben gezeichnet, die fast stechenden Augen sind prüfend auf den Betrachter gerichtet, die Augenbrauen sind nach oben gezogen, die Stirn ist mit Falten übersät, das immer noch lange Haar scheint grau geworden zu sein. Kühle und Strenge geht von ihm aus. Das Gesicht ist schmal, man vermutet einen schlanken, fast asketischen Körper. Da ist nichts Opulentes, Barockes, wie man es von vielen Fürstenbildern aus dieser Zeit kennt.

Lebt er selbst nach seiner für die Untertanen aufgestellten Maxime *bete und arbeite*? Soviel weiß man: Er feiert im Schloß keine barocken Prunkfeste, auch dem Theater ist er abhold; er unterhält eine kleine Hofkapelle, die aber wohl im wesentlichen religiöser Erbauung dient.

Aber an den Künsten ist er interessiert. Mit der wirtschaftlichen Erholung des Landes beginnt er, die Sammlungen seiner Vorgänger zu erweitern. Dabei legt er besonderen Wert auf die Bibliothek, sammelt Prachtausgaben und wertvolle Handschriften, erwirbt oder läßt illustrierte botanische Bücher anfertigen. Er erweitert die Kunstkammer, besonders astronomische Instrumente und Uhren haben es ihm angetan. Ernst der Fromme ist es, der durch sein ernestinisches Erbteil und seine Ankaufspolitik jenes barocke Universum begründet, das heute europa- ja weltweit den Glanz der Gothaer Sammlungen ausmacht.

Ein Beispiel. Auf dem amerikanischen Kontinent, in Minneapolis, wird zur 500-Jahrfeier der Reformation der »Gothaer Tafelaltar« gezeigt. Ernst der Fromme hat diesen um 1540 in der württembergischen Werkstatt von Heinrich Füllmaurer geschaffenen Altar erworben. Seit 1658 ist er in Gotha belegt.

Er wirkt wie ein monumentales Geschichtsbuch, eine große Bilderbibel. Zwölf Seitenflügel sind zu beiden Seiten des Altar-Mittelteils angeordnet, die insgesamt 160 Tafeln erzählen Szenen aus der Schöpfungsgeschichte und aus dem Leben Jesu.

Ich habe diesen Altar, der im Schloß im Raum des berühmten »Gothaer Liebespaars« ein Schattendasein führte, erstmals 2013 bei der Eröffnung des Herzoglichen Museums bewußt wahrgenommen. Seither liebe ich ihn; stundenlang kann man davorsitzen, die feingearbeitete Figurenwelt und die dekorativen Kartuschen betrachten und die auf jeder Tafel erklärenden Bibeltexte in deutscher Sprache entziffern. Inzwischen ist der Altar in siebzehnmonatiger Arbeit aufwendig restauriert worden.

Gut vorstellbar, Ernst dem Frommen diente dieser nicht für eine Kirche bestimmte Altar zur pädagogischen und theologischen Unterweisung seiner Kinder. Auf dem »Gothaer Tafelaltar« fehlt den Heiligen der Heiligenschein, und die Teufelsgestalten tragen Mönchskutten – er ist ein Werk der Reformation, in ihm spiegeln sich die konfessionellen Auseinandersetzungen der Zeit.

Sympathisch und sehr heutig ist mir auch Ernsts Engagement für die Verständigung der Religionen. So empfängt er den presbyterianischen Theologen John Durie aus Schottland, und über den russischen Zaren Alexej setzt er sich für die von der russisch-orthodoxen Kirche bedrängten deutsch-evangelischen Gemeinden in der Moskauer Sloboda ein. Er lädt den äthiopischen Priester Abba Gregorius, der als einer der ersten Schwarzafrikaner Deutschland bereist, nach Gotha ein, über Monate hält er sich am Hof auf. Ernst sagt ihm lebenslange Unterstützung zu. Als Gregorius auf der Rückreise nach Afrika ums Leben kommt, schickt der Herzog eine Expedition nach Äthiopien. Jedesmal, wenn ich das Gothaer Rathaus betrete und auf den Schwarzhäutigen mit rotem Turban und weißen Pluderhosen blicke, der einst eine Außenwand des Gasthofes »Zum Mohren« zierte, fällt mir Ernst der

Fromme ein. Mit diesem Schwarzhäutigen assoziiere ich jenen Gregorius.

In der Herrschaftszeit Ernsts des Frommen entsteht das gewaltige Schloß, bis heute das Wahrzeichen Gothas. Diesem Schloß gibt er symbolisch den Namen *Friedenstein.* Zehn Jahre nach seinem Machtantritt, zwei Jahre nach Beendigung des Dreißigjährigen Krieges, zum Friedensfest 1650, läßt Ernst I. eine Kartusche über dem Hauptportal anbringen, auf der die Figuren von *Frieden* und *Gerechtigkeit* zu sehen sind. Sie umarmen und küssen sich. Auch das ein Symbol. Bis heute. *Fride Ernehret, Unfriede Verzehret* ist als Umschrift zu lesen.

Die nach oben gezogenen Augenbrauen, die mit Falten übersäte Stirn, der schlanke, fast asketische Körper Ernsts auf dem Altersbild.

Er war wohl nie von robuster Gesundheit, mit zunehmendem Alter verschlechtert sich sein Zustand. Am 8. August 1674 erleidet der Zweiundsiebzigjährige einen Schlaganfall. Am 19. September desselben Jahres tritt er letztmalig öffentlich in Erscheinung, empfängt einen Gesandten des russischen Zaren. Einen Monat später überträgt er seinem ältesten Sohn als *bevollmächtigtem Regenten* die Staatsgeschäfte. Dieser Schritt bereits zu Lebzeiten des Herrschers ist ungewöhnlich. Fünf Monate bleiben ihm noch. Am 22. März des Folgejahres ein zweiter schwerer Schlaganfall. Vier Tage später, am 26. März 1675, stirbt er. Die Aufbahrung in der Schloßkirche, dann der Trauerzug mit seinem Sarg vom Friedenstein hinab zur Margarethenkirche, seine Bettung in der für ihn geschaffenen Gruft.

Ebenso ungewöhnlich wie die Übergabe seiner Staatsgeschäfte noch zu Lebzeiten sind seine testamentarischen Verfügungen. Bereits 1654, mit dreiundfünfzig Jahren, setzt er ein Testament auf. Als sich 1672 sein Herrschaftsgebiet um Teile des Altenburger Landes erweitert, faßt er seinen letzten Willen neu.

Alle seine Söhne (sieben leben noch) erklärt er gleichermaßen für erbberechtigt, dem Ältesten spricht er eine Art Oberherrschaft zu. Das heißt, er hebt das Vorrecht des ältesten Sohnes auf die Regentschaft auf, verzichtet auf die sogenannte *Prinogenitur*. Später wird dies in der Rechtsgeschichte als *Nexus Gothanus* bezeichnet werden. Was ihn zu diesem Schritt bewogen haben mag, frage ich mich. Seine eigene späte Geburt als achtes Kind? Ein absolutes Vertrauen in seine Söhne?

Die Streitereien unter seinen Erben sind durch dieses Testament vorprogrammiert. Sie beginnen unmittelbar nach seinem Tod und dauern fünf Jahre. Jeder der Söhne strebt nach Macht und einem eigenen Herrschaftsbereich. Am 24. Februar 1680 wird die Landesteilung beschlossen; das thüringische Fürstentum, unter Ernst dem Frommen mit Abstand zum größten herangewachsen, wird zerschlagen.

Friedrich, 1646 geboren, übernimmt als Friedrich I. das Herzogtum Sachsen-Gotha-Altenburg mit der Residenzstadt Gotha. Ihm gelingt, durch Verhandlungsgeschick und die väterliche Vollmacht zur Oberherrschaft, zwei Fünftel des väterlichen Erbes zusammenzuhalten.

Für die anderen Söhne werden sechs gothaische Nebenlinien geschaffen. Der 1648 geborene Albrecht wird Herzog von Sachsen-Coburg. Dem ein Jahr jüngeren Bernhard wird das Herzogtum Sachsen-Meiningen zugesprochen. Der dreißigjährige Heinrich wird zum Herzog von Sachsen-Römhild ernannt, der siebenundzwanzigjährige Christian zum Herzog von Sachsen-Eisenberg. Und der 1658 geborene Johann Ernst gründet das Herzogtum Sachsen-Hildburghausen.

In allen diesen neu geschaffenen gothaischen Nebenlinien, diesen winzigen Herrschaftsbereichen, diesen Duodezfürstentümern, entstehen Residenzen mit aufwendigen Verwaltungsapparaten. Hatte es Ernst der Fromme geschafft, den größten Teil des ernestinischen Landes wieder in einer Hand zu vereinigen und den Blick nicht nur Deutschlands, sondern auch Europas auf sich zu richten, so führt die Dezentralisierung und Zerstückelung des Landes nach seinem Tod dazu, daß die *Ernestiner* endgültig politisch bedeutungslos werden, im Gegensatz zu den von Herzog Ernst wegen ihrer Prunksucht und Verschwendung verachteten *Albertinern*, die im europäischen Machtkonzert, insbesondere unter August dem Starken, nun entschieden den Ton angeben.

Diese winzigen thüringischen Fürstentümer aber kompensieren ihre wirtschaftliche und politische Bedeutungslosigkeit durch religiöses und insbesondere kulturelles Engagement. Die Aufklärung fällt dort auf einen günstigen Boden. Bürgerliche haben Zutritt und Aufstiegschancen bei Hofe. Ein höfisches Bürgertum entsteht, an die Stelle der Ratsherren tritt der Hofstaat, in dem sich in diesen kleinen thüringischen Gebilden eine eigenartige Symbiose von Staat, Religion und Kultur vollzieht. Das Herzogtum Sachsen-Gotha-Altenburg mit seiner Residenzstadt Gotha, dem ersten *stehenden* Theater in Deutschland unter Conrad Ekhof kann dafür als Beispiel gelten, aber auch der Meininger Hof mit seinem Theaterherzog und am sinnfälligsten der Weimarer Musenhof unter Anna Amalia, dann unter Herzog Carl August; ein Fürstenhof, der durch Wieland und Herder, Goethe und Schiller einen ersten Platz in der deutschen Kultur- und Geistesgeschichte einnehmen wird.

29

Die Beschäftigung mit Ernst dem Frommen und seiner Wirkenszeit im 17. Jahrhundert verführt mich, ein weiteres Jahrhundert zurückzugehen: zu Friedrich Myconius.

Die Schule, die ich von der ersten bis zur achten Klasse besuchte, trug seinen Namen. Myconius war es, der den ersten Gottesacker außerhalb der Stadtmauern veranlaßt hatte und aus dessen Aufzeichnungen ich in Zusammenhang mit der Margarethenkirche und dem Leinakanal bereits zitiert habe. Was weiß ich noch? Von meinem Vater hörte ich nichts über ihn. Und in der Schule war nur von einem einzigen Kirchenmann, von dem charismatischen Thomas Müntzer die Rede, dem Anführer der aufrührerischen Bauern, von der Schlacht auf dem Mühlberg und der Hinrichtung Müntzers. Machten wir nicht sogar einen Schulausflug nach Bad Frankenhausen?

Ganz sicher hätte Myconius, hätten wir im Unterricht etwas über ihn erfahren, dasselbe Verdikt getroffen, das über Luther verhängt wurde; ein Fürstenknecht sei er, ein Knecht der Fürsten, hieß es, erinnere ich mich.

Aber auch in der Christenlehre, die ich doch in dem an meine Schule angrenzenden Augustinerkloster für einige Jahre besuchte, bis ich in die Sonntagsschule der »Christlichen Wissenschaft« wechselte, hörte ich nichts über Myconius.

Die Gothaer Forschungsbibliothek in den Räumen des Schlosses Friedenstein, hoch über der Stadt. Meinen Arbeitsplatz in der Fensternische, an dem ich früher immer saß, den ich so liebte mit seinem weiten Blick in die Ferne, gibt es nicht mehr. Lange Tische, an denen die Benutzer arbeiten. Nur das gelegentliche Umblättern von Seiten und die Geräusche der Computertastaturen sind zu hören. Ansonsten Stille. Und der vertraute Geruch, der den alten Folianten und Büchern entströmt.

Vor mir liegen wieder die Aufzeichnungen von Myconius. Erst lange nach seinem Tod werden diese Quellen wiederentdeckt und von dem Gothaer Theologen und Bibliotheksdirektor Ernst Salomon Cyprian 1715–17 unter dem Titel »Friedrich Myconius. Geschichte der Reformation« herausgegeben. *Es ist doch ja ein arg Ding,* lese ich, *daß, nach Erffurth, Gotha fast die beste und fürnehmste Stadt im gantzen Fürstentum Thüringen etliche hundert Jahr gewesen … daß doch so gar nichts von Historien aufgezeichnet worden.* Seine Notizen seien *nur für die Nachkommen dieses christlichen Kirchspiel⟨s⟩ der Stadt Gotha* gedacht. Myconius gibt sich bescheiden, gegen *Luther und Melanchthon* könne er nur *eine Krähe oder einen Raben abgeben.*

An den Namen Myconius ist die Durchsetzung der Reformation in Gotha gebunden. Er ist der erste vom sächsischen Kurfürsten Johann Friedrich berufene evangelische Prediger am Gothaer Marienstift. Später einer der zwölf Superintendenten im ernestinischen Thüringen. Er ist mit Philipp Melanchthon befreundet. Ebenso mit Martin Luther, der ihn außerordentlich schätzt, mitunter seinen Rat einholt, ihn 1537 zum Generalvisitator von ganz Thüringen ernennt. Myconius ist auf Reichstagen und Fürstenkongressen anwesend, reist mit einer Gesandtschaft nach England zu König Heinrich VIII. Er predigt in Zwickau und Leipzig und an vielen Orten im sächsischen Land. Vor allem aber in Gotha.

Ein Holzschnitt nach einer Vorlage von Lucas Cranach d. Ä. zeigt ihn. Eine Münze trägt sein Brustbild.

Der Weg des Reformators: 1490, am 26. Dezember, wird Friedrich Mecum, der der Sitte der Zeit folgend seinen Namen latinisiert, in Lichtenfels in Oberfranken geboren. Zunächst besucht er die Stadtschule in Lichtenfels. Mit zwölf Jahren dann die Lateinschule im erzgebirgischen Annaberg. Dort hat der Katholik sein entscheidendes Erlebnis, er begegnet dem *Predigermönch, Johannes Tezel genannt, dem große⟨n⟩ Clamant-Commissarius und Ablaßprediger in Germanis. Er predigt unzählig viel Geldes, das er alles gen Rom schickt, in Teutschland, und sonderlich auf dem neuen Bergwerke S. Annaberg (da ich Friedrich Mecum ihn selbst 2 Jahre gehört) war trefflich groß Geld erlangt. Unglaublich ist, was dieser ungelehrt und unverschämte Mönch dürft fürgeben.*

Myconius nennt ein Beispiel: *Er sagt, wenn Einer in Christo bei seiner lieben Mutter geschlafen hätte und legte nur Geld ins Papst's Ablaßkasten, so hätte doch der Papst diese Gewalt im Himmel und Erden, daß er's vergeben könne, und wenn er's vergebe, so müßte auch Gott es vergeben.*

Empörung und Zweifel. Myconius sieht *päpstliche Indulgenzen* (Ablasse) *als Netze, das Geld der Einfältigen zu fischen; denn gewiß,* so schreibt er, *könnten Vergebung der Sünden und das ewige Leben nicht durch Geld erkauft werden.*

Mit neunzehn Jahren tritt er als Mönch dem Franziskanerorden bei. Als Papst Leo X. 1513 den päpstlichen Stuhl besteigt, braucht er viel, viel Geld, um den von seinem Vorgänger begonnenen Bau des Petersdoms in Rom zu vollenden. Der Ablaßhandel blüht.

Nach zwei Jahren in Annaberg wechselt Myconius in die Franziskanerklöster nach Leipzig und Weimar. Die Nähe zu Wittenberg, wo Martin Luther seit 1512 seine Bibel-Professur hat, wo er 1517 seine Thesen gegen den Ablaßhandel verkündet. Myconius begeistert sich dafür. *Zunächst erschienen*, schreibt er, *seine Propositiones gegen Tezel's Artikel, den Ablaß betreffend, und durchliefen in 14 Tagen ganz Deutschland und in 4 Wochen schier die ganze Christenheit als wären Engel selbst Botenläufer und trügens für aller Menschen Augen.*

1516 wird Myconius in Weimar zum Priester geweiht und zum Predigeramt berufen. Als Luther 1518 zum Reichstag nach Augsburg reist, übernachtet er im Franziskanerkloster in Weimar, wo *er noch ein Meß hält und war noch eins mit den Mönchen.* Sind sich Myconius und Luther da erstmals begegnet?

1522 bekennt sich Myconius offen zur Reformation. Ostern 1524 hält er in Zwickau seine erste reformatorische Predigt. Das hat den Kirchenbann zur Folge. Er wird der Ketzerei verdächtigt, wird 1524 als Gefangener des lutherfeindlichen Herzogs Georg nach Annaberg gebracht, soll mundtot gemacht werden. Er läßt sich nicht beirren, mutig predigt er von der Kanzel der Buchholzer Kirche am 2. Juli 1524 drei Stunden lang, *über Tausend waren gegenwärtig,* hören ihm zu. Als man ihm *mit ewige⟨m⟩ Gefängnisse, einem Grabe bei lebendigen Leibe* droht, flieht er nach Sachsen.

Der Ruf seiner Unerschrockenheit erreicht Martin Luther, er setzt sich bei Johann Friedrich, dem Kurfürsten von Sachsen, für ihn ein, und dieser ernennt Myconius im Sommer 1524 zum ersten evangelischen Prediger in Gotha.

Hier ist die Lage explosiv. Pfingsten 1524 ist es zu gewaltsamen Auseinandersetzungen zwischen Bürgern und Klerikern gekommen. Von jeglichen Steuern und Abgaben befreit, leben letztere in Gotha.

Über *hundert* sind es: *vierzehn Canonick Pfaffen, viertzig Meß Pfaffen, dreyßig Augustiner Mönchen, zwey Terminarien Mönch, bey dreißig Nonnen … allein in dieser Stadt Gotha …* Sie besitzen Häuser und Ländereien, treiben Handel und Wuchergeschäfte.

So verleihen die Augustinermönche zu hohen Zinsen Geld an Bürger in wirtschaftlicher Not. Wenn der Kredit nicht zurückgezahlt werden kann, gehen die Grundstücke in das Eigentum des Klosters über. Etwa dreißig Häuser eignen sich die Mönche auf diese Weise an.

Die fünfzehn Chorherren am Marienstift leben nicht wie Mönche im Kloster, sondern in Wohnhäusern neben dem Stift. Sie sind reich, mehren ihren Reichtum durch Wuchergeschäfte. Jegliche Kritik an ihnen ist – zum steigenden Zorn der Gothaer Bürger – untersagt. *Man hielte sie,* so Myconius, *wie die lebendigen Heiligen, als die sie uns mit ihren guten Wercken in den Himmel brächten: Und war doch ihr Leben das heßlichste unflätigste Leben ... Denn weil sie nicht Eheweiber haben durfften, und doch nicht Weiber entbehren kunten, noch wollten, erfüllten sie die Welt mit unsäglicher Hurerei, Ehebrecherei, Sodomiterey und andern Sünden und Schanden; und durfft sie doch niemand darum straffen. Denn sie waren allein unter dem Pabst, den hielt man als den wahren Gott und Menschen, der nicht irren kunt, und den niemand einreden durfft.*

Die Empörung über die Steuerfreiheit der Kleriker und die unter ihnen herrschenden skandalösen Zustände bereiten in Gotha den Boden für die Reformation. Die Nähe zu Wittenberg. Zu Martin Luther. Bereits 1515, vom 29. April bis 1. Mai, ist Luther aus Anlaß der Kongregation des deutschen Augustinerordens in Gotha. Er wird zum Distriktvikar über zehn Konvente in Thüringen und Sachsen gewählt. Er übernachtet im Kloster, predigt in der Kirche. Ein Jahr später ist er im Mai wieder in der Stadt, um das Kloster zu visitieren. 1521 macht er auf dem Weg nach Worms in

Gotha halt. Nach dem Zeugnis von Myconius wird er begeistert von den Bewohnern empfangen: *Wie er in die Stadt zohe, lieff das Volck entgegen für die Stadt, und wolt den Wunder-Mann sehen, der so kühn wäre, und sich wieder den Pabst und alle Welt, die ihn wieder Christum einen Gott gehalten, legen dürfft.* Am 8. April 1521 predigt er in der Augustinerkirche.

Der Nährboden für die Reformation ist bereitet. Wie andernorts verlassen auch in Gotha viele Mönche und Nonnen die Klöster, schließen sich der neuen Lehre an. So die Mönche Heinrich Thilo und Johann Langenhan. Letzterer verkündet 1722 als erster das Evangelium in Sankt Margarethen. In einer dieser Predigten wider *die Pfaffen so ein wüst Wesen mit Hurerei und allerlei Schande hie führeten* sei – so berichtet Myconius – die Rede davon gewesen: *Man soll einmal oben am Berge, da der Stifft lag und die Thumb-Pfaffen wohneten, anheben und heraber alle Huren zurstadt auskehren.*

Obgleich es 1523 zu Verträgen zwischen Stadtrat und drei geistlichen Vereinigungen in Gotha kommt, den Klerikern verboten wird, Wucherzinsen zu fordern, und sie auch keinen Handel mehr treiben dürfen, beruhigt sich die Situation nicht. 1524, sieben Jahre nach dem Thesenanschlag in Wittenberg, kaum ein Jahr vor Ausbruch des Bauernkrieges, kommt es in Gotha zu einer Revolte, die als »Pfaffensturm« in die Stadtgeschichte eingeht.

Nicht die Ärmsten der Armen, sondern wohlsituierte Bürger, zwei Bürgermeister und mehrere Ratsherren eingeschlossen, sowie Handwerker und Plebejer sind die Akteure. Am Pfingstdienstag, dem 17. Mai 1524, ziehen sie vom Rathaus zum Schloßberg hinauf. Alkohol soll im Spiel gewesen sein. Im Auftrag des Stadtrates wurden an diesem Tag in Bufleben zwei Fässer Bier beschlagnahmt (die dortigen Bauern hatten das Bannmeilenprivileg der Stadt durchbrochen und unerlaubt Bier gebraut), man trinkt das nach Gotha gebrachte Bier im Rathaus aus.

Dann der Zug über den Markt zum Schloßberg. Sie *stürmeten die Domherrenhäuser, zerstießen Türen, Öfen, Fenster, zerschlugen, zerbrachen Bänke, Tische, zerissen Register, Urkunden, Siegel ... Aber vornehmlich nahmen sie die Pfaffenhuren und führten sie in die Kramläden unter das Rathaus*. Kurfürst Johann läßt, nach Myconius' Zeugnis, *hundert gefangen* nehmen. Bürgermeister und Ratsherren, die Initiatoren, ziehen sich aus der Schlinge. Die Kirche wird entschädigt, den *Pfaffen* gab man *300 Gulden für allen Schaden*.

Aber das Ziel dieser Aktion scheint erreicht. Myconius schreibt: *die Pfaffen durften nimmer Huren bei sich haben, es mußten auch andere, die an der Unehe saßen, solch öffentliche Laster abstellen*.

Das ist die Situation, in der Myconius, wenige Monate nach diesen Ereignissen, im August 1524 – er ist dreiunddreißig Jahre – sein Amt in Gotha antritt.

Sein wichtigstes Tätigkeitsfeld ist zunächst die Visitation von Klöstern, Kirchen und Schulen. In Gotha zum Beispiel vereinigt er die deutsche Schreibschule an der Margarethenkirche mit der zum Marienstift gehörenden Lateinschule. Auch eine *Jungkfrawen Schuelen*, eine für *megdlein* mit einer weiblichen Schuldienerin, wird geschaffen. Die neue Kirchen- und Schulordnung sieht einen Unterricht nach humanistisch-reformatorischen Prinzipien vor.

Zu Myconius' Aufgaben gehört, das ehemalige Kirchenvermögen zu erfassen und neu zu verteilen. Bei der Säkularisierung des Klosterbesitzes geht zum Beispiel das Augustinerkloster in den Besitz der Stadt Gotha über.

Myconius wird von den Fürsten außerordentlich geschätzt, weil er, entgegen dem Theologen Thomas Müntzer, streng der Lehre Luthers folgend, *Mäßigung und unbedingten Gehorsam gegen die Obrigkeit* fordert. Veränderungen dürfen *nur von oben*, niemals aber vom *armen gemeinen Mann durch Gewaltanwendung* geschehen.

Diese Haltung nimmt er auch rigoros während der Bauernunruhen in Thüringen ein. Als sich im April 1525 bei Ichtershausen und Ohrdruf etwa 4000 Bauern versammeln und sich anschicken, die Mühlburg zu stürmen, möglicherweise auch Gotha zu bedrohen, gelingt es ihm – nach eigener Aussage –, die Bauern *zu berede⟨n⟩ und zertrennen; daß sie abzogen und niemand Schaden täten*. Besonders radikal zeigt er sich, als es um die Ausschaltung der Wiedertäufer geht. Nachdem 1525 die Klostergebäude in Reinhardsbrunn durch die von einem Klosterknecht angeführten Bauern zerstört worden sind, verhört Myconius sechs Wiedertäufer. Als sie sich zu ihrer Lehre bekennen, sich ausdrücklich auf das Martyrium Thomas Müntzers berufen, plädiert er für die Todesstrafe. Sie werden hingerichtet.

Gotha verweigert den aufrührerischen Bauern, dem Werrahaufen, jegliche Unterstützung und den Zutritt zur Stadt. Der Stadtrat stellt 200 Bürger für den Kampf gegen die Bauern zur Verfügung und unterstützt den Kurfürsten mit Geld, Proviant und Geschützen im Wert von über 5000 Gulden.

1526, ein Jahr nach der Niederschlagung der Bauernaufstände, leitet Friedrich Myconius die Visitation im Amt Tenneberg. In den Jahren 1528/29 führt er an der Seite Philipp Melanchthons und Justus Menius' die Visitationen in Weimar und Eisenach durch.

Am 25. September 1529 ist Martin Luther erstmals Gast im Haus des Gothaer Superintendenten. Dieser ist auch im privaten Leben seinem Lehrer und Vorbild gefolgt, er hat eine Gothaer Bürgerstochter geheiratet, neun Kinder werden in dieser Ehe geboren.

Luther ist auf dem Weg zum Religionsgespräch nach Marburg. Myconius begleitet ihn dorthin. Die beiden werden Freunde. Auf der Rückreise kehrt Luther wieder bei Myconius ein, verabschiedet sich am 10. Oktober mit einer Predigt in der Augustinerkirche.

Anfang 1537 nehmen sie gemeinsam an der Tagung des Schmalkaldischen Bundes, eines Beistandspaktes der protestantischen Fürsten in Deutschland, teil. Er tagt im thüringischen Schmalkalden. Luther erkrankt schwer, erleidet eine Nierenkolik. Ein Stein gerät in die Blase und verstopft die Harnröhre. Todesangst befällt ihn. Er will nicht auf fremdem Gebiet sterben, drängt darauf, nach Wittenberg zurückzureisen. Kurfürst Johann Friedrich stellt ihm eine Kutsche zur Verfügung. Am 25. Februar soll die Fahrt zunächst nach Gotha gehen. Philipp Melanchthon, leidenschaftlicher Astrologe, befragt die Sterne und zögert die Abreise um einen Tag hinaus.

Am 26. Februar der Aufbruch. Luther wird von Friedrich Myconius und den Reformatoren Georg Spalatin und Johannes Bugenhagen begleitet. Der Wagen quält sich auf schlechten Wegen bei Schneetreiben über den Kamm des Thüringer Waldes, von der Paßhöhe geht es dann über das Nesselberghaus nach Tambach hinunter. Dort Quartier im Geleitshaus. Unerträgliche Schmerzen, die eine Weiterfahrt unmöglich machen. Dann die Erleichterung. In der Nacht vom 26. zum 27. Februar schreibt Luther seiner Frau, daß *Gott diese Nacht den Blasengang hat eröffnet und mich dünkt, ich sei wieder von neuem geboren.* An Melanchthon heißt es: *Es gehe mir nun wie Gott will, zum Tod oder Leben so bin ich doch wohl bereit, weil ich nicht allein aus dem Schacht wieder in unser Vaterland gekommen bin, sondern auch die Gnade gekriegt daß ich wieder die silberne Quelle habe.* Sein Brief entsteht *abwechselnd Urin lassend und schreibend … Ungefähr mitten in der dritten Stunde der Nacht. 1537, aus Tambach, dem Ort meiner Segnung: denn dies ist mein Phanuel, an dem mir der Herr erschienen ist.* (Luther bezieht sich vermutlich mit *Phanuel* auf den Ort, wo Jakob mit dem Engel rang [1. Buch Mose 32,30].)

Bei seiner Ankunft in Gotha am Abend des 27. Februar – er steigt in der »Löwenburg«, Hauptmarkt 42, ab – verschlechtert sich sein Zustand. Erneut Schmerzen, erneut Todesangst. Er ruft Myconius zu sich, um mit ihm seine Beerdigung zu besprechen. Bugenhagen, dem späteren Reformator Pommerns, diktiert er sein Testament. Ob Myconius oder ein anderer den Medicus Georg Sturtz aus Erfurt herbeiruft? Dieser untersucht ihn, Luther verliert nochmals sechs Steine.

Es geht ihm täglich besser. Fast eine Woche weilt er in der Stadt. Gotha wird ihm der Ort seiner Genesung. Am 4. März kann er die Heimreise nach Wittenberg antreten. Vielleicht hat diese Erfahrung des Schwebens zwischen Tod und Leben und der Sieg des Lebens ihn Gotha als *civitas divinas*, als göttliche Stadt, erscheinen lassen.

Drei Jahre später, am 6. Juli 1540, ist Luther erneut in Gotha, Myconius begleitet ihn nach Eisenach zu Verhandlungen mit Landgraf Philipp von Hessen. Es ist Luthers letzter verbürgter Aufenthalt in Gotha. Myconius wird mit der Ernennung zum Generalvisitator von ganz Thüringen ein riesiges Arbeitsfeld zugewiesen. Als Heinrich der Fromme von Sachsen 1539 die Reformation in seinem Land einführt, holt er den erfahrenen Myconius nach Leipzig. Auch Kurfürst Johann Friedrich I. wünscht seinen Dienst. Myconius reist durch die sächsischen Lande, predigt das Evangelium.

Die Stadt Gotha erbittet seine Rückkehr. Es dauert Jahre. Gesund ist er nicht. Seit 1539 leidet er an Luftröhren-Schwindsucht (vermutlich Krebs). 1541 verschlimmert sich sein Zustand.

Er meint sterben zu müssen. Er, der Luthers Leiden hilflos mit ansah, Zeuge seiner Todesangst wurde, erhält nun von diesem wie auch von Melanchthon Trostbriefe. Dann ist es – wie bei Luther – der Erfurter Medicus Georg Sturtz, der ihn, wenn nicht heilt, so doch die Krankheit vorerst zum Stillstand bringt. Zurück bleibt eine hartnäckige Heiserkeit, die ihm das Wort von der Kanzel fast unmöglich macht.

Am 4. Adventssonntag 1545 hält Friedrich Myconius seine letzte Predigt. Im Februar 1546 erreicht ihn die Nachricht vom Tod Martin Luthers. Am 18. Februar 1546 ist dieser, zweiundsechzig Jahre alt, in Wittenberg gestorben. Nur zwei Monate später, am 7. April 1546, stirbt Myconius mit fünfundfünfzig Jahren in Gotha. Sein Eisenacher Amtskollege und Freund, der Superintendent Justus Menius, hält die Leichenpredigt in der Augustinerkirche.

Die Stille im Lesesaal. Ich bin die letzte, räume zusammen, verlasse die Forschungsbibliothek. Der Weg den Schloßberg hinab, die Augustinerstraße, ich stehe auf dem Myconiusplatz. Die Nr. 2. Hier hat er gewohnt. Das Haus ist eines der ältesten Gebäude der Stadt, im Keller soll die Jahreszahl 1317 zu lesen sein. An der Außenmauer der Augustinerkirche eine Tafel mit den Lebensdaten von Myconius: 1490–1546.

Das Kirchenportal steht weit offen. Ich trete ein. Hier wurden meine Mitschülerinnen konfirmiert, ich war davon ausgeschlossen, hier verliebte sich meine Banknachbarin in einen der Sänger, als wir Johann Sebastian Bachs h-Moll-Messe erlebten.

Ich gehe auf den Altarraum zu, betrete ihn, was ich nie zuvor getan habe. Rechts vom Altar an der Wand die Grabplatte von Myconius. Auf dem ersten Gottesacker außerhalb der Stadtmauern – wo sich heute Stadtbad und Arnoldi-Schule befinden – haben seine Gebeine über Jahrhunderte geruht. Bei der Auflassung des Friedhofs, dessen Zeuge mein Vater als Kind wurde, war der Grabstein von Myconius einer der wenigen, die man barg.

Ich stehe davor, der hohe Stein, lateinische und griechische Inschriften. *Hier hat die Erde den tüchtigen Thüringer Friedrich Myconius verborgen, der der Herkunft nach ein Franke war. Das Licht des Evangeliums hat er den Gothaern gleichsam angezündet, und gottesfürchtig lebte er elf Olympiaden*, so lautet die griechische Inschrift. Die lateinische: *Dieser Stein bedeckt die frommen Gebeine des Myconius, unter dessen Führung, Gotha, dir die Gnade Christi gezeigt wurde. Durch Lehre und Lebenswandel hat jener dir ein Beispiel hinterlassen. Dies betrachte, Gotha, als eine große Ehre!*

30

Am Abend die Rückkehr in das Hotel in der Lindenauallee. Juni 2012, ein warmer Sommerabend. Ich sitze draußen im Garten, lasse das am Tag Gelesene und Gesehene an mir vorbeiziehen. Morgen ist Sonntag, die Bibliothek ist geschlossen.

Ich werde auf den Friedhof gehen, das Grab meiner Eltern besuchen.

Hat Rainer König nicht bei unserer Begegnung davon gesprochen, daß der Gothaer Hauptfriedhof an der Langensalzaer Straße mit einer Fläche von 20 Hektar und seinem alten Baumbestand als eine der wichtigsten Begräbnisstätten in Deutschland und Europa gilt.

Über den Prager Judenfriedhof, den Père Lachaise in Paris, den Cimitero acattolico in Rom bin ich gegangen, über Friedhöfe in Polen, Südfrankreich und Schottland, habe Totenäcker auf dem südamerikanischen und dem afrikanischen Kontinent gesehen. Aber den Friedhof meiner Heimatstadt kenne ich kaum.

Ich erinnere mich an die Besonderheit, von der mein Vater oft sprach: das erste Krematorium Deutschlands auf diesem Friedhof. 1874 gründeten die Gothaer einen Verein für Leichenverbrennung. Für ihr Ziel, den Bau eines Krematoriums, veranstalteten sie Geldsammlungen im In- und Ausland. Aus vielen Ländern kamen Spenden, die meist an die Bedingung geknüpft waren, daß die Spender nach ihrem Tod in Gotha eingeäschert werden. Im Jahr 1878 wurde die Leichenverbrennungshalle eingeweiht, die allererste Feuerbestattung, *Kremation,* in Deutschland wurde vorgenommen. Die Schriftstellerin und Friedenskämpferin Bertha von Suttner ließ ihren Ehemann in Gotha einäschern, kam dazu in die Stadt; auch sie, die Freidenkerin, verfügte testamentarisch, durch Feuerbestattung in Gotha zur Ruhe gebettet zu werden.

Als Sechzehnjährige besuchte ich auf dem Gothaer Hauptfriedhof oft das Grab meiner Lieblingstante Elisabeth, ich verschwieg diese Besuche stets, wollte dort allein sein. Später begleitete ich meine Großmutter mütterlicherseits zuweilen zur Grabstelle des in Erfurt verstorbenen und nach Gotha überführten Großvaters. Sie schickte mich Wasser holen, und wenn ich mit der vollen Gießkanne zurückkam, saß sie stets auf der kleinen Bank und weinte herzzerreißend. Und das noch lange Jahre nach seinem Tod.

Der Junisonntag 2012. Mit der Straßenbahn fahre ich zum Arnoldiplatz. Will umsteigen in die Friedhofslinie. Aber sie gibt es nicht mehr. Seit Ewigkeiten, entgegnet mir ein Mann, und unter den Umstehenden entwickelt sich ein Streit, wie lange dies her sei. Zwanzig, fünfzehn, zehn Jahre sind im Gespräch, man kann sich nicht einigen. Ich nehme den Bus, in den ich unmittelbar vor meinem Hotel hätte einsteigen können.

Am Hauptportal des Friedhofs bieten Frauen Blumen; ich kaufe für das Grab meiner Eltern einen Strauß Sommerblumen, der aus einem alten Bauerngarten zu kommen scheint. Aurikeln, Anemonen, Levkojen; wunderschön ist er.

Betrete den Friedhof. Kastanien und Magnolien säumen die Hauptallee, zur Linken das langgestreckte Gebäude, die Kolonnaden, die Trauerhalle, die Leichenkammer.

Hier habe ich September 1991 von meiner Mutter, zwei Jahre später von meinem Vater Abschied genommen. Hinter einer Glasscheibe im offenen Sarg lagen sie, die kleinen Gesichter wächsern, die knochigen Hände über der Brust gefaltet. Der letzte Anblick dieser Stummen.

Meine Blumen für sie. Ich steuere auf ein Grabfeld zu, dann auf das nächste, suche und suche. Ich entsinne mich der Uniformität des Feldes, alle Steine waren gleich groß, so war die Vorschrift; die Steinarten Lausitzer Granit, Rochlitzer Porphyr, roter Tambacher, alle aus Steinbrüchen der DDR. Der ihre, glaube ich, war Lausitzer Granit. Mir wird bewußt, ich war zur Urnenbeisetzung meines Vaters im Winter 1993 das letzte Mal hier. Ich versuche es von neuem, wandere die Reihen ab, irre weiter umher, vergeblich, ich finde das Grab meiner Eltern nicht. Ich gebe auf.

Laufe weiter. Komme zu dem großen Obelisken mit dem roten Sowjetstern. Die russischen Soldaten aber liegen, daran entsinne ich mich – mit der Schule war ich dort –, an einer anderen Stelle. Hier ist der neugestaltete Alliiertenfriedhof.

Die meisten Nationen haben ihre Kriegstoten exhumiert und in die Heimat geholt, so die Engländer, Amerikaner, Franzosen und Belgier. Die letzten Umbettungen hat Italien 1973 vorgenommen. Hier sind die osteuropäischen Zwangsarbeiter, ihre Namen sind auf Gedenkplatten aus Bronze verewigt; sehr würdig, schön.

Neunundvierzig Kinder von Zwangsarbeiterinnen sind darunter. Eine Christina, offenbar mit ihrer Mutter nach Deutschland verschleppt, ist zehn geworden, eine Lilia zwei Jahre, die anderen verloschen nach wenigen Monaten. (Ich lebte zu dieser Zeit behütet in meinem Elternhaus.) Ich lege fünf Blüten aus meinem Strauß auf die Namenszüge auf der Bronzeplatte: Christina Nikolajczik (1935–14.5.1945), Lilia Kowalenko (12.7.1943–3.5.1945), Valentina Sintschenko (1943–22.4.1944), Danusia Tafil (Juni 1945–2.7. 1945), Valentina Wojnik (Dez. 44–29.3.1945).

Ich gehe weiter. Felder mit Rasengräbern, anonym oder mit kleinen Namenstafeln. Die Wiesen sind gerade gemäht worden, die von den Angehörigen gebrachten Blumen und Gebinde sind an einer Grabstelle mit einer trauernden Frauenfigur niedergelegt. *Das Ende ist immer der Anfang von etwas Neuem*, lese ich. Und: *Was man tief in seinem Herzen besitzt, kann man nicht durch den Tod verlieren.*

In einem Birkenwäldchen Baumgräber. Und dann der Friedhof der russischen Soldaten, ihre Namenszüge in kyrillischen Buchstaben. Auch diese Gräber sind saniert, die Bepflanzung mit gelber Kriechspindel leuchtet weithin. Eine der jüngsten Toten, eine Soldatin, neunzehn Jahre alt. Ihr Name: Fedosia Liwen. Vor mir tauchen die todtraurigen Augen von Maria auf, der einzigen Frau unter den russischen Soldaten, die 1945 in unserem Haus einquartiert waren. Ihre leeren, todtraurigen Augen, nie ein Lächeln auf ihrem Gesicht. Eine Blume für Maria, eine für Fedosia.

Dann das orthodoxe Kreuz auf der Kriegsgräberanlage der russischen Soldaten aus dem Ersten Weltkrieg. Eine Bedingung des Versailler Vertrags war, jede Nation habe die Gräber der auf ihrem Gebiet Gefallenen instand zu halten. Die Toten der Kriege haben zudem dauerndes Bleiberecht, während die Ruhezeit ansonsten zwanzig Jahre beträgt. Ich komme zur Anlage der deutschen Kriegstoten des Ersten und des Zweiten Weltkriegs, zu den Gräbern der März-Toten, des Kapp-Putsches, zu dem Feld mit den deutschen Opfern der Bombenangriffe. Zu den Fremdarbeitern, alle aus dem Ort Liepaja in Lettland, die beim Bombenangriff vom 6. Februar 1944 in einer Baracke am Bahnhof umkamen.

Der Friedhof mit den Toten der beiden Kriege des 20. Jahrhunderts. Ich suche den Grabstein, an dem, wie ich gelesen habe, die Einschläge von Bombensplittern als Zeitdokumente konserviert wurden. Die unmittelbar neben dem Friedhof gelegenen Flugzeugwerke der Gothaer Waggonfabrik und der Fliegerhorst Gotha waren am 2. Februar 1944 Ziel eines Angriffs der 2. Bomberdivision der 8. U.S. Army Air Force. Der Friedhof befand sich direkt im Abwurfkorridor, durch verfrühte oder Blindabwürfe von Sprengbomben,

Splitterbomben und Flüssigkeitsbrandbomben wurde der Friedhof (nach dem altdeutschen *Frithof* ein befriedeter Hof, ein Ort, an dem nicht gekämpft werden durfte) zum Kriegsschauplatz. Erst 2010 wurden die historischen Luftbilder des US-Militärs ausgewertet und ein Munitionsgutachten erstellt.

Der Grabstein mit den Bombensplittern. Dann suche ich die »Allee der Versöhnung«, die die Kriegsgräberanlagen der Roten Armee und der deutschen Soldaten des Zweiten Weltkrieges verbindet, von jungen Leuten in einem internationalen Workcamp wurde sie 2011 angelegt; die Idee der Versöhnung und Annäherung.

Vier Stunden laufe ich schon umher. Stoße auf die Namen Wönne, Nohr und Hagedorn, Bekannte meiner Eltern. Auf andere mir vertraute Namen von Gothaer Familien: Bonsack, Umbreit, Schneegass, Kaltwasser. Lösche und Rexrodt. Stehe plötzlich vor Gräbern, in denen meine Lehrer ruhen. Vor dem von Bernd Seyfahrt, in den ich verliebt war. Und dann vor dem Grab seiner Schwester, von Elisabeth Seeler, meiner Freundin aus der Oberschulzeit, vor dem ihres Mannes.

Die Last, die sich auf mich legt.

Mein Blick in Bäume. Linden, Säuleneichen, Douglasien, Bergahorn, schwedische Mehlbeere, die Stämme der österreichischen Schwarzkiefer, die eine Wand bilden. Hat nicht der Friedhofsmeister von Symbolbäumen gesprochen, von der Symbolik der Wegebeziehungen, von einem Ahornring, einem Lindenring, einer Struktur bildenden Allee aus Scheinzypressen?

Ich versuche alles zu finden. Der strenge Geruch, der Buchsbaum und Eiben entströmt. Der umschlingende Efeu. Flammend dunkelrot die Blutbuchen und immer wieder – auch im Ehrenbürgerhain – die Ehrenfarben der Stadt Gotha: Rot und Gelb, die Spiraea »Golden Princess«, Purpurglöckchen und Frauenmantel, die Blätter mit dem Lotuseffekt. Der Schmuckplatz mit dem Brunnen; Wasser als Quell des Lebens.

Ich habe eine Pause nötig, mache Rast auf einer Bank. Vogelzwitschern, ansonsten Stille. Mein japanischer Übersetzer Rikija Nishiyama fällt mir ein. Seine Trauer über den Tod seiner Mutter, die lange Zeit seine Briefe bestimmte. Im letzten aber schrieb er, er sei seiner Mutter begegnet, in einem kleinen Vogel, der sich in seiner Nähe niederließ; das habe ihn versöhnt und ihm Heiterkeit und Ruhe gegeben.

Der Gedanke der Verwandlung. Er rührt mich an. Wie möchte ich einmal wiederkehren? Als Gefährte der Lüfte? Das scheint mir zu hoch gegriffen, dazu fehlt mir der Glaube. Aber zur Erde zurückkehren, in ihren Kreislauf eingehen, ein Teil der Natur werden, ein Gras, eine Blume, ein Blatt an einem Baum, das ist mir vorstellbar. Und an diesem Sommersonnentag scheint es mir selbstverständlich, daß ich hier in Gotha auf diesem parkähnlichen Friedhof mit den schönen alten Bäumen am Ende meines Lebensweges zur letzten Ruhe kommen werde.

Noch immer umgibt mich Stille. Selbst die Vögel sind verstummt. Ich verlasse meine Bank. Wandere weiter.

Aufatmend schön dann und erfüllt von Gerüchen

die verschlungenen organischen Wege aus der Zeit des Jugendstils. Dieser Teil des Gothaer Friedhofs wurde 1908 angelegt, nach dem Vorbild des größten Parkfriedhofes Europas in Hamburg-Ohlsdorf.

Schließlich bin ich wieder auf dem Hauptweg. Die letzten Blumen. Eine für Bertha von Suttner, sie starb am 21. Juni 1914 in Wien. Vier Tage später wurde sie in Gotha beigesetzt. Ihre Urne befindet sich im 1892 erbauten Kolumbarium. Am Sonntag ist es geschlossen. Ein Blick in den glasüberdeckten Innenhof. Ich lege die Blume vor die Tür des Kolumbariums.

Dann zu den Lapidarien, den Feldern mit nicht authentischen Gräbern, mit Grabmalen, die von aufgegebenen Totenäckern hierher gebracht wurden: A. P. Hansen, Johann Georg Justus Perthes, August Petermann. Die allerletzte Blume für den großen Schauspieler und Theaterleiter Conrad Ekhof. Vielleicht wird sein Stein schon bald dorthin zurückkehren, wo auch seine Gebeine liegen, wenn dort, auf dem alten Friedhof II zwischen Eisenacher und Karl-Schwarz-Straße, ein kleiner Denkmalspark inmitten der Stadt entstanden sein wird.

Wieder im Hotel, rufe ich meine Schwester an, sie beschreibt mir die Grabstelle der Eltern. Genau dort war ich, sage ich. Dann hast du nicht richtig hingesehen, meint sie. Erinnert mich daran, daß sie erst vor kurzem der Friedhofsverwaltung das jährlich fällige Geld für die Grabpflege überwiesen habe, das wir uns teilen. Der Vater ist noch keine zwanzig Jahre tot. Auf den Gedanken, daß man das Grab der Eltern aufgelassen haben könnte, kommen wir gar nicht. Aber Wochen später findet auch meine Schwester die Grabstelle nicht, die sie zu den Geburtstagen der Eltern und auch mehrmals im Jahr besucht.

Und dann wird es Gewißheit. In einem städtischen Mitteilungsblättchen werden die aufzulassenden Gräber bekanntgegeben. Das ist alles. Die Angehörigen werden nicht extra benachrichtigt. Ich kenne dieses Blättchen gar nicht, meine Schwester weiß davon, aber sie ist nicht auf den Gedanken gekommen, hineinzusehen, da die Grabpflege für das ganze Jahr bezahlt ist.

Unsere Bestürzung. Niemals hätten wir zu unseren Lebzeiten das Grab unserer Eltern aufgelassen. Das wäre, so scheint es uns, die Sache der Enkel oder vielleicht sogar der Urenkel.

31

Die in der Erinnerung durcheinanderwirbelnden Jahre. 2009 hatte ich den Karton mit den Nachlaßpapieren meines Vaters aus dem Keller geholt, erste Notizen entstanden.

Dann aber drängte anderes vor. Goethe begann mich zu beschäftigen und die Frage, hätte es nicht auch die Stadt Gotha sein können, an die sich der Begriff der deutschen Klassik bindet? Die Antwort fiel negativ aus. Aber das Aufspüren der überraschend vielen Berührungspunkte Goethes mit dem benachbarten Herzogtum, die in seiner Biographie bisher wenig Beachtung gefunden hatten, ließ das Buch »Goethes Freunde in Gotha und Weimar« entstehen.

Am 28. August 2014, dem 265. Geburtstag Goethes, findet die Buchpremiere in Gotha statt. Im schönen neuerbauten Winterpalais, in dem die »Heinrich-Heine-Bibliothek« ihr Domizil gefunden hat. Der Hanns-Cibulka-Saal. Ein mir zugewandtes Publikum.

Mein Verlag war aus Berlin gekommen. Dr. Thomas Sparr, der Leiter, meine Lektorin Gesine Dammel und Dr. Charlotte Lorber, die meine Lesungen betreut. Meine Freude über ihre Anwesenheit.

Das heitere kleine Fest danach. Der Oberbürgermeister lud in das Pagenhaus ein. Der Fußweg aller durch Orangerie und Park dahin. Ein lauer Sommerabend. Wir saßen im Garten. Mir gegenüber mein Liebster zwischen den beiden Verlagsfrauen. Zu meiner Linken Thomas Sparr, zur Rechten Knut Kreuch. Ich war entspannt und glücklich, es schien mir die schönste Buchpremiere, die ich je erlebt hatte; die Anwesenheit meines Verlages, der mir nun seit über zwanzig Jahren Heimat ist und der Ort, an dem ich mich heimisch fühle.

Ich lehnte mich entspannt zurück, schwieg. Die Männer führten das Gespräch. Auf einen erfolgreichen Weg des Buches wurde angestoßen. Das Essen kam, Thüringer Klöße mit frischen Steinpilzen. Alle stimmten überein, daß es köstlich schmecke.

Die Sonne war am Sinken, die Bäume warfen ihre Schatten an die Mauern des Schlosses, und wenn ich den Kopf hob, war da, ich wußte es, ein klein wenig weiter rechts jene Mansarde, in der ich als Kind während der Besuche mit meinem Vater bei Frau Frank gesessen und, die Augen schließend, meinen Zopf hinuntergelassen und den Königssohn erwartet hatte.

Goethe, der Verführer. Er zwang mich, auch das nächste Buch über ihn zu schreiben. Sein Lebensjahrzehnt zwischen sechsundzwanzig und sechsunddreißig – von seiner Ankunft in Weimar bis zur Flucht nach Italien. Der enthusiastisch sich engagierende und enttäuschte Politiker, der Liebhaber, sein Verhältnis zu Charlotte von Stein: »Sommerregen der Liebe«.

Danach Aufzeichnungen über die Ereignisse 1989, wie ich sie erlebt hatte. Der eine Sohn am 4. November mit der Karikatur über Egon Krenz – »Großmutter, warum hast du so große Zähne« –, der andere bei der Volksarmee, seinen Wehrdienst ableistend, im Morgengrauen des 4. November von Brandenburg nach Berlin gebracht, mit scharfer Munition und Schießbefehl, sollten die Demonstranten – darunter seine Mutter und sein Bruder – das Brandenburger Tor durchbrechen wollen.

Nach so vielen Jahren noch immer die Erregung, das Gefühl, es schreibend nicht bewältigen, die Last nicht abwerfen zu können. Die Aufzeichnungen beiseite gelegt, nicht zu Ende geführt.

Wie zu einem Rettungsanker im Oktober 2016 dann die Rückkehr zu den ersten Notizen von 2009 über den Vater und der Entschluß, dabei zu bleiben. Der Karton mit den alten Fotos und Nachlaßpapieren ... Während die Papiere meinen Kopf durchwanderten, setzten die Füße, die in Gotha die einstigen alten Wege gingen, die Erinnerung frei. Und die Aufzeichnungen entstanden, deren Lektüre der Leser bis hierher, bis zu dieser Seite, gefolgt ist.

Am 1. Juli 2017 feiern Schwester und Schwager gemeinsam ihren jeweils 80. Geburtstag. Mit meinem Liebsten und mit Noah bin ich nach Tambach-Dietharz gekommen.

Das Kindeskind ist inzwischen ein junger Mann geworden. Nach dem Abschluß der 10. Klasse in Berlin war er für ein Jahr als Austauschschüler in Tokio. Die Gymnasiasten haben dort freie Wahl in den Fächern. Noah, der Klavier spielt, entscheidet sich für Musik. Und hat nun Unterricht in Musikgeschichte und Theorie, in Klavier- und Ensemblespiel. Und er entdeckt ein neues Feld für sich: den Gesang.

Er tritt in einen Chor ein, der von der Schule zwar gefördert wird, aber außerhalb des Unterrichts läuft. Täglich hat er am Nachmittag zwei Stunden Chorprobe. Noah fühlt sich dort wohl, gewinnt Freunde, lernt viel, unter anderem direkt vom Notenblatt zu singen, und er macht große Fortschritte in der Stimmbildung. Der Chor bereitet sich auf einen Wettbewerb aller Tokioter Gymnasien vor, der am Ende des Schuljahres stattfinden wird. Ausdauer, Fleiß und Begeisterung der kleinen verschworenen Chorgemeinschaft zahlen sich aus, gegen fast fünfzig Schulen treten sie an und landen als Sieger auf dem ersten Platz.

Der Abschied von Japan fällt ihm unendlich schwer, das erste, was er bei seiner Rückkehr von seinen Eltern erbittet, ist ein Flugticket nach Tokio für das Frühjahr 2017. Sein Chor wird auseinandergehen, es wird ein letztes Konzert und eine Abschiedsfeier geben. Noah will dabeisein.

Und er ist es. Am 7. April feiert er zudem in Japan mit seinen Chorfreunden seinen 18. Geburtstag. Als er mir später ein Video von Konzert und Abschlußfeier zeigt, sehe ich, wie wohl sich Noah fühlt, wie gut er aufgenommen ist, spüre, welche Begeisterung die Sänger eint und wie schwer es ihnen fällt, sich zu trennen. Es fließen viele Tränen.

Das Jahr in Japan bringt für Noah eine wichtige Erkenntnis: Komposition und Dirigat, möglichst Chordirigat, will er studieren. Zurück in Deutschland, unterbricht er für ein Jahr die Schule. Nimmt Unterricht in Gesang, weiter in Klavierspiel, er teilt seine Zeit gut ein, ist fleißig, arbeitet besessen auf sein Ziel hin.

Er beginnt im Chor der Staatsoper Unter den Linden zu singen. Wir erleben ihn am Totensonntag im Krematorium Baumschulenweg bei der Aufführung der Tango-Messe des Spaniers Palmeri, in der Gethsemanekirche im Prenzlauer Berg singt er im Weihnachtsoratorium von Johann Sebastian Bach und wenig später in der Marienkirche in Berlin-Mitte in Wolfgang Amadeus Mozarts Requiem, der unvollendeten Totenmesse. Zuletzt bei der Uraufführung des Luther-Oratoriums »Wir sind Bettler«, des italienischen Komponisten Daniel Pacitti im großen Saal der Berliner Philharmonie.

Erst wenige Tage liegt das Ereignis zurück. Am 28. Juni fand es statt.

Die Feier in Thüringen. Eine fröhliche Runde, Schwester und Schwager haben drei Söhne und eine Tochter, alle vier sind bereits über Fünfzig, alle haben Kinder und diese wiederum Nachwuchs, das heißt, sie sind bereits Großeltern und die Jubilare achtfache Urgroßeltern. Kinder, Enkel, Urenkel und Geschwister haben sich eingefunden. Jahre ist es her, als ich mit Noah und meinem Sohn Joachim zu einer Geburtstagsfeier hier war.

Wie damals nach Kaffee und Kuchen die Aufforderung zu »kulturellen Beiträgen«. Michael und Stefan, die beiden letztgeborenen Söhne meiner Schwester, werden für ihr Gitarrenspiel und ihren Gesang mit großem Applaus bedacht, Zugaben werden erklatscht.

Später ist auch Noah an der Reihe. Ein kleiner rechteckiger Kasten liegt neben ihm, aus ihm kommt Klaviermusik. Es ist die Begleitung zu den Liedern, die er singt. *Gin il sole dal gange,* eine Arie von Alessandro Scarlatti, und *Alles fühlt der Liebe Schmerzen* aus Mozarts »Zauberflöte«. (Ich staune über die Perfektion mit der Klavierbegleitung; er erklärt mir, seiner analogen Großmutter, er habe sie aus dem Internet geholt und der »Kasten« sei ein Tischlautsprecher.)

Vor dem Abendbrot geht die Aufforderung auch an mich. Ich erzähle von meinem Schreiben über den Vater, lese die ersten Seiten des Manuskriptes. Die Reaktion derer, die den Vater und Großvater noch gekannt haben. Mit einem Mal ist er als Festgast eingetreten, ist mitten unter uns. Auch diejenigen, die zu jung sind, um ihm noch begegnet zu sein, interessieren sich – so scheint es mir – für ihn. Meine Schwester fordert sie auf, Fragen zu stellen. Die Neugier auf das, was Eltern und Großeltern erlebt haben, diese Neugier, die mir fehlte, das Fragen, das ich im Hinblick auf meinen Vater versäumt habe.

Heiter klingt das Fest am Abend aus.

Am anderen Morgen verabschieden wir uns. Fahren nach Gotha. Ich will Noah meine Stadt zeigen. Zuerst zu unserem Haus, das heißt zu der Stelle, wo es bis zum Abriß stand, das Haus, in dem mein Vater über siebzig, die Mutter vierzig Jahre lang gelebt hat und in dem auch ich geboren wurde.

Während der Gefährte einen Parkplatz sucht, umkreise ich mit Noah das einstige Grundstück; Garten und Haus, ein imaginäres Gelände. Ich habe Ansichten vom Haus aus dem Jahr 1979 mitgebracht und die alten Situationspläne von 1884. Da sich auf letzteren das uns einst gegenüberliegende Gebäude befindet, das noch existiert und schön saniert ist, orientiert sich Noah rasch. Er überquert die Straße, in der einen Hand ein Foto der Vorderseite unseres Hauses, in der anderen sein Smartphone, er geht leicht in die Knie, hält das Foto weit von sich, korrigiert noch einmal und betätigt den Auslöser. *Jetzt steht es wieder*, sagt er, lacht, zeigt mir seine Aufnahme.

Die wenigen Schritte zur Arnoldi-Schule, in der ich die vier Jahre meiner Oberschulzeit verbracht habe. Wir sehen durch den Zaun auf den Schulhof und auf den geschwungenen Treppenaufgang, den ich stets in letzter Minute hinaufrannte.

Dann das Stadtbad. Das Jugendstilgebäude ist anläßlich seines hundertjährigen Bestehens aufwendig saniert worden, hat zudem einen großzügigen modernen Anbau bekommen. Eine kluge Entscheidung der Stadt. Das Bad ist nicht, etwa wie das Volksbad in Jena, als gehöre ein Bad nicht zur Kultur, geschlossen und in ein Veranstaltungszentrum umfunktioniert worden; auf der verdeckten Fläche des Schwimmbassins sitzen jetzt die Besucher, ich erinnere mich an eine Lesung dort aus »Goethe im Berg« mit meinem Sohn Joachim.

Die Stufen zum Stadtbad, auf denen bei Kriegsende die amerikanischen Soldaten saßen und Kaugummis in die Kindermenge warfen. Wir gehen hinein, der gleiche Geruch nach Chlor, die gleiche Lautstärke, es hallt wie einst. Der Blick nach oben, die Galerie existiert noch, die kleinen hölzernen Umkleidekabinen aber sind verschwunden. Ich erinnere mich an das Gekicher und Getuschel, waren in der Nebenkabine Jungen. Sehe mich ins Wasser springen, meine verunglückten Kopfsprünge vom Rand des Beckens, die Sprünge vom Dreimeterbrett. Im Kassenraum großer Andrang, viele junge Leute mit Kleinkindern; Babyschwimmen scheint angesagt.

Über den Bertha-von-Suttner-Platz, Brühl und Marktstraße gehen wir zur Margarethenkirche. Das Portal steht weit offen, der Gottesdienst ist gerade zu Ende. Eine junge Pastorin verabschiedet die Kirchgänger. (Pfarrer Hundertmark hat Gotha verlassen, er predigt jetzt in der traditionsreichen Bachkirche in Leipzig.)

Wir durchschreiten die weite helle Kirche. Bei der Restaurierung in den Jahren 1952–55 bekam sie die Anmutung einer spätgotischen Hallenkirche, bei der die Zeugnisse des Barock bewahrt wurden. Der Blick zurück auf den barocken Orgelprospekt. 1961 erhielt die Kirche eine neue Orgel der bekannten Potsdamer Firma Schuke.

Im Altarraum das Taufbecken. Wir setzen uns in die vorderste Bank. Noah will wissen, ob es dieses Becken war, aus dem das Wasser 1941 für seine Großmutter und 1903 für seinen Urgroßvater geschöpft wurde.

Der Taufstein hat einen irritierend modernen Anhauch, denn er steht auf Rollen, ist hin- und herzuschieben. Aber ich versichere ihm, daß die drei aus Holz geschnitzten vergoldeten Engel, die das Becken tragen, über dreihundert Jahre alt sind, 1652 sei in der Predigt des Pfarrers Glassius der *gegenwärtig neue Taufstein* erstmals erwähnt worden.

Noch früher, erzähle ich ihm, bevor ein verheerender Brand die Kirche, auch Taufstein und Kanzel vernichtete, sei auf letzterer neben den Patriarchen Abraham und Moses auch sein Namensgeber (damals Noach) zu sehen gewesen.

Der heutige Noah rückversichert sich, ob es dieser Banker-Urgroßvater war, von dem er das Bündel von Millionen- bzw. Milliarden Geldscheinen aus der Zeit der Inflation habe, der hier getauft wurde.

Auch das bestätige ich ihm. Und der Urgroßvater sei hier nicht nur getauft, sondern auch während des Ersten Weltkrieges konfirmiert worden. Und 1936, als die Nazis in Gotha wie überall schon an der Macht waren, hätten sich hier seine Urgroßeltern – Lotte Kramer und Willi Och – in dieser Kirche, vor diesem Altar das Ja-Wort gegeben. Das Hochzeitsfoto im Garten der Hansenstraße habe ich mitgebracht und zeige es Noah. Er amüsiert sich über den hohen Zylinder des Bräutigams.

Dein Vater, sage ich, hat als Kind noch mit diesem Zylinder gespielt, es war ein schönes Stück, ein Chapeau Claque, mit einer Handbewegung war er flach zu machen, später hat er ihn in Theateraufführungen mitwirken lassen.

Als wir uns zum Gehen entschließen, bietet die Kirchendienerin uns einen Kaffee an, es sei so viel übriggeblieben, sagt sie, aber wir danken, verlassen Sankt Margarethen. Der Neumarkt, wo ich als Kind nach den Bombenangriffen die rauchenden Trümmer sah. Die Querstraße. Auf dem Buttermarkt das Café Lösche. Hier wollen wir einkehren, aber es ist geschlossen, es ist Sonntag.

Rathaus, unterer Markt, die im Kopfsteinpflaster eingefügte Tafel mit dem Datum 18. April 1567. Oberer Markt. Schloßberg. Schon von weitem sehen wir, auf der linken Seite, am Scheitelpunkt der Wasserkunst, steht eine kleine Gestalt, die sich deutlich gegen den Hintergrund abhebt.

Es ist die Herzogin Luise Dorothea. Jene, die mit siebenundfünfzig Jahren starb und nach ihrem Wunsch *ohne alles Gepränge … in aller Stille in der Margarethenkirche zu den Füßen des Herzogs Ernst … zur Erde bestattet* wurde.

Bereits der französische Bildhauer Jean-Antoine Houdon, dann der Gothaer Künstler Friedrich Wilhelm Eugen Doell sollten ihr Abbild schaffen, beide scheiterten an äußeren ungünstigen Umständen.

Nun hat die Stadt Gotha den 250. Todestag Luise Dorotheas zum Anlaß genommen, um ihr endlich die Anerkennung zukommen zu lassen, die sie verdient. Ein Auftrag ist an einen Bildhauer vergeben. Eine Skulptur entsteht. Am 16. Mai 2017 ist das Denkmal feierlich eingeweiht worden.

Die letzten der breiten Stufen zum Schloßberg hinauf. Dann stehen wir vor ihr, sie steht vor uns.

Die Fürstin hat den Kopf leicht zur Seite geneigt. Ihre zarte Gestalt, ihr dünnes Kleidchen, das den Körper betont und zur Berührung lockt. Mit der linken Hand hebt sie den Saum ihres Gewandes, als sei sie im Begriff, im Becken der Wasserkunst ihre Füße kühlen zu wollen. Unprätentiös, heiter, fast wie eine Tänzerin von Edgar Degas, ohne allen herzoglichen Pomp und kaum größer als im Leben steht sie da. Aus Bronze ist sie gegossen und auf dem stufenartigen Sockel ihr zu Füßen ebenfalls in Bronze Schriftzeichen, die in Zitaten ihr Engagement für die Aufklärung und ihre Freundschaften zu deren wichtigsten Vertretern, unter anderem zu Voltaire, belegen.

Die Wahl des Ortes. Ihr im Rücken das kolossale Standbild Ernsts des Frommen. Die heimliche Korrespondenz der beiden. Männliches und Weibliches? Der Abstand zwischen 19. und 21. Jahrhundert.

Der Schöpfer dieser Skulptur ist der Bildhauer Bernd Göbel aus Halle.

Wir gehen weiter, hinauf zum Schloß Friedenstein. Der Blick auf Ernst den Frommen. Noah hat ihn schon auf seinem Smartphone aufgerufen und wartet mit Details seines Lebens auf. Er amüsiert sich, daß ich die Bibel in seiner Hand als Kind für ein Kuchenpaket gehalten habe.

Im Innenhof des Schlosses Blumen für Josef Ritter von Gadolla; ein Sommerstrauß, den wir auf der Herfahrt an einem Feldrain gepflückt haben.

Schließlich das Pagenhaus. Es ist ein kühler, regnerischer Sonntag, daher ist der Garten, den wir so mögen, geschlossen. Wir bekommen im Inneren des Restaurants einen Platz. Wie immer Thüringer Klöße mit Pilzen. Und viele Fragen Noahs zum Gesehenen und Erzählten.

Auch auf der Heimfahrt noch. Wir stehen lange auf der Autobahn im Stau an diesem 2. Juli 2017. Wenn es nicht zu spät sei, sagt Noah, werde er noch mit seinen Freunden in Tokio skypen und von seinen Erlebnissen erzählen.

32

Enden aber soll dieses Buch mit einem Ereignis von 2010, das eine Zäsur in meinem Verhältnis zu Gotha bedeutete und von dem ich heftig wünschte, meine Eltern, meine Mutter und mein Vater, hätten es erlebt. Die Vertreter der Gothaer Stadtratsversammlung wählten mich einstimmig zu ihrer Ehrenbürgerin. Mit einem kleinen Festakt sollte das gefeiert werden. Als Datum war der 13. Dezember festgesetzt. Der Ort sollte das Ekhof-Theater sein.

Darüber freute ich mich besonders. Dieses Kleinod. Erbaut vom Sohn Ernsts I. in den Jahren 1681–87. Seine Geschichte über die Jahrhunderte. Goethe hätte es gern gesehen, wenn sein »Götz von Berlichingen« in diesem Theater uraufgeführt worden wäre. Er schickt das Stück seinem Gothaer Freund Gotter. Um den französischen Geschmack am fürstlichen Hoftheater wissend, gibt er ihm alle Freiheiten zu ändern. So rät er: *Musst alle garstgen Worte lindern, / Aus Scheißkerl / Schurken, aus Arsch mach Hintern.* Auch Jakob Michel Reinhold Lenz schickt sein Drama »Die Algierer« aus Straßburg nach Gotha. Aber weder das eine noch das andere wird aufgeführt.

Absoluter Favorit ist dieser Gothaer Friedrich Wilhelm Gotter selbst; Stückeschreiber, Lyriker, Übersetzer und Librettist. Er verfaßt die Texte zu den von Georg Benda komponierten Singspielen. Benda ist seit 1750 Hofkapellmeister in Gotha. Gotter ändert die Stücke im Geschmack der Zeit einfach um. »Medea« wird ihrer grausamen Züge beraubt, »Romeo und Julia« erhält einen versöhnlichen Schluß. Seine »Medea« ist 25 Jahre ununterbrochen auf allen deutschen und europäischen Bühnen präsent. Da haben die jungen Dramatiker kaum eine Chance.

Vielleicht hätten sie diese unter Conrad Ekhof bekommen, dem großen Schauspieler, Regisseur und Direktor des Gothaer Theaters; wäre die bedeutende künstlerische Entwicklung unter seiner Leitung nicht durch seinen frühen Tod jäh abgebrochen worden.

Ab 1807, als Louis Spohr, Komponist und Dirigent, als Hofkapellmeister in der Stadt wirkt, wird das Theater vor allem als Konzertsaal benutzt. Davon, erinnere ich mich, erzählte meine Klavierlehrerin oft, sie verehrte Spohr, sein Porträt hing in dem Raum, in dem ich Klavierstunde hatte. Und sie erzählte mir auch, daß nach 1840, nach der Einweihung des großen Hoftheaters mit drei Rängen und tausend Plätzen, jenes Theaters, in dem mein Vater seine großen Erlebnisse hatte und ich als Dreieinhalbjährige während des Krieges mein erstes Stück sah, die kleine barocke Bühne im Westturm des Schlosses in den Hintergrund getreten sei.

Nach dem Krieg dann, als ich mit dem Vater Frau Frank in dem mit Umsiedlern überfüllten Schloß besuchte, wußte ich nichts von der teilweisen Zerstörung der dreihundert Jahre alten barocken Bühnenmaschinerie. Sie hatte als Brennholz gedient. Der Winter 1945/46 war sehr streng, die Menschen froren in den eisig kalten Räumen. Da griffen sie in ihrer Not danach. Vor allem die großen zur Kulissenverwandlung notwendigen Wellbäume wurden verfeuert.

Obgleich ein großer Verlust, kann ich es verstehen. Nicht nachvollziehbar dagegen ist mir, daß den amerikanischen Soldaten die Kronleuchter des Theaters als Zielscheibe für Schießübungen dienten.

Das Geheimnis dieses Theaters, das mich schon als Kind und Heranwachsende anzog. Nach barockem Muster hat der Zuschauerraum die gleichen Maße wie die Bühne: 12 Meter × 11,8 Meter. In der Barockzeit galt die Bühnenmaschinerie als der eigentliche Dramaturg des Stückes. Nie habe ich sie in Aktion gesehen. In Sekundenschnelle kann – bei geöffnetem Vorhang und völlig lautlos – das Bühnenbild verändert werden. Acht bis zehn Bühnenarbeiter sind dazu nötig, der Bühnenmeister dirigiert sie mit einem für die Zuschauer unhörbaren kleinen Glöckchen.

In DDR-Zeiten wurde der Zuschauerraum wiederhergestellt, die Bühnenmaschinerie aber war von den Restaurierungsarbeiten ausgenommen. 1990 kommt der Anstoß zur Erneuerung. Umfangreiche Gutachten werden eingeholt. 1996 beginnt die Arbeit. Die Kulissenwagen von 1775, zweirädrige Karren, die in der Unterbühne auf Schienen fahren, werden gereinigt, einige, die bereits im 19. Jahrhundert entfernt wurden, werden nachgebaut. Im Februar und März 1997 entstehen die im Winter 1945/46 von den Umsiedlern verheizten Wellbäume nach historischen Handwerkstechniken neu. Auch die Kronleuchter im Proszeniumsbogen und in der Fürstenloge werden nach einer im »Theaterkalender« von 1774 gefundenen Abbildung nachgearbeitet. 1998 werden Donnerschacht und Windmaschine wieder funktionstüchtig gemacht.

Das Gothaer Theater, eines der ältesten in Europa, ist historisch getreu wiedererstanden; wie einst können auch heute bei barocken Opern alle Effekte der damaligen Aufführungskunst genutzt werden. Seit 2004 findet jährlich im Sommer das Ekhof-Festival statt. 2004 werden, wie zu Ekhofs Zeiten, »Ariadne auf Naxos« und »Medea« von Georg Benda mit dem Text von Friedrich Wilhelm Gotter gegeben. Haydns »Orlando Paladino« und die Barockoper »Orphée« von Marc-Antoine Charpentier werden gespielt.

Aus der Ferne verfolge ich, seit ich wieder Kontakt zu Gotha habe, die Pläne der Rekonstruktion, dann die Fertigstellung und das Programm des Ekhof-Festivals. Aber ich erlebe weder eine Aufführung, noch wird meine Neugier auf die Bühnentechnik mit ihren Geheimnissen befriedigt.

An einem Herbsttag 2009 aber ist es endlich soweit. Dr. Roland Krischke, Pressesprecher der Stiftung Schloß Friedenstein, führt mich durch das Schloß. Er zeigt mir alle Winkel, die ich sehen möchte. Auch die einstige Wohnung von Frau Frank, jetzt eine Restaurierungswerkstatt. Das Erkerchen, in dem ich immer saß. Schließlich gelangen wir am Ende unseres Rundganges in das Ekhof-Theater. Wir stehen auf der Bühne, klettern in die Unterbühne, klettern ganz nach oben. Alles wird vorstellbar im Erlebnis der verschiedenen Bühnenebenen. Bewunderung für die Konstrukteure vor nunmehr über 350 Jahren. Die Unterbühne mit den zweirädrigen Karren, den Kulissenwagen. Die Vorstellung, wie auf der Bühne die Kulissen sich lautlos auf den Wink des Bühnenmeisters verändern. Der Blick von oben auf die Spielfläche. Die Windmaschine. Ich darf sie bedienen. Die verblüffend einfache Konstruktion des Donnerschachtes. Holzkugeln werden in ihn hinabgeworfen. Der Donner erschüttert das kleine Theaterchen, als ich die Kugeln in den Schacht fallen lasse. Roland Krischke lacht. Für mich ist ein langersehnter Wunsch in Erfüllung gegangen.

Und dieses Theaterchen soll der Ort der Feierstunde sein. Meine Vorfreude.

Und dann kommt der 13. Dezember. Seit Tagen fällt unaufhörlich Schnee, und es ist bitterkalt. Chaos herrscht auf Autobahnen und Schienen in ganz Deutschland. Wir beschließen, einen Tag zuvor aufzubrechen. Mit den Söhnen gelange ich nach Gotha.

Der Park hat ein Schneekleid, die Wege sind wegen des hohen Schnees nicht begehbar, die wenigen Schritte die Lindenauallee entlang, dann Parkallee und Aufgang zum Schloß. Wir stapfen hinauf. Noch nie habe ich den Schloßhof so tief verschneit gesehen. Das Theater im Westturm. Freunde aus Wien und Hannover, aus Harmating bei München, aus Jena und Rudolstadt sind gekommen, alle haben die Stadt auf abenteuerlichen Wegen erreicht. Den kürzesten Weg hat meine Schwester mit ihrer Familie, sie kommt aus dem nahe gelegenen Tambach-Dietharz.

Im Theater herrscht – wie auf der Einladung angekündigt – eine Raumtemperatur von 14 Grad. Die Gäste sind in Mäntel gehüllt. Nur Albert von Schirnding, der neben mir sitzt, ist äußerst leicht bekleidet. Er sei es von seinem kalten Schloß, in dem er lebt, gewohnt, beruhigt er mich.

Wurde nicht früher hier auch im Winter gespielt? Der Schein unzähliger Kerzen. Ich entsinne mich, gelesen zu haben, daß unter Ernst II. 600 Taler im Jahr dafür veranschlagt waren. Ein Mann namens Gasterstedt, Seifensieder in Gotha, hatte die Kerzen zu liefern. Und ein für die Beleuchtung zuständiger Theaterdiener namens Buchhardt kam auf den Gedanken, die Reste von Wachs und Unschlitt dem Seifensieder zur Umarbeitung zurückzugeben, und ersparte damit der Hoftheaterkasse viel Geld. Der Herzog belohnte ihn, für jede Vorstellung bekam er 4 Groschen und vierzehntägig drei Freikarten fürs Parkett.

Waren es die vielen Kerzen, die damals, zusammen mit den Zuschauern, den Raum erwärmten? Mein pelzgefütterter Mantel. Ich öffne ihn und lege Albert von Schirnding die eine Seite über die Knie. Er protestiert nicht. Inzwischen hat das Bläserquartett des Gothaer Sinfonieorchesters zu spielen begonnen. Der Oberbürgermeister erscheint, aus »Ich bin nicht Ottilie« rezitierend, in den barocken Kulissen. Sein Talent zum Schauspieler ist unverkennbar. Das bescheinigt ihm auch der nächste Redner Albert von Schirnding. Daß er es ist, der die Laudatio auf mich hält, berührt mich sehr. Dann die Urkunde. Blumen. Applaus. Fotos. Mein kleiner Dank.

Als ich mich wieder setze, sehe ich, wie die Bläser die klammen Finger bewegen, in ihren schwarzen Anzügen haben sie die ganze Zeit auf der Bühne ausgeharrt. Sie beginnen zu spielen, und ich fühle, wie meine Anspannung sich löst. Meine Söhne lächeln mir zu, und ich denke an meine Eltern, denke, wie schön es für meine Mutter und meinen Vater wäre, hätten sie diesen Tag erlebt.

Vor allem hier in diesem Raum, zu dem sie immer eine besondere Beziehung hatten. Ich erinnere mich, ich war zwölf, da gab es in dem nach dem Krieg wieder notdürftig hergerichteten Theater eine Festwoche zu Ehren Ekhofs. Meine Eltern erzählten davon, wie sie die Sanierung in den Jahren 1964 bis 1968 verfolgten. Unter der klassizistischen Ausmalung von 1827 entdeckten die Denkmalpfleger noch umfassende Belege der Ausmalung der Ekhof-Zeit. Und so wurde das Restaurierungsziel festgelegt: *Wiederherstellung des Theaters in der Form, die zur Wirkungszeit Conrad Ekhofs, des Vaters der Deutschen Schauspielkunst bestand.* Das heißt, *die farbige Fassung von 1775* wird rekonstruiert.

Die Freude meiner Eltern, als am 5. Oktober 1968 der Zuschauerraum der Öffentlichkeit übergeben wird. Und am 18. Mai 1969 das erste Ekhof-Konzert mit dem Gothaer Generalmusikdirektor Fritz Müller stattfindet. Ich lebte schon viele Jahre nicht mehr in Gotha, erinnere mich aber, wie meine Mutter beglückt davon erzählte. Auch von Gastspielen im Ekhof-Theater, 1978 wurde Fred Wanders »Josua läßt grüßen« aufgeführt, 1981 Goethes Singspiel »Erwin und Elmire«.

Und dann ist jenes Malheur vor mir. War es im Sommer 1969 oder 1970? Ich bin mit meinem Sohn Joachim, er ist vier oder fünf, bei den Eltern zu Besuch. Gemeinsam erleben wir eine Nachmittagsvorstellung im Ekhof-Theater. Wir sitzen in der ersten Reihe. Ein Liederzyklus steht auf dem Programm. Eine voluminöse Sängerin mit tief ausgeschnittenem Kleid und volltönender Stimme; nach dem ersten Lied springt, ehe ich es halten kann, das Kind auf, klatscht wie wild. Der strafende Blick meiner Mutter von der Seite und im Rücken die Pfeile des gebildeten Gothaer Konzertpublikums. Die Sängerin rettet die Situation, blickt auf den kleinen Jungen, lächelt, verbeugt sich, da fallen auch die anderen in den Beifall ein. Und von nun an wird nicht das Ende des Zyklus abgewartet, sondern nach jedem Lied gibt es Applaus.

Mein Blick auf die Söhne. Der damals Vier- oder Fünfjährige ist, wie auch sein Bruder, im reifen Mannesalter, der eine fünfundvierzig, der andere einundvierzig Jahre. Meine Eltern, Mutter und Vater, die ich an diesem Tag mir so herbeiwünsche, sind seit fast zwanzig Jahren tot. Im Kreis treibt die Zeit. Das Spiel der Musiker des Bläserquartetts, langsam verhallen die Töne.

Im Anschluß lädt der Oberbürgermeister zu einem kleinen Empfang in die Ausstellungshalle von Schloß Friedenstein ein. Ein Büfett. Wein. Wärme umgibt uns. Signieren, Schütteln vieler Hände. Ich höre Knut Kreuch mit meinen Söhnen lachen, sehe Roland Krischke im Gespräch mit Gesine Dammel, meiner Lektorin vom Insel Verlag, komme hinzu, wie Professor Paulus und Albert von Schirnding über *ihr* Regensburg sprechen, sehe meine Freundin Christine mit dem Komponisten Alexander Doent zusammen, dann mit meiner Schwester und ihrer Familie. Es beglückt mich, daß die Menschen, die mir nahestehen, sich untereinander austauschen. Meine Gespräche mit Maik Märtin, mit Professor Paulus, mit Mitschülerinnen aus meiner Oberschulzeit, mit Unbekannten, mit Leserinnen und Lesern. Gelächter aus der Richtung, wo Heidemarie Förster, Ulrich Kaufmann und meine Söhne stehen, gewiß werden Anekdoten über Aufenthalte auf Schloß Kochberg, in DDR-Zeiten Arbeitsstätte von Künstlern, ausgetauscht.

Mein Dichterfreund Horst Drescher aus Leipzig fehlt mir und Professor Hans Richter aus Jena, mein erster Literaturlehrer. Beide hat das durch den hohen Schnee verursachte Verkehrschaos vom Kommen abgehalten.

Die Wärme des Raums. Das Stimmengewirr. Knut Kreuch kommt mit einem kleinen Teller, den er für mich am Büfett gefüllt hat. Zwei Gläser. Er gießt Wein in sie. Der rote Wein. Wir stoßen an. Die vertraute Nähe, die sich im Laufe der Jahre zu ihm hergestellt hat.

Habe ich zu schnell getrunken? Mit einemmal dringt an mein Ohr das Wort *Kind*. Die Stimme meines Vaters. Unverkennbar. *Da bist du ja, Kind*, war immer sein Satz, wenn ich auf dem Gothaer Bahnhof aus dem Zug stieg und er, einst mit der Mutter, später allein wartend auf dem Bahnsteig stand. Auch jetzt dieses: *Da bist du ja, Kind!* Und ich sehe, wie der Vater, der Neunzigjährige, sich einen Weg durch die Feiernden bahnt. Er hat einen mir unbekannten schwarzen Anzug an. Oder ist es gar ein Smoking? Sein Gesicht ist ernst und feierlich. Zwei Schritte hinter ihm meine Mutter, beglückt nehme ich wahr, sie ist nicht alt; jung und schön ist sie, trägt ein elegantes dunkelblaues Seidenkleid, hat diesen erotischen Anflug, den ich von dem *einen* Foto kenne, das ich so liebe. Mein Herz klopft heftig, ich kann es nicht fassen … Meine Eltern hier … Eine tiefe Dankbarkeit für alles, was sie mir waren und sind, erfüllt mich, eine große Zärtlichkeit … Ich will es ihnen sagen, will sie umarmen, gehe auf sie zu …

Später die froststarre Nachtluft, die mich ernüchtert.

Der Weg vom Friedenstein zum Schloßparkhotel hinunter, zusammen mit Albert von Schirnding und meinen beiden Söhnen. Das knirschende Geräusch des froststarren Schnees unter unseren Füßen, die Temperatur ist nochmals um einige Grade gesunken. Die Silhouette des Naturkundemuseums, das nun wieder das Herzogliche Museum werden soll, zeichnet sich am Nachthimmel ab. Ich höre, wie meine Söhne, die vor uns hergehen, davon sprechen, wie sehr sie die Besuche mit dem Großvater in diesem Museum geliebt haben und wie er ihnen immer wieder die Tiere und ihre Lebensgewohnheiten erklärt habe.

Am anderen Morgen sind die auswärtigen Gäste zu einer Führung durch das Schloß eingeladen. Danach stapfen wir über den verschneiten Schloßhof, treten durch das Tor, über dem *Frieden* und *Gerechtigkeit* sich umarmen, ins Freie. Der Blick hinunter auf die Stadt. Die Wasserkunst liegt im Schnee vergraben. Die Türme von Rathaus und Margarethenkirche tragen Schneemützen. In der Ferne eine sanft ansteigende Landschaft, eine weite weiße Ebene. Eine verschleierte Sonne läßt die Schneeflächen in der Nähe wie in der Ferne bläulich schimmern. So wie an diesem Wintermorgen habe ich meine Heimatstadt noch nie gesehen.

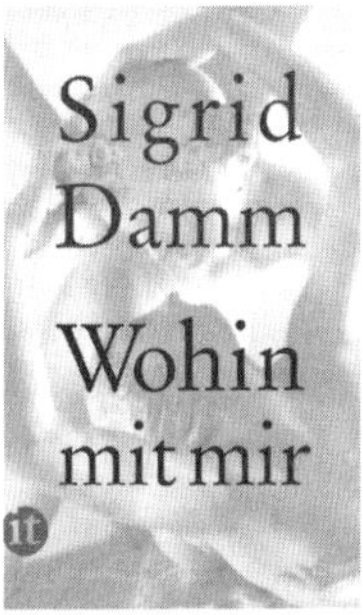

NF 273/1/8.15

Der mit vielen Fotos ausgestattete Band gibt faszinierend Auskunft über Sigrid Damm, eine der bekanntesten deutschen Schriftstellerinnen. Interviews, Laudationes und Dankreden, Texte von und über Sigrid Damm zeigen ihren Werdegang und die Entstehung und Rezeption ihrer Werke.
Zugleich wird ihre Wanderung zwischen den geographisch-politischen Räumen und zwischen den Zeiten dokumentiert, einfühlsam und kritisch unternommen, meisterhaft gestaltet in ihren Gegenwartsromanen und in ihren historischen Büchern, die zu den erfolgreichsten der letzten Jahrzehnte zählen. Aufzeichnungen über Begegnungen mit ihrem Verleger Siegfried Unseld, ihrem Mentor Franz Fühmann, mit Christa Wolf und Eva Strittmatter vermitteln darüber hinaus nicht nur ein Stück deutsch-deutsche Zeitgeschichte, sondern gewähren auch sehr persönliche Einblicke in Sigrid Damms Leben.

Sigrid Damm, »Einmal nur blick ich zurück«. Auskünfte. Herausgegeben von Hans-Joachim Simm. insel taschenbuch 3643. 466 Seiten

NF 274/1/8.15

»Eure Liebe begleite mich …«

Oft und gern sei er *in Gotha* gewesen, an seine Aufenthalte dort würden *sich die reichsten Erinnerungen eines langen Lebens knüpfen*, erinnert sich der 78-jährige Goethe.
Als junger Mann hatte er von Italien dem Gothaer Herzog sogar seine Dienste angeboten. Dennoch ist Weimar über fünfzig Jahre Goethes Lebensort geblieben; die Stadt, an die sich der Begriff der Weimarer Klassik bindet.
Hätte es nicht auch Gotha sein können? Diese Frage ist der Ausgangspunkt von Sigrid Damms Buch.
Vom ersten Aufenthalt des 19-jährigen Studenten auf Schloss Friedenstein über die intensive Zeit der Freundschaft Goethes zum Gothaer Regenten und dessen Bruder bis hin zum alten Dichter, dem Besuche und Nachrichten aus Gotha stets willkommen sind, wird erzählt.
Dieses Buch – wie stets bei Sigrid Damm auf der Grundlage akribischer Recherchen erarbeitet – enthüllt ein weitgehend unbekanntes Kapitel in Goethes Biographie und fügt ihr eine neue aufregende Farbe hinzu.

Sigrid Damm, Goethes Freunde in Gotha und Weimar.
Gebunden. 239 Seiten

NF 268/1/8.15

Die Rehabilitierung eines Dichters

Sigrid Damm erzählt das Leben des wilden Träumers und ungewöhnlich begabten deutschen Dramatikers Jakob Michael Reinhold Lenz, das über die Jahrhunderte durch Halbwahrheiten und Goethes hartes Urteil in *Dichtung und Wahrheit* entstellt war. Kindheit im Baltikum in einem Pfarrhaus, Studienzeit in Königsberg bei Immanuel Kant, Flucht nach Straßburg und die glückvoll-produktiven Jahre dort, Freundschaft zu Goethe; schließlich Weimar und Goethes Bruch mit Lenz. Danach sein Umherirren in der Schweiz, Ausbruch der Krankheit, Rückkehr nach Livland. Und die letzten Jahre im russischen Exil, wo Lenz zweiundvierzigjährig auf offener Straße in Moskau stirbt.

Sigrid Damm, Vögel, die verkünden Land. Das Leben des Jakob Michael Reinhold Lenz. insel taschenbuch 4418. 452 Seiten

NF 275/1/8.15